那年夏天，她和他和她。

我天真得很殘忍，
才會要他和她，以朋友的名義愛著我。

Misa 著

出·版·緣·起

三百六十度全媒體出版

城邦原創創辦人　何飛鵬

當數位變革浪潮風起雲湧之際，做爲一個紙本出版人，我就開始預想會不會有數位原生內容出版社出現？如果會的話，數位原生出版會以什麼樣貌出現？而我又將如何面對這種數位原生出版行爲？

就在這個時候，我看到了大陸的起點網，這個線上創作平台，聚集了無數的寫手，形成數量龐大的創作內容，無數的素人作家在此找到了夢許之地，也成就了一個創作與閱讀的交流平台，而手機付費閱讀的習慣養成，更讓起點網成爲全世界獨一無二、有生意模式的創作閱讀平台。

基於這樣的想像，我們決定在繁體中文世界打造另一個線上創作平台，這就是POPO原創網誕生的背景。

做爲一個後進者，再加上我們源自紙本出版工作者，因此我們在POPO上增加了許多的新功能，除了必備的創作機制之外，專業編輯的協助必不可少，因此我們保留了實體出版的編輯角色，讓有心成爲專業作家的人，能夠得到編輯的協助，我們會觀察寫作者的內容、進度，選擇有潛力的創作者，給予意見，並在正式收費出版之前，進行最終的包裝，並適當的加入行銷概念，讓讀者能快速認識作者與作品。

這就是POPO原創平台，一個集全素人創作、編輯、公開發行、閱讀、收費與互動的一條能全數位的價值鏈。

經過這些年的實驗之後，POPO已成功的培養出一些線上原創作者，也擁有部分對新生事物好奇的讀者，不過我們也看到其中的不足——我們並未提供紙本出版服務。眞實世界中，仍有許多作家用紙寫作，還有更多讀者習慣紙本閱讀，如果我們只提供線上服務，似乎仍有缺憾。

爲此我們決定拼上最後一塊全媒體出版的拼圖，爲創作者再提供紙本出版的服務，讓所有在線上創作的作家、作品，有機會用紙本媒介與讀者溝通，這是POPO原創紙本出版品的由來。

如果說線上創作是無門檻的出版行爲，而紙本則有門檻的限制，線上世界寫作只要有心，就能上網、就可露出，就有人會閱讀，沒有印刷成本的門檻限制。可是回到紙本，門檻限制依舊在。因此，我們會針對POPO原創網上適合紙本出版的作品，提供紙本出版的服務，我們無法讓所有線上作品都有線下紙本出版品，但我們開啓一種可能，也讓POPO原創網完成了「三百六十度全媒體出版」的完整產業及閱讀鏈。

不過我們的紙本出版服務，與線下出版社仍有不同，我們提供了不同規格的紙本出版服務：（一）符合紙本出版規格的大眾出版品，門檻在三千本以上。（二）印刷規格在五百到二千本之間的試驗型出版品。（三）五百本以下，少量的限量出版品。

我們的宗旨是：「替作者圓夢，替讀者服務」，在作者與讀者之間搭起一座無障礙橋梁。

我們的信念是：「一日出版人，終生出版人」、「內容永有、書本不死、只是轉型、只是改變」。

我們更相信：知識是改變一個人、一個組織、一個社會、一個國家的起點。讓想像實現、讓創意露出、讓經驗傳承、讓知識留存。我手寫我思，我手寫我見，我手寫我知，我手寫我創，變成一本本的書，這是人類持續向前的動力。

我們永遠是「讀書花園的園丁」，不論實體或虛擬、線上或線下、紙本或數位，我們永遠在，城邦、POPO原創永遠是閱讀世界的一顆螺絲釘。

楔子

九月的微風吹拂過我嶄新的水藍色百褶裙，裙襬微揚。儘管仍帶著不安，然而想重新開始的心已然躍躍欲試。

神啊，我會努力，我會勇敢。

所以這一次，若是遇見了喜歡的人，我保證不再欺騙對方，也會誠實面對自己的心意。

畢竟，兩個人互相喜歡，是一種奇蹟。

當奇蹟發生時，我們都該要把握，不是嗎？

第一章

看著前方那列準備領取分發單的長長隊伍，我不由得緊張了起來，將掌心按壓在隱隱作痛的胃部。

「柯芹軒！」

老師叫喚的聲音讓我心臟一縮，從她手中接過那一張薄薄的紙，此刻我拿在手上卻有如千斤重。

我小心翼翼地打開分發單，映入眼簾的是慘不忍睹的基測分數，以及「靜華女中」四個字，我立刻垮下臉。

靜華女中是我志願表裡第一所填入的私立女校，顧名思義，全校只招收女學生。看了這麼多漫畫、小說、動畫，我把所有關於戀愛的浪漫幻想都寄託在升上高中以後的生活，偏偏考上一間女校，基測分數慘烈已經是一大打擊，連充滿粉紅泡泡的期待也一併被打碎。

「柯芹軒，妳上哪一間學校啊？」

當我還沉浸在悲傷的情緒裡時，有個人重重打了我的頭一下，還問了這個我現在最不想回答的問題。

「俞亦珊！」我撫著頭轉身用一種楚楚可憐的眼神看她，「這樣我會腦震盪耶！」

「反正妳早就腦震盪啦，要不然那種簡單到連鬼都會寫的題目，妳怎麼會只考一百多分呢？」

好啊！敢對我說這種話……算了，幸虧我們是「青梅竹馬」，我從小就被她那狠毒的嘴巴訓練到對此不以爲意了。

「那……那妳呢？應該是間不錯的學校吧？」

「還好，」她撥了撥柔順的長髮，「不過也沒用啊，反正我高中要出國留學。」

聞言，我不禁垂下眼眸，「對喔，是英國吧？」

「沒錯，等我到了英國，一定要釣個金髮帥哥，然後生個像哈利波特這樣可愛的孩子！」

「那妳可要小心，別被壞人殺了。」我調侃她。在小說裡，哈利波特的母親爲了保護他而死於佛地魔的咒語下。

「柯芹軒，妳很無聊。」俞亦珊白我一眼。

「好啦好啦，不鬧妳了。但爲什麼要這麼趕著出國念書？怎麼不等升上大學，或是大學畢業再去？」

「我爸媽說出國留學要趁早，如果我往後想回臺灣，或是留在那邊定居，都不會因爲年紀大而躊躇不前，況且我阿姨就住在英國，也還有個照應。」她往前走了幾步，突然回過頭，「喂！很會扯開話題嘛！妳到底是上哪一間啊？」

居然被她看穿我的聲東擊西了。

「唉喲！就是……那個嘛，妳知道的嘛！」我支支吾吾。

「不好意思，我不知道。麻煩妳快一點，柯芹軒小姐，到底是哪一間學校讓妳如此說不出口？」

「就……就是……靜華女中……」

「妳是講給誰聽啊？大聲一點！」

「靜華女中啦！」我索性豁出去了，大聲報出校名。

俞亦珊先是一臉目瞪口呆，隨即迸出一連串大笑。

「哈哈哈哈，見鬼了，妳怎麼會塡女中呢？哈哈哈！」

我就知道她一定會嘲笑我，瞧她笑得前俯後仰，一副腰都快斷了的樣子。她的反應在我的意料之中，畢竟我經常和她一塊編織戀愛夢，她很清楚我是怎麼想的，但我還是覺得丟臉。

「好啦！妳夠了啦！又不是我自願要去的，是我爸媽叫我塡的。我本來想應該不至於眞的就中那一間，哪知道這麼邪門！」我沒好氣地抱怨。

靜華女中離我家不算遠，風評和校譽都不錯，無論是升學率或是學生素質，都算是私立女中裡的佼佼者，而且制服也很漂亮，水藍色百褶裙配上白色襯衫，散發出一種恬靜的氣質。

儘管靜華女中的優點不少，然而，只要想到往後三年都必須在這「女人天國」度過，我就快哭了！

「我了解啦！不過我還是很驚訝妳竟然會乖乖照做耶，哈，妳還挺倒楣的。」俞亦珊止住大笑，表情突轉嚴肅，語氣慎重，「對了，妳不要變成同性戀喔。」

我瞪大眼睛，馬上呸呸兩聲，並對她吐舌，「我才不會！我怎麼可能變成同性戀！」

「那可不一定。」俞亦珊根本惡趣味，明知我對戀愛有多憧憬，還這樣糗我。

我們沿著馬路走到巷尾那間常去的冰店，一樣選了最角落的老位子坐下，點了兩盤草莓冰，邊吃邊聊起女校的優缺點。

「總而言之，我認為高中讀女校完全是種浪費，理想的高中生活應該要像少女漫畫裡的情節一樣，同時擁有好朋友和男朋友才對啊！」我用湯匙戳了下草莓冰，十分沮喪。

「不過也未必不好，讀女校才不會變壞，才有氣質啊，也才考得上好大學啊。」俞亦珊事不關己地說。

她這種態度我看了就有氣，只是無論我再不情願，也無法改變既定的事實，體認到這一點，我低垂著頭，快快不接話。

「那妳有塡帝述高中嗎？」俞亦珊看似漫不經心地問出這個問題，漂亮的眼睛卻定定地朝我望來，我頓時有些驚慌失措。

帝述高中是學區裡離我家最近的公立高中，也是全國排行數一數二的超級名校，班上有一半以上的同學都把帝述列爲第一志願。也就是說，不管從哪個層面來看，帝述高中絕對是我最理想的選擇。

問題來了，爲什麼我沒塡？

第一，我太笨了，成績不夠好。

第二……

「我不想塡。」我悶悶地說。

「爲什麼？」

俞亦珊明知故問啊，因爲……

「是因爲吳彥霖塡那所學校嗎？」

吳彥霖，是啊，這個禁忌的名字。

「柯芹軒，我眞的搞不懂妳，妳喜歡他，他也喜歡妳，這不就好了，爲什麼妳要騙他？」

「我……」

對於俞亦珊的質疑，我無可辯駁，除了我以外，她確實是最了解這整起事情的人，包括那個謊言。

那時候才剛升上國中，我對一切事物都感到新鮮，同時也感到畏懼。班上三十八個人，我唯一認識的就只有從小一起長大的俞亦珊，膽小的我一走進教室就和俞亦珊手牽著手，一刻都不敢分離。

老師要我們自己找位子坐下，我和俞亦珊選了最角落的兩個位子入座後，我便開始觀察班上的同學。

「這裡的校園好像比我們以前的國小還小耶，對不對？」俞亦珊悄聲說。

「我管校園小不小，俞亦珊，妳看坐在第一排的那個男生是不是留級生？怎麼長得那麼成熟？」我的視線落向前方。

「我管他是不是留級生，這裡的校園比較小對不對啦？」

「我不是說我不管校園小不小了嗎？」我有些不耐煩。

「那我不是也說我不管那個男的是不是留級生了嗎？」俞亦珊也不高興了。

就這樣，開學第一天，我們就爲了件超級無聊的小事吵架。俞亦珊是金牛座，她牛脾氣一倔起來可眞是不得了，氣憤之下，她竟起身換到另一個座位。

俞亦珊，這間教室裡我只認識妳啊，拜託，回來吧！不要丟下我一個人。

「俞亦……」我才剛張口又馬上把話吞回去，我怎麼能先道歉呢？每次都是我先道歉。

好，妳不跟我說話，那我也不跟妳說話，看誰撐得久。

才抱持這個念頭沒多久，我就後悔了，眼看俞亦珊已經和鄰座的同學有說有笑起來，我隔壁的座位卻始終還是空著，顯得我格外孤零零的。

不是吧！這樣我怎麼交得到新朋友啊？

「妳旁邊沒人坐吧？」

就在我這麼想的同時，一個聲音適時地從旁邊傳來，那音調眞是好聽，想必人也長得很可愛吧。

哼！俞亦珊，沒有妳我也可以交到其他朋友，而且不要以爲我的朋友裡面只有妳長得美！

「啊，是……是，這裡沒人坐，請坐請坐！」我滿臉堆笑側頭看去，深怕對方改變心意，當我看清對方的面容時，卻大吃一驚。

居、居然是個男生？有沒有搞錯啊，這男的聲音怎麼這麼可愛！

他的容貌仍帶點稚氣，但這種稚氣反而爲他增添另一種俊俏。

「妳講話怎麼這麼客氣啊？」

聽到他尷尬的笑聲，我才回過神來。眞是糗大了，我習慣對陌生人裝客氣，沒想到竟會被他一語道破。

「對……對不起。」我羞愧得低下頭，如果地上有個洞，我一定立刻鑽進去。

「爲什麼要說對不起？妳又沒有做錯什麼，我覺得妳這樣很可愛呀，從今以後我們就是朋友了。」他不由分說便用力往我的肩膀一拍，絲毫沒有因爲我是女生而放輕力道。

明明長得像女孩般可愛，聲音也像女孩般甜美，舉止動作倒是十足的男孩子氣。

等等，他剛剛說——

「朋友嗎？」我訝異地問他。

「是啊？要不然呢？我叫吳彥霖。」他咧嘴一笑。

這就是我和吳彥霖的相識經過，從此開始了日後深切的牽絆。

「妳發什麼呆啊？冰都要溶化了。」俞亦珊打斷我沉湎於往事的思緒。

「啊，糟了！」我趕緊挖了一大匙草莓冰送進嘴裡。

「所以爲什麼要騙他呢？」

俞亦珊眞的很不死心耶，連我自己都不知道爲什麼要騙吳彥霖，在那當下我就是決定那麼做了。

「柯芹軒，妳鹽巴是不是放太多了？」

「啊？有嗎？我們家都這樣啊。」

「不會吧，妳不覺得很鹹嗎？」吳彥霖微微挑眉。

「是你口味太清淡了，我覺得剛剛好！」我不服氣地回。

國中那時的家政課，總是在烹煮各式各樣的食物中度過，家政老師認爲沒有什麼比學會做料理更重要的了，所以她完全沒有安排縫抹布、鉤針之類的手工藝教學，清一色全是烹飪課程。

每次分組，我和吳彥霖、俞亦珊總是固定同組，吳彥霖並非沒有其他親近的男生朋友，只是自然而然習慣如此，即便後來他成了班上的風雲人物，他還是會跑來跟我們一組。

我和吳彥霖一直是不受性別分際拘束的好朋友，不，應該說，是我刻意忽略那份若有似無的曖昧。

「燙！」因爲走神，我的手不小心碰觸到熱燙的鍋邊，嚇得趕緊縮手。

「妳沒事吧？」吳彥霖立刻拉過我的手舉到嘴邊，輕輕吹了幾口氣，隨後低頭認眞檢視，「還好，只是有點發紅。拜託，小心一點好嗎？」

「吳彥霖……」聽出他語氣裡流露的擔心，並且注意到四周同學表情微妙的變化，我的臉一熱，「我沒事，謝謝。」

掙脫他的手，我轉過身拿起湯杓在鍋子裡攪了攪。

雖然平時相處打打鬧鬧的，但吳彥霖總會在小地方對我體貼，我不是笨蛋，望著他略微泛紅的耳根，我知道我在他心中不只是朋友，而我也不討厭他，甚至可以說是喜歡。

但是……我喜歡這份曖昧，卻不想更進一步，所以我裝作不懂他的心情，我知道這樣很自私，然而我就是害怕那份喜歡所隱含的意義。

「我……我覺得還是去沖個冷水比較好。」吳彥霖瞄了眼流理台，幾個同學正在流理台的水槽前忙著洗菜，沒有位置讓我沖冷水。

「你們讓個位置，先讓柯芹軒沖一下。」他對那些同學說。

「沒關係，我去洗手間就好。」我趕緊開口。

「外面也有洗手台，不用跑那麼遠……」吳彥霖又說。

我連忙對站在一旁切菜的俞亦珊說：「亦珊，陪我去洗手間。」

「啊？妳自己去不就好了……」俞亦珊滿臉不解。

「好啦，俞亦珊我們快走吧！老師，我們去一下洗手間。」

我拉著俞亦珊一路衝到廁所的洗手台前，扭開水龍頭，把手放到清涼的水流下，輕嘆了口氣，而鏡子映照出我紅彤彤的雙頰，讓人無法忽視。

「所以，需要沖冷水的是妳的手，還是妳的臉呢？」

俞亦珊居然還有心情嘲笑我，我都快哭了。

「俞亦珊……怎麼辦啦？他的態度……他……」我連說出「吳彥霖喜歡我」這句話的勇氣都沒有。

「我問妳，妳知道吳彥霖喜歡妳嗎？」

俞亦珊卻輕易地說出了這件我一直不敢道破的事。

「爲什麼這麼說？」我反過來問她。

「這還需要解釋嗎？吳彥霖是田徑隊隊長，長得又帥，很受女生矚目。加上他的態度那麼明顯，妳看，我們三個是很要好的朋友對吧？但是他叫我亦珊，卻始終連名帶姓叫妳，一定是因爲不好意思。」俞亦珊一雙眼直勾勾地盯著我，「再說，他忍得也夠久了吧？現在都國三了，哇塞，他喜歡妳快三年了！」

「妳……妳怎麼知道啊？」雖然心知肚明，不過從別人口中聽見還是亂不好意思的。轉念一想，或許也有不少同學察覺到了，只要一想到他們都是用什麼樣的眼光看待我和吳彥霖，我就既羞又窘。

「我怎麼會知道？瞎子都看得出來，我又怎麼會不知道呢？」俞亦珊輕描淡寫地說。

雖然只有一瞬間，我還是捕捉到她眼裡那抹一閃而過的苦澀。

我還來不及細思，俞亦珊隨即揚起美麗的笑容，話聲輕快地對我說：「好了，應該沖好了吧？回教室吧。」

然後不等我回答，她便率先走出洗手間。

我以為剛剛是自己眼花，於是很快就將這件事拋到腦後，等我想明白俞亦珊眼裡的那抹苦澀代表著什麼含意，已經是很久以後的事了。

放學鐘聲響起，班上同學迅速起身背著書包離開教室，而我一邊看著黑板上老師交代的作業，一邊思考該帶哪些課本回家。

明天要考國文、英文，那帶這兩科的課本就夠了吧？不不，也許我會心血來潮算個一、兩題數學，還是把數學課本也帶回家好了，快要基測了，能念多少是多少。

「柯芹軒。」

我渾身一僵，這聲音是……吳彥霖！

「有、有事嗎？」我的口氣有點不自然。

「妳的手沒事了吧？」

「沒事，好得很，那……明天見。」我從座位上站起來要走，吳彥霖卻拉住我的手，我心中一驚，連忙環顧四周，發現教室竟只剩下我和他兩個人。

此刻我的心情相當複雜，一方面慶幸沒人看到這一幕，另一方面卻又懊惱自己怎麼會落入與吳彥霖單獨相處的窘境。

吭。

「柯芹軒……我……妳……」吳彥霖聲若蚊蚋，握住我手腕的力道絲毫沒有減弱。

「好痛喔，放開啦……」我用另一隻手輕輕推了推他。

「對不起！」吳彥霖意識到自己弄痛我，趕緊鬆手，紅著臉站在旁邊，一句話也不吭。

我真的沒有辦法忍受這種怪異的氣氛，不停思索該要如何脫身。

「沒事的話，我要回家了。」過了半晌，我硬是擠出這句話。

「等等，柯芹軒，我們、我們去吃冰好嗎？」

「吃冰？現在是冬天耶。」

「吃、吃紅豆湯啦，巷尾的冰店冬天不是會賣紅豆湯嗎？」吳彥霖的臉更紅了。

「但是……俞亦珊不在。」我囁嚅道。

俞亦珊今天剛好有家教課，一放學就匆匆忙忙趕回家了。

自從察覺到吳彥霖對我似乎懷有異樣的情愫後，每次見到吳彥霖，我都有些手足無措，幸虧大多時候都有俞亦珊陪在我身邊，才不至於覺得尷尬，偏偏她今天卻不在……

「沒有亦珊，就不能跟我出去嗎？」吳彥霖有些沮喪，口氣也隱含質問。

我有種強烈的預感，該來的還是會來，也許我已經無法再逃避了。儘管如此，我仍暗自祈禱他千萬不要挑明講出那件我們彼此都心照不宣的事。

「我今天有事，不能去。」我趕緊邁開腳步，準備往教室門口去。

「妳是真的有事嗎？」吳彥霖一改先前戰戰兢兢的態度，倏地提高音量道：「不要以爲我沒發現，妳一直在躲我，如果我造成妳的困擾，妳可以直說，不要一直躲在亦珊背後。」

聞言，我略微遲疑地轉過身，只見他背脊挺直，臉上的臊紅已然褪去，一雙晶亮的眼睛定定地盯著我看。

「我不相信妳不知道我心裡是怎麼想的，至少，我知道妳對我不是沒有感覺。」

他朝我走過來，不斷逼近，我不由自主地連連後退。

在這個瞬間，我突然覺得吳彥霖變得好可怕，我不認識這樣的他。

「我不想再裝了，所以妳也不要再裝作不知道了，」他目光灼灼，令我難以直視。

我在心中拚命向他祈求，不要說出來啊，拜託！

「我很喜歡妳，而且我喜歡妳很久了。」他又上前一步。

我已經被他逼得無路可退，只能背靠在牆上，全身顫抖，書包從我肩上滑落，咚地一聲掉在地上。

此時，我對吳彥霖的恐懼，已經超過喜歡他的心情了。

我微微仰頭看他，他什麼時候比我高那麼多了？他的聲音什麼時候不再像個可愛的女生，而是轉爲低沉了？他的臉龐早已稚氣褪盡，五官立體有如刀刻，喉結明顯。

眼前這個人，我不認識。

「你……不要這樣……」我小聲說。

「我才要求妳別這樣，妳這樣假裝什麼都不知道，我很痛苦。」

你這樣逼我，我才覺得痛苦。

「妳對我到底是怎麼想的？」他問。

「我不喜歡你，我只當你是好朋友。」

吳彥霖似乎被我這回答嚇到了，而我也被我異常冷靜的聲音給嚇到了。

「老實說，你每天打電話來我家，讓我覺得很煩，而且每次都是聊一些無關緊要的事。」我低下頭盯著鞋尖，身體的顫抖已然停下，但是嘴巴卻停不下來，「我們單純當朋友不是很好？而、而且，最令我感到最困擾的是，我……我已經有男朋友了，你的舉動會讓我男朋友產生誤會。」

說完，我抬頭飛快看了他一眼。

吳彥霖瞪大眼睛，踉蹌倒退了幾步，沒再說話。

不知道時間過了多久，他慢吞吞地蹲下身，撿起地上的書包遞給我，我看都沒看他，接過書包就往樓梯的方向飛奔。

「對不起。」

我聽到吳彥霖的聲音在我背後響起。

那聲音是那樣平板，那樣悲傷……

「其實時間也沒過去多久，從妳騙他到現在，才……」俞亦珊誇張地扳著手指計算，「才三個月耶！三個月前的妳，想不透自己為何會騙他，現在呢？妳想出個所以然了嗎？」

「還好畢業了……」我雙眼低垂。

「妳說什麼？」

「俞亦珊……它的意義太沉重了。」我把湯匙放下，徹底沒了吃冰的興致。

「太沉重？什麼東西太沉重？」

「喜歡所包含的意義……我只要一想到我要對它負責，我就感到害怕。」

「對喜歡負責？」俞亦珊滿臉問號。

我起身去到櫃臺結帳，我知道俞亦珊不會懂的。

「柯芹軒。」俞亦珊也跟著站起來走到我旁邊，「是妳想得太複雜了吧？兩個人互相喜歡，就試著交往看看啊，哪有什麼好沉重的？」

「我不知道，哎喲！不要再討論這件事了啦，每次聽到我就覺得煩。」付完錢，我逕自走出冰店。

「我覺得可能是妳沒有很喜歡吳彥霖吧，我可以這麼想嗎？」俞亦珊還不肯放過我。

我沒有回答俞亦珊的問題，但我覺得應該不是這樣吧？其實我也不是很清楚自己是怎麼想的，只覺得不想再探究這件事了。我依然喜歡吳彥霖，不過我只想默默喜歡著他就好，完全不打算越線。

或許是我太保守了，可是我才國三，才剛滿十五歲沒多久，現在交男朋友還太早吧。當然，有時候我也會羨慕那些有男朋友的女生，我也很想體驗那種想念一個人到哭泣的心情，不過我自覺承擔不起，那太奢侈，也太沉重了……

從吳彥霖表白的那天起，從我欺騙他的那天起，我們便沒再交談過。儘管俞亦珊和吳彥霖的相處依然友好如常，然而任誰都看得出來，我和吳彥霖之間出了問題，卻無人敢過問。

我央求俞亦珊替我圓謊，於是吳彥霖相信我眞的交了個外校的男朋友，他要俞亦珊帶一句話給我。

「造成妳男朋友的誤會，我很抱歉，我不會再這麼做了。」

我聽了很難過，但又能如何？這是我自己做出的決定，我也認爲吳彥霖很可憐，可是我別無選擇。

我抬頭望向天空，陽光好刺眼，晒得我都暈了。

這個暑假，我一次也沒有遇到住在附近的吳彥霖，以前巧遇的頻率很高，幾乎每天都會見到他。我很想見他，卻又不想見他。

好幾個夜晚，我都在床上翻來覆去地想著，也許眞沒那麼困難，也許我只要打個電話給他，我們之間的友情就能恢復。

只是每次在按下最後一個號碼的那一瞬間，我又退縮了。

我嘆了一口氣，索性翻開靜華女中寄過來的暑假作業，眞不愧是升學率出色的好學校，都還沒踏進學校的大門，就先分派作業給新生。

偏偏作業第一題就是我最不會的根號，數學根本是我的天敵，以前都要仰賴吳彥霖教我，現在我只能靠自己了。

「阿芹，電話。」媽媽把電話拿到房裡給我。

我接過電話，「喂？」

「柯芹軒，要不要出來啊？」

是俞亦珊。

電話那頭十分吵雜，她應該人在外面。

「不了，好熱，我要在家寫作業。」我意興闌珊地說。

「妳給我出來啦！我就快要去英國了，妳這死小孩不抓緊時間跟我多聚聚嗎？」

「哎啊，上次不是已經爲妳辦了盛大的歡送會嗎？而且我們又不是不會再見面。」我一邊講電話，一邊看向幾乎還是空白一片的數學作業，不由得有些發愁，「眼看就快開學了，我還有一堆數學作業沒寫。下次啦！」

「妳是這樣對待妳將要遠行的死黨嗎？把數學作業帶出來，我在巷尾那間冰店等妳，沒來妳就死定了！」

「喂……喂？喂喂？喂？」

俞亦珊還眞是我行我素，居然直接掛我電話，吃定了我就是拿她沒輒。於是我只得換上俞亦珊今年提前送我的生日禮物——一件可愛的洋裝，並配上吳彥霖去年生日送我的髮夾，帶著數學作業出門了。

八月的天氣眞不是開玩笑的，柏油路上浮著一層熱氣，我想到去年盛夏時，吳彥霖還在我身邊打轉，問我來年暑假要不要一起去哪裡玩，才過了短短一年就人事全非。

我要自己不要再去想那些了，冰店就在前方不遠處，我加快步伐走過去。

冷氣開得超強的冰店擠滿人潮，這裡販售的各式冰品便宜大碗又好吃，不僅吸引許多學生成爲死忠顧客，更有不少觀光客慕名而來。

我照慣例走向最角落的位子，果不其然，俞亦珊就坐在那裡，我正要喊她，卻又立刻噤聲，因爲我認出了坐在她對面的人。

那是吳彥霖。

我沒有猶豫，旋即轉身離開，不料俞亦珊眼尖發現了我，高聲大喊：「柯芹軒，這邊啦！」

吳彥霖扭頭朝我投來一瞥，隨即移開目光。

俞亦珊，妳是瘋了嗎？爲什麼要把吳彥霖也找來？

「來來來，我已經幫妳點好草莓冰了，快坐下吧。」

就在我還躊躇不前，不知該如何是好之際，俞亦珊先一步跑過來，半推著我來到座位旁，並爲我拉開椅子。

我渾身僵硬地入坐，眼睛瞄都不敢瞄向坐在對面的吳彥霖。

一時無人出聲，氣氛非常尷尬，我只覺如坐針氈。

過了好半晌，我咬牙站起來，艱難地開口：「我、我還是回去好了。」

「來，草莓冰！」服務生卻正巧將冰品送上桌。

吳彥霖與俞亦珊同時看向我，後者揚起微笑。

「來，芹軒，妳的草莓冰來了。」俞亦珊起身用雙手往我的肩膀用力一按，強行讓我坐回椅子上。

「妳數學作業帶了沒？」俞亦珊又說。

我只想快點吃完冰快點回家，故意置若罔聞，只埋頭將一勺又一勺草莓冰送進嘴裡。

俞亦珊這女人哪裡會懂我的尷尬，她見我不答，居然逕自拿起我放在一旁的帆布袋，拿出裡頭的數學作業交給吳彥霖，動作一氣呵成，我根本來不及阻止。

「吳彥霖，你幫芹軒做作業。」俞亦珊毫不客氣地指使他。

我大驚失色，也顧不得吃冰了，扭頭驚慌失措地看向俞亦珊，而吳彥霖竟真的依言接過數學作業。

「妳男朋友沒幫妳做？」吳彥霖忽然冒出一句。

「她男朋友是個白痴，不是很聰明。」俞亦珊秒答，一臉幸災樂禍的樣子。

我惡狠狠地瞪著她，心想自己是什麼地方惹到她啦，她要這樣對我？

「那妳還跟他交往啊？柯芹軒，妳不是對愛情很有自己的一套堅持嗎？」吳彥霖幾乎是嘲諷地冷笑，看向我的眼神冰冷得毫無溫度。

我眼眶一熱，很是委屈，現在是怎樣啊？你們兩個是怎麼回事？幹麼一直針對我？

「我自己做就好！」我從吳彥霖手中搶回作業本，沒想到下一秒又被他搶去。

「妳又不會根號，筆給我。」吳彥霖不看我，只是把手伸到我面前。

我微微一愣，從筆袋找出一支自動筆放進他的掌心，看著他專心致志地替我解題，我心中湧起一股難以言喻的疼痛。

而俞亦珊的手機在這不恰當的時機鈴聲大作，她一邊接起一邊走出冰店。

只剩下我和吳彥霖，氣氛更尷尬了，我低頭猛吃那盤已經快要見底的草莓冰。冰店裡人聲鼎沸，也不知道爲什麼，我卻覺得自己清楚聽見了吳彥霖筆尖滑過紙張的聲音。

我很難過，非常難過。

「好了。」吳彥霖停下筆。

「啊？」

「幫妳寫完了，反正高中老師不認識妳的筆跡，我的字也不醜，就這樣交出去吧。」

他把作業還給我。

「那就……謝了。」我不敢看他，接過作業便收進帆布袋裡，打算等俞亦珊那長舌婦講完電話回來，我就要找個藉口離開。

「妳男朋友高中考到哪間學校？」吳彥霖忽然問。

「什麼？」

「學校啊？」吳彥霖的聲音透出一絲不耐煩。

我全身一僵，腦袋裡一片混亂，想不出該把哪間高中套在我那根本子虛烏有的男朋友身上。

「嗯……那個……他……」我低頭揪著衣角，額頭不斷冒出心虛的冷汗。

「算了。」吳彥霖見我回答不出，也不再追問，正當我暗自鬆一口氣時，他又說道：「他頭腦不好，成績自然也不好，對吧？難怪妳不想說出他念哪間學校。」

吳彥霖今天每一句話都句句帶刺，每一句話都讓我心痛。

「對，他笨，可以了吧。」我站起來準備要走。

「那他不會笨到連醋都不吃吧？」

「什麼意思？」

吳彥霖微微一笑，抬手指向我頭上的髮夾。

「那個，」他淡淡地說，「那是我送的吧，妳男朋友可以忍受妳戴別的男生送妳的禮物嗎？」

「什……什麼？」

「而且還是個被妳拒絕過的男生。」

雖然吳彥霖臉上帶著笑容，但我知道他正在生氣。

難道我就沒脾氣嗎？欺騙他的確是我不對，可這並不代表我就要沒有限度地受他的氣。

「吳彥霖，你夠了喔。」我低聲說，淚水在我眼中打轉。

「妳說什麼?」

「我說,」我瞪著他,「你講夠了沒?你是希望聽到什麼樣的回答?不要盡說些令人難堪的話。」

「這種話叫令人難堪?什麼啊?我完全不懂妳在說什麼,我不懂的程度就像妳不懂我喜歡妳的程度一樣。」吳彥霖驟然提高音量,引來冰店其他客人的側目,頓時全場都安靜了下來。

我作夢也想不到吳彥霖會跟我這麼說話,這麼大聲、這麼生氣,他臉上的笑容早就消失了。

「我不想說了,再怎麼說還是一樣。」我倉皇地說完,立刻轉身走開。

此刻我只想趕快逃離吳彥霖,一路低垂著頭急行,不想讓任何人看見我臉上的表情,不料在冰店門口與正巧講完電話的俞亦珊撞個滿懷。

「唉呀!小心一點啦,咦?芹軒妳怎麼了?」俞亦珊拉住我

「沒什麼,我要回家。」

我推開俞亦珊的手正要跑開,吳彥霖卻追了出來。

「如果我說我還喜歡妳呢?柯芹軒?」他大聲說,目光定定地落在我身上。

「什麼?」俞亦珊似乎也被嚇到了。

「我根本不在乎妳有沒有男朋友,我不相信妳對我沒感覺!」

吳彥霖對我的情感如此強烈直接,讓我沒來由地感到害怕,我無法直視他飽含情感的

目光。

「我、我一點都不喜歡你，你不要再造成我的困擾了！」

所以我選擇用這種方式拒絕他，選擇用傷害他來保護自己。我拔腿衝出巷子，留下一臉錯愕的俞亦珊，還有……

吳彥霖。

我喜歡吳彥霖，沒錯，我非常肯定這一點，縱使剛剛發生過那樣的事，我還是喜歡他。

那爲什麼我不但不肯接受他，還要謊稱自己另有男友？

其實我也搞不清楚自己是怎麼想的，眞的是因爲這個年紀交男友還太早嗎？還是因爲要畢業了？難道是我不夠喜歡他？可是我的心這麼痛，痛到幾乎要不能呼吸，痛到淚水掉個不停，如果不夠喜歡他，我會這樣嗎？

我搞糊塗了，究竟要對一個人懷有什麼樣的心情，才能變成男女朋友？難道男女之間那種想要在一起的心情，就叫愛情嗎？那麼友情呢？愛情和友情要怎麼區分？

我想要和俞亦珊在一起，也想要和吳彥霖在一起，他們都是我的好朋友，然而我和俞亦珊之間是友情，換作我和吳彥霖就是愛情了嗎？

我不懂，完全不懂。

那天夜裡，我失眠了。

「歡迎各位優秀的女孩加入靜華女中這個大家庭，希望未來的三年，妳們可以在這裡找到自己的夢想。」

台上的校長還在高談闊論，台下的許多人已然意興闌珊地開始放空，而我則好奇張望四周，偷偷打量這群將要共度未來三年的同學。

哇！好多女生都長得很漂亮，相較之下，我的外表顯得非常平凡。

正當我沉浸在這股夾帶著自卑的感傷中時，廣播突然放起了輕快的音樂，原來校長的開學演講已經告一段落，幾位年紀看起來像是大學生的年輕男生魚貫上台，應該是學校特地從大學康輔社團請來的。

「各位漂亮的妹妹們，請牽起隔壁同學的手，兩個人一同跳舞，藉此增進感情吧！」一位康輔大哥對著麥克風說完，隨即牽起身旁男生的手扭腰擺臀起來，將氣氛炒熱。

也許是被他的熱情感染，漸漸有不少人鼓起勇氣向隔壁互不相識的同學搭話，順利與對方牽手共舞。

我最怕生了，以前因為有俞亦珊帶著我，才能認識很多朋友，沒有俞亦珊在身邊，我根本無法想像自己要如何結交新朋友，更遑論主動牽起陌生人的手。

「同學，手。」站在我右邊的女孩落落大方地將猶若白玉的手伸了過來。

「好的……」我不敢看對方，戰戰兢兢地把全是手汗的手放上她溫暖的掌心。

好不容易完成了康輔大哥交代的任務，但我可不敢跳那種需要扭腰擺臀的舞，總覺得有點丟臉，就算全校都是女孩子，我還是會不好意思。

不過如果是在俞亦珊面前，我那些羞恥心就可以輕而易舉地拋開。

俞亦珊……她已經出國念書了，那天去機場送機，我們還一邊緊緊相擁，一邊哭個半死。以前我從沒想過有一天會與俞亦珊分開，我們從小一起長大，有俞亦珊的地方就有柯芹軒，有柯芹軒的地方就有俞亦珊，視彼此的存在爲理所當然，沒想到她竟選擇國中一畢業就出國留學。

一想到這裡，我眼眶又是一熱，頓時覺得自己被丟下了，很是茫然無措。

「同學，妳沒事吧？我看妳一直低著頭，是不是身體不舒服？」和我牽手的那個女孩語帶關心地出聲相詢。

「啊？啊！沒事啦，不好意思。」

眞是的，我在感傷什麼，俞亦珊寒暑假都會回來呀，我必須要振作起來好好過生活，別讓俞亦珊笑話。

想到這裡，我鼓起勇氣抬頭看向那個女孩，準備與她攀談，卻在看清她的臉那一瞬間，我張大了嘴，一句話也說不出來。

天啊！我是來到選美大會現場嗎？站在我前面的是這次比賽的冠軍嗎？她眼睛好大，睫毛好長，聲音好甜，笑容好美，一頭蓬鬆的大波浪捲髮披散在肩上，整個人就像個精緻無比的洋娃娃。

所謂「桂林山水甲天下，陽朔山水甲桂林」，如果要套用這個句型來比喻，那就是「俞亦珊的美甲天下美女，這位同學的美甲俞亦珊」！

呃，雖然有點怪怪的，但她的美就是如此出眾。

「啊，音樂已經結束了，可以鬆開手了。」她清脆的聲音像是在唱歌似的。

「好……」我居然看她看得傻掉了，眞是太失禮了。不過她確實很漂亮，美到連女生都會心動。

「我叫齊若琳，妳呢？」她自我介紹。

「我叫柯芹軒……」

「那妳知道芹軒坊嗎？」

「芹軒坊？」

「一間賣雞爪的店唷。」她俏皮地笑。

「騙人！」我不信。

「眞的啦，那間店就在學校對面的某條巷子裡，我家就住在附近，我很熟的！不過那間店不只有賣雞爪啦，還有很多種中式茶款，以及各式美味的茶點，很適合喝下午茶，不過它可不是一般常見的那種下午茶餐廳喔，該怎麼說？芹軒坊比較類似貓空山上的茶館，不過又不太一……」

她宛如打開話匣子，碎碎念了一長串，而且音量不小，連前排的班級都有人轉頭朝她看了過來，似乎很不以爲然。

「妳的家人會不會是依照那間店名來幫妳取名字的啊？」

「不是，我不住在這附近。我家距離學校大概要幾十分鐘車程。」我壓低聲音說。

「那妳……」

我注意到台上老師的目光往我們這裡徘徊，完了，我心中升起不祥的預感。

「一年仁班第三排，第五和第六個同學，我知道妳們很想認識對方，等回到教室以後，就會有一段自我介紹時間，所以現在可以請妳們專心聽我說話嗎？」

妳看啦，馬上就被罵了。

台下同學都在竊笑，眞是丟臉到家了！

「死老太婆，關她屁事啊？」齊若琳悻悻然地嘀咕了一句。

咦!?

「妳說對吧？柯芹軒。」

我終於見識到什麼叫作人不可貌相，居然會從這位超級大美女口中聽到這種難聽的粗話，實在太出乎意料了。還有，在我的觀念裡，師長地位崇高，她怎麼能這麼罵老師，也太奇怪了吧？

一年仁班的教室在校舍五樓最左邊的樓梯間旁邊，教室左側則是一小塊空中花園。學校每個年級都編列有十個班，分別爲眞、誠、信、望、愛、忠、孝、仁、義、和。義班與和班是自然組，每班約五十名學生。

✦

在一個人走回教室的路上，我又想起去機場送別俞亦珊的那天。

那天我和吳彥霖分別趕赴機場送俞亦珊登機，三個人碰頭之後，聊沒幾句，我覺得有點尷尬，便藉口說自己要去洗手間。等我回來的時候，吳彥霖已經離開了，只剩俞亦珊獨自站在原地等我，臉上寫滿不贊同。

俞亦珊說我這麼躲著吳彥霖，讓他很難過，他剛剛眼眶都紅了，而她連一句安慰的話都不知道該怎麼說。

「妳知道嗎？柯芹軒，我差一點就要告訴吳彥霖妳是騙他的了。」

「不行！絕對不行！妳敢說妳就死定了，俞亦珊。」

「可是，我看到吳彥霖那個樣子，眞的很不忍心，如果妳看到他悲傷的神情，一定也會心軟。」

「夠了啦，俞亦珊，我不管，妳心軟什麼啊？妳不能這樣！」

「爲什麼不能？我對吳彥霖有……」俞亦珊忽然止住話。

「有什麼？」

「有……」俞亦珊撇過頭，「有一種接近親情的友誼……」

「妳騙鬼啦，接近親情的友誼咧。」我嗤之以鼻。

「總、總之，我一定要老實說出我的想法，妳很怪，真的很怪，也很自私。吳彥霖誠實面對自己的感情，並且向妳告白，而妳只會逃避。」

「什麼？」我不敢相信俞亦珊會這麼說我。

「就是這樣，自私鬼！害怕只是妳逃避的藉口，好了，暑假見啦！」說完俞亦珊就拎起隨身行李跑到登機口前，轉頭對我揮手大喊：「柯芹軒，希望妳高中不要重蹈覆轍，加油喔！」

「加油什麼啊，笨蛋。」我被她這番話說得眼淚都掉下來了。

果然是俞亦珊，離開前還不忘訓我一頓，然後又立刻讓我為她的離去感傷。

俞亦珊，雖然這樣說怪怪的，但是我絕對不會辜負妳的期望，如果我在高中遇到一個我喜歡的人，而他也喜歡我，那麼我會試著跨出那一步的。

不過我念的是女校，這種機會大概幾乎為零。

「如果大家沒有異議，那就決定由周子瑜擔任這學期的班長嘍？」

全班響起熱烈的掌聲，坐在我旁邊的同學站起來向大家點頭致意，看來只顧著沉浸在回憶裡的我好像錯過什麼事了。

「那……關於其他的股長人選，大家應該也都沒有異議吧？掌聲通過吧！」

於是全班再次響起掌聲，我朝黑板看過去，被一行字嚇得目瞪口呆。

學藝：柯芹軒。

為什麼是我啊？誰提名的？

一陣心慌之餘，我注意到坐在斜前方的齊若琳向我微笑頷首，看樣子是她提名我的。

「其實我比較想當學藝股長，但是算了，讓給妳吧。」坐在我旁邊的同學忽然對我說。

「啊？」我轉頭看向對方，也就是新任班長周子瑜。

咦？這……這裡是女校吧？

因為今天只是新生訓練，大家都穿著便服到校，不過周子瑜的打扮也太男孩子氣了吧？頭髮更是短得離譜，我一時不知道怎麼形容，反正如果在街上遇到她，我一定會以為她是男生，花美男類型的那種！

「我很喜歡做學藝的工作，沒想到會當上班長。」

周子瑜的聲音比一般女生略低，不過並不粗啞。我仔細端詳她的長相，鼻梁堅挺，雙眼明亮，一頭淡褐色的短髮，膚色微黑，身材瘦高。

正當我專心盯著她瞧時，她語氣平靜地說：「別看了，我是。」

「妳是？是什麼？」我不解地問她。

「妳心中很疑惑對吧，我是女生沒錯，但我也是男生。」

「什麼？」

「就是這樣。」她燦爛一笑，沒再作聲。

她在說什麼啊？我有聽沒有懂啦。

第二章

與國中相較，高中的課業壓力明顯變重，才剛開學就每天小考不斷。除了課業，學藝的工作內容也不少，雖然有正副兩位股長，仍讓我有些分身乏術。

等我意識到時間的流逝，已經開學一個月了，感覺好不眞實。

撰寫教室日誌是學藝股長的工作之一，日誌裡需載明課堂進度，最後再交由老師簽名。此外，學校還要求必須把課堂上的特殊狀況記錄下來，何謂特殊狀況？其實就是哪位學生的表現特別「顯眼」。

校方宣稱此舉是出於關心學生，但我覺得這只是給予導師監控班上同學的藉口罷了。儘管如此，我還是每天乖乖完成教室日誌，也把同學在課堂上的特殊舉動寫進備註欄裡。

超級大美女齊若琳是教室日誌備註欄裡的常客，幾乎每天都會有她，就像現在，她又提出一些白痴問題擾亂課堂秩序了，見班上同學個個笑得東倒西歪，我不禁想，有這麼好笑嗎？上課不是該嚴肅一點嗎？

「老師，聽說白居易和元稹是同性戀，這是眞的嗎？」齊若琳今天的第三個白痴問題在下午第二節國文課迸出來了。

「妳聽誰說的啊？」國文老師是個年輕女人，她臉上浮現一絲尷尬。

「沒有，是我自己這麼覺得，國中課本有一篇〈與元微之書〉，裡面白居易不是說兩人的交情如膠似漆嗎？元稹也是，一聽到白居易被貶官，還立刻『垂死病中驚坐起』耶！」

我注意到已經有好幾個同學眼睛一亮。

齊若琳自顧自地往下說：「如果元稹是女生，會做出這種反應我還相信；白居易只不過是被貶，又不是性命交關，男生怎麼可能擔心朋友擔心到明明自己已經病懨懨了，一聽到消息就忽然從床上彈跳起來，然後還爲這件事作詩，根本就是文青嘛！而且他們之間一定有不可告人的關係！」

聽完齊若琳斬釘截鐵做下的結論，我頗不以爲然。

白居易和元稹確實都是文青沒錯，但妳管白居易與元稹兩人的書信往來做什麼？現在是在上〈傷仲永〉耶！〈傷仲永〉妳懂不懂啊？請妳討論王安石爲什麼會寫這篇文章，或是資優生仲永長大以後爲什麼會「泯然眾人」之類的問題好嗎？

「聽說賈誼和漢文帝也是。」不料坐在我旁邊的周子瑜居然煞有介事地附和。

「也是什麼？」我不可置信地看向她。

「同性戀啊！漢文帝本來早就想把被貶到南方的賈誼召回朝中，卻遭群臣強烈反對，只得作罷。最後漢文帝終於忍耐不住思念之情，硬宣賈誼進宮，長談至深夜。妳想想看，一個皇帝怎麼會如此掛心一個臣子呢？而且聽說賈誼長得很像漢文帝已逝的愛妃，總之，漢文帝和賈誼有一腿。」周子瑜侃侃而談。

「呵呵呵，那妳知不知道我其實是從火星來的同性戀，特地來到地球，企圖把這裡變成同性戀大本營？」我冷冷地說。

眞是夠了！不要再討論同性戀了，把話題轉回仲永身上吧！

下課鐘聲適時響起，老師明顯鬆了一口氣，像是慶幸終於得以把燙手山芋拋開，「下課了，明天我們再繼續討論同性戀，啊，不是，是〈與元微之書〉……不不不！是〈傷仲永〉！」

望著老師急急忙忙走出教室的背影，我不由得對她深表同情，並且在心中對她致上最高敬意。

難爲妳了，老師。

我拿起教室日誌走到齊若琳座位旁邊，啪地一聲將日誌放在她的桌上：「齊若琳，妳自己看，這是這星期的教室日誌，妳又占滿備註欄了。」

「眞是不好意思，看來我又是最出風頭的人了。」她甩了甩那頭波浪般的長捲髮，這動作引來四周同學的笑聲，也令我有些生氣。

同時她撥頭髮的舉動也再次讓我想起俞亦珊，那天她打越洋電話告訴我，她剪掉長髮，換了個俏麗的短髮造型。

我問她爲什麼，俞亦珊一直很珍惜自己那頭寶貝長髮，怎麼說剪就剪了呢？

「因爲英國太熱了。」

俞亦珊這麼說，但我不相信。

到底是發生了什麼事，才會讓曾經把頭髮視爲第二生命的她，毅然剪去長髮？

學藝股長還有另一項重點工作，就是教室布置。我們班的進度有些落後，讓我有些挫敗，連帶懷疑起自己的領導能力，原本想利用放學後留下來趕進度，可惜事與願違。

「哈哈哈，這個不是這樣做啦！」

刺耳又高亢的笑聲時不時傳來，我忍不住瞪向始作俑者。

「齊若琳，妳可以不要再玩了嗎？」

「我沒有玩啊，我在教小芷做紙花，妳看她啦，做出來的根本是楊桃吧！」齊若琳眼帶笑意地指向桌上的摺紙，表情無辜。

小芷的全名是林芷馨，是班上的康樂股長，她不只名字聽起來柔弱，連個子也很嬌小，看起來很天眞可愛，這樣的人被選爲康樂股長都沒有怨言了，我也該做好學藝股長的工作才是。

只是，齊若琳這個傢伙不知道是怎樣，老是在我周圍打轉，明明教室布置的工作人員名單沒有她，她卻每次都堅持留下來「幫忙」，使得許多事情無法按照我預定的計畫進行。

「哎唷，我手上沾到顏料了啦，我去洗一下！」齊若琳看著自己的手皺眉，起身走出教室。

「我眞的受不了她耶！」望著她離開教室的背影，我不禁抱怨。

「小軒，妳不用太在意若琳，她其實很有責任感，做事也很細心，別看她平時瘋瘋癲癲的，必要的時候，她會是個很可靠的朋友。」周子瑜一邊將畫紙釘在布告欄上，一邊對我說：「我國中和她同班，我很了解她。」

「是喔。」我拾起齊若琳做的那一朵還算精緻的紙花，好，她的美術天分的確還不錯，但……「等等，妳剛剛叫我什麼？」

「小軒啊！」周子瑜拿起第二張全開畫紙繼續往布告欄釘去。

「爲什麼這樣叫我？」

「就當作外號吧，妳的名字有夠難念，芹軒芹軒，不小心就變勤學了。」

「『小軒』這個稱呼不錯啊，哈哈，以後我也要叫妳小軒。」

齊若琳恰巧從教室外面走進來，也不知道爲什麼，見她那副沒心沒肺的開心模樣我就來氣。

我有種沒來由的預感，我的高中生活將會和這兩個人脫不了關係，而我對此眞的很不喜歡。

✦

「搞什麼！」一大早剛走進教室的周子瑜氣急敗壞地大吼，「太誇張了吧！」

大家紛紛對她投去好奇的目光。

「怎麼啦？火氣這麼大。」齊若琳停止玩弄我的頭髮，將注意力轉向周子瑜。

我情不自禁鬆了一口氣，齊若琳這女人一到學校就纏著我不放，說要試試她昨天在雜誌上看到的一款編髮造型，硬要拿我當作練習對象，對我的頭髮又拉又扯，害我頭皮好痛。

「我剛剛遇到教官，」周子瑜把書包往桌上用力一摔，發出巨大的聲響，我注意到小芷被嚇得全身一顫。「他說我頭髮太短，不符合規定。我聽過頭髮太長被要求剪短，但我可沒聽過哪個學生被挑剔頭髮太短，還要留長。」

先姑且不論周子瑜的頭髮長度是否有違髮禁，光是她每天都穿著體育褲進出校園，就已經違反校規了，難怪會被教官盯上。

靜華是間頗爲傳統的女中，校方希望學生在外一律穿著裙裝制服，如果天氣太冷，進到學校想換長褲，老師與教官都會睜一隻眼閉一隻眼，然而一旦去到校外，這件事就變得沒得商量。

像周子瑜這樣時時刻刻穿著體育褲的人，班上只有她一個，其他同學通常都是每逢要上體育課前，才會把門窗關好，集體在教室裡更換運動服裝。剛開始，有些同學還會跑到廁所換衣服，時間一久，也就習慣直接在教室更衣。

但不包括我，我到現在還是不習慣當眾換衣服。

今天第一節就是體育課，我拿起裝著體育服的袋子，準備從前門走出教室。

「小軒，妳要去哪裡啊？」齊若琳大聲問我。

「我要去廁所。」

爲什麼她總是愛找我攀談？班上有那麼多同學，爲何偏偏愛找我？

「小軒妳不會是要去廁所換衣服吧？」

「是啊。」我腳步未停。

「太見外了吧！」她上前幾步拉住我的手。

天啊，齊若琳的皮膚也太滑嫩了吧！

我忍不住低頭朝她拉著我的手瞥去，一看她的手就知道她平時一定沒在做家事，掌心細滑，肌膚白嫩。齊若琳的力氣很大，硬是把我拉回位子旁邊。

「大家都是女生，有什麼好害羞的，再說學校的廁所間數已經夠少了，如果不上廁所，就不要去和別人搶廁所用了吧。」

齊若琳毫不羞怯地當著我的面把襯衫扣子一粒一粒解開，讓我不看都不行。她不只長得美，身材也凹凸有致，十分火辣，所謂的「天使臉孔，魔鬼身材」，形容的就是她這種人吧。

「林芷馨，今天體育課要上什麼？」周子瑜把上衣脫掉丟在桌上，她裡面還多穿了一件黑色T恤。

「我是女生，也是男生。」

其實我一直很好奇，周子瑜開學第一天對我說的這句話是什麼意思。

說真的，我一開始以為她是在暗指自己是變性人，現在當然知道那是我的誤解。就讀女校的這幾個月以來，我漸漸發現學校有些女孩子，在外表打扮或言行舉止上都很像男生，大家都說她們是「T」，也有人說是「拉子」。

我特地上網查過，T是Tomboy的簡稱，是指像男孩子的女生。

雖然我仍然不是很懂，不過我明白她們大概會以女生作為戀愛對象，那這樣不就是同性戀嗎？

每個人都有選擇戀愛對象的自由，這點我很尊重，可是我還是覺得奇怪，就算喜歡女生，為什麼非要把自己裝扮得像個男孩子？這到底是想當男生，還是純粹只是喜歡女生？況且再怎麼像男孩子，生理上也還是女生啊。

「上星期老師有說，差不多要開始為期末的排球考試，以及下學期的排球大賽做準備了，所以應該是打排球吧。」小芷一邊低頭整理衣物袋一邊說，從頭到尾都沒有抬眼瞧過周子瑜。

「嗯……排球喔。」周子瑜喃喃低語，似乎若有所思，隨即走出教室。

在我眼裡，周子瑜應該是全校最像男生的T了吧，一百七十公分的身高，俊俏的臉龐，亦男亦女的中性氣質，讓她無論站在哪裡都很顯眼，已經有好幾個學姊成為她的死忠粉絲，每天下課都會故意經過我們班教室門口偷看周子瑜，不時竊竊私語，甚至爆出驚天動地的大笑，吵死人了。

不過周子瑜本人不知道是沒發現還是怎樣，她好像不以為意。反倒是齊若琳，她只要一看到學姊們出現，就會格格笑個不停，並且對周子瑜擠眉弄眼。

而齊若琳那帶著揶揄的眼神，也莫名令我感到煩躁。

望著周子瑜的背影逐漸走遠，我發現林芷馨的目光也同樣落在她身上。

「啊——」我忽然驚叫一聲。

「小軒妳幹麼啦，嚇我一大跳。」齊若琳揉著耳朵抱怨。

「妳、妳好意思問我？妳為什麼要掀我裙子？」簡直無法置信！

「我看妳好像在發呆，想說那我來幫妳換衣服好了。本來想直接脫掉妳的裙子，可是又怕妳如果沒穿安全褲會曝光，所以我就決定，乾脆先把裙子掀起來看看妳有沒有穿安全褲，還好我有掀耶！因為妳沒穿。」齊若琳一臉做了好事等待被稱讚的表情。

我氣得全身發抖，怎麼有這種人啊！她真的覺得自己這麼做是在幫我嗎？

「齊若琳妳很討厭！幹麼每次都要捉弄我？」我憤怒地大吼。

我今天穿的是條舊內褲，還破了個洞，我打算再穿一次就要丟掉，剛剛不曉得被多少同學看在眼裡，實在有夠丟臉的。

「妳幹麼老是自以為是我的好朋友？我根本不想和妳有任何牽扯。」我控制不住不斷上湧的怒氣，不假思索便脫口而出。

我以為齊若琳會跟以往一樣跟我打哈哈，沒想到她今天的反應卻很不尋常，先是一愣，旋即不發一語地轉身走出教室。

也好，這樣耳根子總算清淨多了，眼看快要打鐘，託齊若琳的福，這下我只得留在教室換衣服了。我才剛把體育服從袋子裡拿出來，就被人打斷。

「芊軒，」林芷馨不知何時站到我旁邊，「我覺得妳剛剛那樣說不太好。」

我瞪大眼睛看著林芷馨，她怎麼幫齊若琳說話？

「難道妳不覺得她瘋瘋癲癲的嗎？」

「她是有點瘋癲沒錯，可是還挺可愛的不是嗎？」林芷馨振振有詞。可愛？

「而且她會耍瘋癲的對象也就只有妳和班長，這樣不是代表她對妳們另眼相待，在妳們面前最放得開嗎？」

「我倒是希望她在我面前能拘謹些。」我沒好氣地回。

齊若琳把我視爲她的好朋友，但我對她可沒有同樣的想法。

✦

我對體育課一向興趣不高，班上大多數女生也都選擇窩在樹蔭下聊天，打發掉一節課，體育老師並不強迫大家一定要下場打球，有時甚至還會過來和學生一塊聊天。

今天天氣不錯，我不打算躲在樹蔭底下，便走到紅磚砌成的花台邊坐著，懶洋洋地閉上雙眼，感受沐浴在陽光下的溫暖與愜意。過了一小會兒，我突然萌生出一股奇異的預感，覺得下一秒齊若琳就會冷不防從背後抱住我，於是我迅速雙手抱頭，並把頭埋入屈起的雙膝之間。

「芹軒，妳在幹麼啊？」

我鬆開手，抬頭一看，只見林芷馨滿臉疑惑地站在我面前。

「咦？」我往後瞥去，什麼人都沒有。「奇怪？」

是我太敏感了嗎？難不成是我這幾個月太習慣齊若琳黏在我身邊嗎？

這時我注意到齊若琳一個人在操場的另一頭沿著跑道踽踽獨行，神色鬱鬱，與平時總是神采飛揚的她不太一樣。

「我想齊若琳是被妳嚇到了吧。」林芷馨也朝齊若琳望去。

「她看起來是有點怪怪的……哎唷！」我的頭突然被人拿排球敲了一下，「誰啊？」

「小軒，妳來陪我練習。」周子瑜手拿排球站在後方，臉上帶著淺笑。

我不打算練習排球，就算要練習也要和小芷一起。

「我要和小芷一起練習……咦？小芷？」只是當我轉過頭去，林芷馨卻已去到樹蔭下和其他同學聊天，她怎麼能如此神出鬼沒？而且也離開得太莫名其妙了吧，連招呼都不打一聲。「她為什麼要忽然走掉？」

「她最近好像在躲我。」周子瑜聳肩。

「躲妳？為什麼？」她們有吵架嗎？我怎麼不知道？

「前幾個禮拜，我在放學回家的路上看到她被一個男生糾纏，所以我過去想幫她解圍，她沒跟我道謝就算了，還直接跑開，我想可能是我壞了她的好事吧。」周子瑜邊說邊托球，這是體育課期中考試的項目之一，要連續托球至少三十下。

「什麼叫做壞了她的好事啊？」我不明白這句話的意思。

「嗯，可能那個男生其實是在搭訕她，她也對對方有興趣，而我打擾到他們了。」周子瑜停下手上的動作，歪著頭說：「不過當時我很確定她為此感到困擾，才會過去幫忙。後來想想，她之所以跑開，也許是因為她覺得很丟臉吧。」

「丟臉？怎麼說？」這下我更不明白了。

「有些人……有些人認為，像T這樣的女生很丟臉，認識T也很丟臉，大概是諸如此類的想法吧。」周子瑜笨拙地想表現出滿不在乎的樣子，不過很明顯地，她失敗了。

「我不覺得妳丟臉。」我說。

周子瑜看著我笑了笑，「謝謝，我知道。因為妳很善良。」

善良？我當然不是什麼壞人，但我也不會是善良的。

如果我善良，我就不會用謊言欺騙吳彥霖；如果我善良，我更不會對齊若琳說出那樣傷人的話。

「我並不善良。」

「相信我，妳很善良。」周子瑜定定地望著我，眸光溫柔，和吳彥霖望向我的眼神一樣。

一時之間我不禁害羞地低下頭，怎麼回事？她明明是個女孩，卻讓我感到害羞。

周子瑜突然冒出一句：「若琳那種極端的個性，妳竟然還可以忍受近半個學期。」

「嗯……」恐怕我要讓周子瑜失望了，她並不知道我剛剛才對齊若琳發過脾氣。

「不過看來妳的忍耐也已經到了極限，妳沒有錯，那是若琳自身的問題。」

「咦？妳知道……我剛才對她發過脾氣？妳怎麼會知道？」我很意外。

「看若琳那個樣子我就知道了，我很了解她。」她望向站在遠處的齊若琳，目光飽含許多意味不明的情感。

周子瑜沒再往下說，逕自拿著排球往樹蔭下走去。

「欸，T是什麼意思？」我也不知道自己哪根筋不對，竟把腦中倏地閃過的疑問問出口。

周子瑜腳步急煞，扭頭看向我，臉上滿布詫異，我才驚覺自己太沒禮貌了，連忙向她道歉。

「對不起！請當我沒問。」

「所以我說妳很善良。」周子瑜笑了笑，「一般人就算知道我是T，也不會當面來問我，只會在背後議論紛紛。有時候我會生出一股衝動，想拿起麥克風大喊『是啊！我是T，那又如何？』，可是，畢竟只是衝動。」

我暗自消化她的言下之意，默不作聲。

「所以我說妳很善良，妳選擇直接當面問我，這樣總比一談到相關話題就刻意閃躲，或在背後胡亂猜疑的人好。」

「我不知道這樣是不是就能算是善良，我只是忽然想到才會脫口而出。」看來她可以接受我問這個問題，於是我小心翼翼道：「那麼，意思是說……妳喜歡女生嘍？」

「哈哈哈哈！」周子瑜大笑，「小軒，我說過我國中和若琳同班吧。」

「嗯。」我現在是被她轉移話題了嗎？

「我希望妳能和她好好相處，她以前不是這個樣子，不會這樣瘋瘋癲癲的。」周子瑜神情若有所思。

這可引起我的興趣了，所以齊若琳以前是個很正經的人？

「是發生了什麼事嗎？她爲什麼會變了個樣？」

「嗯，妳知道她長得很漂亮吧。」

「當然。」只是個性敬謝不敏。

「當時有很多男生喜歡她，她個性文靜，不太愛說話，對每一個人都笑笑的，長久下來，開始有人說感覺她好像把話全憋在心裡，只用虛假的笑容來迎合大家。」周子瑜繼續有一搭沒一搭地托球，「很多女生都認爲若琳很做作，加上後來又發生了一件事，班上男生不約而同站出來護著若琳，讓那些女生更看不慣，群起排擠若琳，最後甚至無視她的存在。」

我完全沒想過總是嘻嘻哈哈的齊若琳，竟然有這麼一段過往。

周子瑜再次往齊若琳看去，「她高中之所以行徑變得如此誇張，我猜想與這段過往有很大的關係。她是個很好的女孩子，我眞的很希望妳可以和她好好相處。」

究竟是爲了什麼事而讓齊若琳被班上女生集體霸凌，周子瑜講得不清不楚，我也無意追問，但我能想像被排擠的感覺一定很不好受。

「妳這麼在意她，是因爲妳喜歡她嗎？」這是我歸納得出的結論。

「妳說呢？」周子瑜似笑非笑。

她果然是喜歡女生的！原來周子瑜喜歡齊若琳啊，這可眞是個大八卦，「校草」喜歡上校花耶！

「喔，那我就這麼認爲了。」我點點頭。

「妳好像不驚訝我喜歡女生。」

「進女校這麼久了，我心裡也有底。」

「但有些人還是不能接受，他們覺得這樣很噁心。」周子瑜語調不帶任何情感，彷彿談論的事與自己無關。

「是有點奇怪吧。」我老實說。

「妳會排斥嗎？」周子瑜認眞地問我。

「當朋友我很歡迎。」我也誠摯地回答。不過如果對方喜歡我，那又是另外一回事了。

「嗯，朋友啊……」周子瑜往後退了幾步，把球拋高，冷不防一記殺球朝我迎面襲來，「接住！」

「哎唷！」我慌慌張張地把球打回去，「妳幹麼突然這樣啦！」

「快去撿球吧，小軒。」周子瑜的笑似乎別有深意，我這才發現她其實很愛笑。

「明明是妳胡亂打過來的……」我沿著排球滾動的方向走去。

球一路滾了好遠，最後停在齊若琳的腳邊，她緩緩地彎下腰把球撿起來。

我忍不住回頭看向周子瑜，她在偷笑，原來她是故意的。

她一定是喜歡齊若琳啦，要不然她怎麼會那麼希望我能和齊若琳和好。

「妳的球嗎？小軒？」齊若琳臉上完全沒了平日不正經的樣子。

「理論上來說，是周子瑜的。」我可沒有說謊。

「不過周子瑜已經走嘍。」

我再次轉頭看去，已不見周子瑜的身影，眞是的，她這麼做實在太明顯了，刻意安排我和齊若琳打破僵局。

齊若琳輕笑，「這很像是周子瑜會做的事。」

「她是想讓我向妳道歉吧，對不起，我剛剛說得太過分了。」我低頭盯著地上的碎石子，尷尬地說。

「小軒妳不需要向我道歉，是我做錯了。」齊若琳把球還給我，神情難過。

「嗯。」我確實也覺得齊若琳的行徑有點太誇張，雖然我不該對她說出那樣的話，但她自己也有責任。

我很好奇齊若琳之前國中發生過什麼事，卻不知該如何開口詢問，只能杵在原地，把玩著手上的排球。

然而齊若琳似乎看穿我的心思，微微一笑，「一定是周子瑜對妳說了什麼吧，她老是爲我擔心，我根本不值得。」

「可能是因爲她喜歡妳吧。」我不假思索道，看見齊若琳瞪大眼睛，我才發現自己又說錯話了，我這個大笨蛋，居然隨便說破別人藏在心裡的感情。

齊若琳突然大笑，昔日聽來刺耳的笑聲，此刻卻宛如銀鈴般悅耳。

「小軒，妳是笨蛋嗎？周子瑜不可能喜歡我。」她抱著肚子笑個不停。

「爲什麼？」

「因爲，我國中搶了她的男朋友。」她終於止住笑。

「什麼!?」我驚愕地大叫。

「小軒，安靜點啦！這是祕密！」齊若琳連忙摀住我的嘴巴，小聲囑咐我。

「男……男朋友？」可是周子瑜不是喜歡女生嗎？

「所以她不會喜歡我，相反的，應該會討厭我才對吧。」齊若琳眼中浮現幾分苦澀。

「妳們以前到底發生過什麼事？」我的好奇心被嚴重激起，周子瑜究竟是個什麼樣的人？

「嗶！集合！大家把球還回來。」體育老師吹哨。

下課時間到了，眞是不湊巧，沒能讓我問個水落石出，等把球還回去，並且換好衣服後，下堂課的上課鐘聲已然響起。

一整堂課下來，我完全心不在焉，滿腦子都是齊若琳和周子瑜在體育課跟我說過的話。

雖然沒有明講，不過周子瑜幾乎等於承認自己喜歡女生，也沒否認她喜歡齊若琳；可是齊若琳卻說自己國中搶了周子瑜的男朋友，因此周子瑜絕對不可能喜歡她。

這實在是太奇怪了，但我非常肯定周子瑜十分在乎齊若琳，所以眞相到底是什麼？

「柯芹軒，妳爲什麼要一直發出怪聲音？」站在講台上的歷史老師朝我看過來。

「我有嗎？」突然被點名，我有些茫然無措。

全班哄堂大笑，難道我無意間發出了什麼聲音嗎？好丟臉喔！我臉上頓時一熱，如果地上有個洞，我一定會立刻鑽進去，還要加門上鎖！

「小軒，妳可要把自己在課堂上發出怪聲音的事寫進教室日誌喔。」齊若琳調侃我，「要不然每次都只有我一個人在上面，很寂寞呢！」

這下子全班笑得更大聲了。

齊若琳能對我說出這番話，表示她已經恢復如常，對此我雖然很高興，卻不免糗得面紅耳赤。

過了一會兒，上課氣氛重歸平靜，我臉上的熱度仍未退去，我暗自嘀咕，千萬不要被誰發現，否則一定又會被笑了。

「小軒，妳的臉好紅。」一個刻意壓低的聲音從右方傳來。

我嚇了一跳，猛地扭頭看去。

周子瑜脣邊帶著淺淺的笑意，也許是因爲我激盪的心緒尚未平復，我覺得此刻的她，看起來眞的很像個男孩子。

「嗯，我每次臉紅都會很久才消。」我不好意思地解釋。

「這樣不是很可愛嗎？」她輕笑。

大概是我眼花了，我覺得周子瑜既好看，又耀眼。

我感覺到自己的臉更紅了。

✦

時間過得很快，周子瑜和齊若琳在體育課對我提及兩人的過往時，還是夏末，如今時序已經進入初冬，制服的百褶裙也由夏天的水藍色，換成了屬於冬季的深藍。我一直都想追問她們更多的細節，卻總是找不到合適的時機。

緊接著迎來了升上高中的第一次期中考，我努力死背課本上所有的數學公式，然而只要一遇到有參雜根號的題目，就只能束手投降，幸好總的來說，我算是考得不錯，所以沒太放在心上。倒是當我不經意瞄見齊若琳因爲考試考砸，而獨自在空中花園偷偷落淚時，頓時覺得她很可愛。

最近我對齊若琳似乎有些改觀，雖然她偶爾還是會做出一些誇張的行徑，但我可以感覺得到，她對我說的每句話都很眞誠。調整心態之後，和齊若琳之間的相處愉快許多，我也發現自己之前把一些其實無關緊要的小事太過放大看待了。

教室布置也順利在期限內完成，並且因爲齊若琳精湛的手工藝而得到年級第二，我和周子瑜擅自在獎狀上加入齊若琳的名字，齊若琳笑得好開心。

我和周子瑜也處得不錯，她會在體育課教我打排球，每次我上課發呆被老師叫起來回答問題時，她也會低聲告訴我正確答案。

有時候，周子瑜依然會讓我出現臉紅心跳的反應，不過我爲這件事找到一個非常合理的解釋。在女校念書，每天只能和一堆女生朝夕相處，突然冒出一個外表中性又俊俏的女孩子，會爲她臉紅心跳也是正常的，我並不需要太在意。

自從那一次體育課後，我和齊若琳、周子瑜的距離拉近不少，時常三個人結伴行動，無論做什麼事都一起完成，如同我過去和俞亦珊、吳彥霖一樣。不過有一點不一樣的是，在這次的三人行裡，不會有愛情降臨在我身上，我可以當個輕輕鬆鬆的旁觀者，坐看周子瑜和齊若琳之間的戀情發展。

經過近距離觀察她們兩人的互動後，我察覺到齊若琳始終對周子瑜懷抱著一股歉疚感，只要是周子瑜主張的事，她都不會反對。我暗自猜測，齊若琳應該是想要藉此補償自己當年搶了周子瑜男友的過失吧。

當然，這只是我的猜測。

但我能肯定周子瑜是喜歡齊若琳的，她對齊若琳處處體貼入微，更有許多不著痕跡的貼心。看著這樣一心一意對一個人好的周子瑜，我不再覺得女生喜歡女生是有哪裡奇怪了。

每天早上，周子瑜都會幫齊若琳買早餐，然後也會順便幫我買一杯豆漿，我對周子瑜說不必這樣，但隔天她依然會把豆漿放到我桌上，並且從來不跟我拿錢。我覺得這樣很不妥，每天十幾塊十幾塊累積下來，也是一筆很可觀的金額。

然而，就在我硬要把錢塞給她時，她卻不悅地走出教室。

「周子瑜幹麼要生氣？」我感到疑惑。

「她可能不喜歡人家這樣吧。」齊若琳繼續吃著她的早餐，正確來說，是周子瑜買給她的早餐。

「給她錢她還不喜歡？」我第一次遇到這種人。

齊若琳聳聳肩。

「那妳也都沒給她錢嗎？」我隨口問，心裡其實知道周子瑜一定不會跟齊若琳拿錢。

「我哪有那麼不要臉，是我叫她幫我買早餐的，我當然都有給錢。」齊若琳怪叫。

這眞是出乎我的意料之外，「不是她主動幫妳買的嗎？」

「哪有呀，是因爲我家附近的早餐店不好吃，學校附近的早餐店又都很多人，我才會請周子瑜幫我買。」齊若琳嘴裡嚼著蘿蔔糕，「這家超好吃。」

「她有收下妳的錢？」我還以爲周子瑜是那種喜歡幫喜歡的人出錢的類型。

「當然，要是我忘記給，她還會跟我要呢。」齊若琳喝了口奶茶。

「那她幹麼不收我的錢？」這次輪到我怪叫了。

「不一樣嘛！妳又沒叫她買，是她自己要買的。」

「她喜歡妳，每天買早餐給妳就算了，但她買給我實在太奇怪了吧。」我湊近齊若琳耳邊小聲說，深怕被別人聽到。

「哈哈哈哈！」沒想到齊若琳卻爆出一陣誇張的大笑，「笨蛋！妳怎麼還是認爲她喜歡我？」

「噓！不要那麼大聲啦！」我連忙制止她。

齊若琳這個白痴，這種話怎麼能說得那麼大聲，教室門口那群周子瑜的粉絲學姊一定也聽到了，才會用那種凶狠的眼神瞪著我們！

近來周子瑜在學校的人氣銳不可擋，畢竟她長得好看，成績出色，運動表現也很突出，完全就像是那種在男女合校裡會成爲眾人目光焦點的男生，差別只在於我們學校是女校，而周子瑜是女生。

「妳喜歡我嗎？」齊若琳往那群學姊聚集的方向大聲問。

我狐疑地看過去，才注意到周子瑜不知何時回來了，正要走進教室，卻被齊若琳沒頭沒腦的提問給問得一愣。

「妳在問我嗎？」她先是左右張望，然後才困惑地指了指自己。

「當然！小軒一直說妳喜歡我！」齊若琳笑盈盈地解釋。

我現在非常確定齊若琳是個低能兒。

她們兩人的對話引來班上同學的側目，大家都屏住呼吸等著聽周子瑜如何回答，那群學姊先是又狠瞪了齊若琳一眼，隨即難掩好奇地看向周子瑜。

周子瑜朝我覷來，突然爆笑出聲。

眾人都被周子瑜的反應嚇了一跳，不懂她為什麼要笑，況且她平時很少笑得如此恣意張揚。

有個學姊趁機從口袋掏出手機偷拍周子瑜，學校規定不能帶手機到校，但此刻我沒有心情去管這件事。

「快說啊，大家都在等著妳的回答。」齊若琳神色自若地催促周子瑜。

奇怪了，齊若琳身為話題中的主角，為什麼她表現得一副事不關己的樣子，反倒是我非常緊張，手心不斷滲出冷汗。

「我怎麼會喜歡妳？」周子瑜勉強止住狂笑。

「對嘛！我就說嘛！」齊若琳用一種「妳看吧」的眼神得意地看著我。

「可是、可是妳之前……」我大驚失色，忍不住往周子瑜看去。

那時候周子瑜明明就是默認自己喜歡齊若琳啊。

「之前我是不想回答妳的蠢問題！」周子瑜的笑容帶著戲謔，「小軒，妳也太可愛了吧？妳這麼以為多久了？不會一直到現在都這麼以為吧？」

我又感覺到自己臉紅了，真的好丟臉！

「好啦！不要再欺負小軒了。」

我想這大概是我認識齊若琳以來，她說過最動聽的一句話了，雖然讓我陷入如此窘境的罪魁禍首，追根究柢也是她。

「還在吵什麼？上課鐘響了不知道嗎？」

我從來沒這麼感謝老師準時走進教室。

班上同學一個個回座，但仍有幾個人還在低聲交談。

「原來是誤會，我也一直以爲班長喜歡齊若琳耶。」

「她們超配的。」

「柯芹軒臉超紅的啦！」

「噗，柯芹軒好好笑。」

我一直無法集中心思上課，只能將雙手貼在臉頰上，希望紅熱快點退去。一整個下午就這麼渾渾噩噩地過去，等我意識到的時候，已經來到了放學時間。

「小軒，妳還記得我跟妳提過的芹軒坊嗎？」齊若琳跑來問我。

「賣雞爪的那個啊。」那間店的店名跟我的名字一樣，怎麼可能會忘記。

「妳也知道喔？我以爲只有住這附近的人才知道。」周子瑜背起書包。

「嗯，怎麼了嗎？怎麼會提到芹軒坊？」我收拾好東西準備回家。

「我們去那邊坐一坐聊聊天吧。」齊若琳露出甜甜的笑容。

「爲什麼突然想找我去那裡聊天？」

「因爲我看小軒妳似乎誤會了很多事，想找個機會一次跟妳說明清楚。」齊若琳輕描淡寫地說：「既然妳沒空，那就算嘍。」

「等等！」我忍不住斜覷周子瑜一眼，她點點頭，表示她也願意坦白相告，於是我與奮地一口應下，「我要去。」

看來我心中那些疑問終於能在今天獲得解答。

「太好了。」齊若琳滿意地笑了笑，「那妳需要打電話回家報備嗎？」

「電話借妳。」周子瑜把自己的手機遞給我。

「學校不是禁止帶手機嗎？」我狐疑地問，周子瑜眞的很愛違反校規耶。

「拜託！小軒，妳也太愛遵守規則了吧！」齊若琳不以爲然地撇嘴。

第三章

和媽媽報備會晚點回家後，我們一行三人來到芹軒坊。

芹軒坊位於靜謐的巷弄深處，店面卻意外地大，裝潢以咖啡色系爲主，一塊寫著店名的木匾掛在門口，大片的落地窗邊還有個小小的水池，環境古色古香，我一眼就喜歡上這裡了。

「這間店很不錯吧！」齊若琳笑著對我說。

我一時竟說不出話來，只能如搗蒜般猛點頭，並且注意到周子瑜因爲我的反應而暗自竊笑。

「阿琳、阿瑜，妳們來了喔！」一個身材高壯的中年男子從店門裡迎出來，他嘴邊蓄著濃密的落腮鬍。

「老葛，我們今天帶新朋友過來唷！」齊若琳把我推到前面，「這位是我高中同學，她也叫芹軒！」

「芹軒？兩個字都和芹軒坊的店名一樣嗎？」老葛挑眉。

「對啊！很巧吧。」齊若琳的嘴角得意地翹起。

「我一定要好好招待她！太有緣了！」老葛說完便將目光移到周子瑜身上，「阿瑜，妳怎麼還是打扮成這樣啦！」

「我覺得我現在這樣很好啊，我喜歡這樣。」周子瑜堅定地說。

「妳以前秀秀氣氣的樣子不是好看多了嗎？」老葛走進店裡，我們也跟著魚貫而入。

老葛那句話的意思是說，周子瑜以前是個「女孩」？儘管心中疑惑，我仍識趣地不發一語，安靜入座。

店裡的空間比外面看起來還大，桌位之間都有隔板隔起，提供客人私密感。店內客群大部分爲上班族以及家庭，偶爾有一、兩桌是學生。

櫃臺前方陳列了好幾種茶葉，可以試喝後再決定要點哪一種。在周子瑜的大力推薦下，我們點了一壺香片，並且在齊若琳不容反對的堅持下，再點了一盤雞爪和滷味。

「這個眞的好好吃喔！」我第一次吃到這麼好吃的雞爪！

「我就說吧！這裡的東西既便宜又美味，雖然我一直搞不懂賣茶的地方爲什麼要賣滷味，但就是絕配啦！」齊若琳嘴巴塞滿食物還硬要講話，卻依然無損她的美麗，眞不公平啊。

「和香片的味道也很搭。在台灣，香片多半指的都是茉莉花茶。」周子瑜斟好茶後，分別把茶杯遞給我們。

「妳很清楚嘛。」齊若琳調侃她。

「現學現賣啦！」周子瑜笑著指了指櫃臺前面的介紹看板。

「哎唷！差點忘了今天帶妳來這裡的目的，就是要跟妳說清楚我和周子瑜之間的愛恨糾葛啦！」齊若琳忽然看著我，大力地拍了一下手。

「什麼愛恨糾葛，不要亂說，等等小軒又誤會。」周子瑜連忙糾正她。

「快說啦，我早就想知道了。」我立刻坐正，準備洗耳恭聽。

「很久很久以前……」

「齊若琳不要鬧了啦！」我不耐煩地打斷她。

「哈！好啦！妳看這張照片。」齊若琳從皮夾裡取出一張護貝好的照片，「這是我國中和一群朋友的合照，我是左邊數來第二個，妳注意看一下站在我右邊的那個女生。」

我拿起那張照片仔細端詳，照片裡的齊若琳除了頭髮短了一點，笑容假了一點，外表和現在差不多，一樣很漂亮，不難理解爲何她周圍的男生會爲她著迷，而站在她右邊的女生眉清目秀，長髮及肩，總覺得有點眼熟，可是又想不起來是誰。

「妳看得出來那個人是誰嗎？」齊若琳語氣難掩興奮。

「很眼熟，但我不知道她是誰。」我注意到齊若琳眼中迸出一絲得意洋洋的光彩。

「那是周子瑜啦！」

「咦？」這是周子瑜？難怪這麼眼熟，與其說是我認不出她，不如說是我沒有料想到她會留長頭髮，但照片裡的她與現在的她也差異太大了吧，「這到底是怎麼回事啊？」

周子瑜喝了一口香片，「不然，妳以爲我是一出生就知道自己喜歡女生嗎？」

「不是嗎？」不然是怎樣？我是眞的不太理解，畢竟之前我身邊從來沒有過像周子瑜這樣的朋友。

「若琳，有些事情我也想趁今天一起跟妳說個明白，妳先來吧。」周子瑜又替自己倒了一杯茶。

「嗯，好吧，可能我這樣說，小軒妳會覺得有點好笑，不過我國中那時候非常文靜內向。」齊若琳啃完一根雞爪，打開一包濕紙巾擦手。

聞言，我不禁噗嗤一笑。

「不要笑啦！聽我說，當時我表面上裝得一副溫柔和善的樣子，任何時候我都笑臉以對，只是一旦碰上討厭的事，我還是會忍不住在心裡罵個不停。長久壓抑自己眞正的情緒下來，我時常感覺快要受不了了。」

這部分之前周子瑜有跟我透露過，我並不意外。

「我知道不是每個人都能接受我原本的個性，所以即使辛苦，我還是要自己忍耐。」齊若琳停下話，定定地看著我，「我國中因爲拘謹而被說是假仙，高中我想改變自己，卻又太過，導致小軒妳不能接受，我老是把事情搞砸。」

我沒作聲，關於這點我不否認。

「我知道自己長得漂亮，再配上刻意營造出來的溫柔形象，引來許多蒼蠅在我身邊打轉，儘管內心無比厭煩，我卻仍勉強自己對每個人都和顏悅色。」齊若琳淺淺一笑，「我不是笨蛋，我當然知道有些女生是因爲我很受男生歡迎，才跑來跟我做朋友，不過我也不想破壞那種微妙的平衡，如果大家都能從這樣的關係裡各取所需，那麼就這樣吧。」

周子瑜拿起叉子挑了一塊滷味送進嘴裡，臉上沒什麼特別的表情，彷彿這些事她早就知道了。

「那時班上有一對從國一就開始交往的班對，我每次和那個女生四目相交，都覺得對方的眼睛像是看穿了我，她早就看出來我是裝的，而且在看我能裝多久，我在她面前總是不太自在，於是對她的態度也淡淡的。偏偏她的白目男友也不知道在想什麼，大概是想緩和我跟她之間的氣氛吧，時常找機會逗我笑。

「老實說，他這番作爲實在是無聊至極，不過我還是會假裝被他逗笑，不讓場面太難看。不料班上其他女生卻看不慣了，她們指摘我不該和那個男生走那麼近，應該要保持距離。就我看來，她們才不是在爲那男生的女朋友伸張正義，只是出於嫉妒。那個男生在學校算是小有名氣，頗受女生歡迎。」齊若琳眼神流露出一絲輕蔑。

「有一天，那個男生莫名其妙就說自己喜歡上我，還說他爲了我已經和女朋友分手，然後班上女生就開始排擠我了。」齊若琳的表情看不出是氣憤還是無奈。「也太好笑了吧，平常群聚在我身邊，每次分組都搶著要和我同組，還買什麼象徵友誼的吊飾，結果爲了自以爲是的正義，說翻臉就翻臉，從來沒人問過我事情的眞相，也沒人理會我的感受，我更懶得去爲自己辯駁。班上男生見女生聯合起來排擠我，就站出來爲我說話，他們根本不知道這樣反而是火上加油。」

女生吵架，男生最好不要介入。這是恆久不變的眞理。

「明明是很簡單的事，卻讓班上女生的自以爲是，以及班上男生的逞英雄給弄得越來越混亂，害我的考試成績一塌糊塗……好啦，我是有點在牽拖啦，我的成績本來就不怎麼樣。」齊若琳俏皮地吐舌。

「我有問題，被男友提出分手的那個女生，她是怎麼想的？」我舉手插話。

「那個女生跟一般人很不一樣，她一點都不在意，反而主動過來安慰我。她說，如果我不拿出眞心對待別人，別人當然也不會眞心對待我，雖然這句話很老套，但對當時的我來說如同當頭棒喝。」

哇！那個女生眞的很不一樣耶，男友移情別戀愛上齊若琳，她居然還願意去開導齊若琳！我在心中默默爲那個既明理又善良的女生喝采。

「後來她就剪短了頭髮，轉而喜歡女生。我一直認爲她是不想讓我太過自責，才故意有了這些轉變。」齊若琳的目光定定地落在周子瑜身上，「是這樣嗎？周子瑜？」

我瞪大眼睛，扭頭看向坐在我旁邊的周子瑜，原來那個女生就是她！

難怪這個故事我越聽越有幾分熟悉，齊若琳之前就曾跟我約略提過幾句。難道周子瑜的轉變，眞的是因爲對齊若琳心懷愧疚？

「唉。」周子瑜輕嘆一聲，「下面這些話我從來沒有跟誰說過。若琳，我一點都不埋怨我前男……嗯，我一點都不埋怨他喜歡上妳，相反地，我還爲此鬆了一口氣。」

聞言，齊若琳滿臉不解，我也很詫異。

「我和他交往的原因很莫名其妙，班上就我們兩個是田徑隊，我的個性比較大剌剌，和他也算聊得來，於是兩人越走越近，等我意識到的時候，在眾人眼中看來，我們已經自然而然成爲公認的班對了。然而，當時的我，並不了解所謂的男女朋友是什麼意思。」

周子瑜又爲自己斟了一杯香片，一壺茶將近見底。

「相較之下，比於他，我更在意妳，在意妳爲什麼要過得那麼壓抑，所以我時常和當時的男……」周子瑜怎麼樣也說不出「男朋友」這三個字，「總之，我時常和他討論到妳，而後他時常去逗妳開心，雖然我看得出來妳一點也不覺得開心，但見妳裝出興致高昂的樣子，我暗自覺得有趣，直到有一天，他告訴我，他喜歡上妳了，當下我眞的有種鬆了口氣的感覺。和他在一起不是不開心，但就是什麼感覺都不對，當他第一次，嗯，親我的時候，我甚至感到噁心。」

周子瑜努力把這段話說完以後，端起已經變涼的茶水喝下一大口。

齊若琳有些吃驚，卻仍安靜聆聽，沒有打斷周子瑜的敘述。

「後來班上女生排擠妳，讓我頗爲生氣。我拍過幾次妳的肩膀以示安慰，而我察覺到自己在碰觸妳的時候，比碰觸他更開心，我才明白自己其實喜歡女生。」說到這裡，周子瑜啊了一聲，趕緊澄清，「不過那並不表示我喜歡妳，別誤會。是妳讓我發現這麼重要的事，我一直都很感謝妳，所以我希望妳能過得好。就這麼簡單。」

語畢，周子瑜和齊若琳兩人四目相接，神情複雜。

我有點慚愧，深覺自己不該因爲好奇，而追問她們的過往，或許這是她們不想提起的祕密。

同時，我也頗能認同周子瑜的想法，爲什麼每次一和異性相處融洽，旁人就會力拱兩人交往？而相處融洽的對象一旦換成同性，就可以只是好朋友？

就像我……也曾心生困惑，我和吳彥霖、俞亦珊都是好朋友，爲什麼只因爲他們性別不同，而一邊是友情、一邊是愛情？

難道相處融洽發生在異性之間就是愛情，發生在同性之間則是友情？

但這種說法，在周子瑜身上並不適用。

我轉動眼珠，該不會我也喜歡女生？

不不不，不可能，我對俞亦珊和齊若琳的碰觸都沒有任何感覺，面對她們也不會緊張，反倒是面對吳彥霖，以及面對……

我偷偷朝周子瑜瞟去，而她也恰巧看了過來，我連忙乾咳幾聲，別開眼睛道：「我覺得，我不應該聽這些的。」

「妳不是一直想要知道嗎？」齊若琳把目光轉向我。

「是沒錯，可是我不知道會這麼沉重。」我以為只是一些無傷大雅的八卦，好吧，我是有點膚淺沒錯。

「妳是若琳第一次敞開心胸結交的好朋友，所以妳應該要知道。」周子瑜注視著我。

「周子瑜，妳才是我第一個好朋友啊。」齊若琳笑著對周子瑜說，眸光溫柔誠懇，周子瑜靦腆一笑。

「所以小軒，我不會喜歡周子瑜，她也不會喜歡我。」齊若琳語氣篤定，「我相信男女之間有純友誼的存在，我和周子瑜之間也有。」

我輪番望著她們兩人，心中盈滿感動。

雖然我和齊若琳不一樣，我並不相信男女之間存在著純友誼，但我認同她所說的，她和周子瑜之間的友誼不會有愛情來打擾。在今天把話挑明之前，她們就已經是對彼此心懷感謝的好朋友了，周子瑜對齊若琳的關心是感謝，齊若琳對周子瑜的順從也是感謝，這是一段多麼美好的友誼。

看著她們，我不禁想起俞亦珊，自從她上次打電話告訴我她剪短頭髮後，我們就沒再聯絡了，回家我一定要打通電話給她。

「那妳有喜歡的人嗎？周子瑜？」我腦中忽然閃過這個疑問。

周子瑜似乎被這突如其來的問題嚇了一跳，有些驚慌失措。

「怎麼這麼問？」周子瑜不答反問。

「我只是好奇，即便是異性戀，喜歡的人都不見得能喜歡自己了，喜歡同性的妳一定更辛苦吧。」我趴在桌上噘起嘴巴，「喜歡的人也喜歡自己，進而交往，那樣的事簡直就是奇蹟啊。」

我想起吳彥霖，不免生出幾分惆悵難過。

周子瑜和齊若琳交換了一下眼神，坐在對面的齊若琳倏地站起身，彎腰從上方抱住我，嚇得我幾乎要驚跳起來。

「呵呵，小軒，看妳說得感同身受似的，是和男朋友怎樣了嗎？」齊若琳抱著我格格笑。

「沒有啦！我沒有男朋友！」我急忙撇清，並掙脫齊若琳熱情的擁抱，她絲毫不以爲意，笑嘻嘻地坐回原位。我側頭認眞看向周子瑜，「不要討論我的事啦。周子瑜，那妳有在意的女生嗎？」

我有種想要好好守護周子瑜戀情的心情。

「呵。」周子瑜笑著迎向我的目光，摸摸我的頭，「總有一天，妳會明白的。」

她的笑容好溫和，那種眼神真的和以前吳彥霖望著我的眼神很相似。

既熟悉，又陌生。

「今天眞是特別的一天，我和周子瑜總算把話都說開了。小軒是我們友情的見證者，要是沒有妳，也許這些話一輩子都只能被藏在心底。」齊若琳舉起茶杯，「以茶代酒，乾杯！」

「說得好。」周子瑜也舉起茶杯。

接著她們兩個不約而同都把視線轉向我，我趕緊拿起茶杯跟著舉高。

「乾杯！」

三個茶杯在空中迸出清脆的敲擊聲，我不自覺嘴角勾起。

俞亦珊，我好想妳，一直以來都是妳陪在我身邊，妳是我唯一能倚賴的朋友。

但現在，我終於有種從妳身邊長大了的感覺。

✦

自從在芹軒坊相互表明心跡後，我和齊若琳、周子瑜三個人的感情變得更好了，也更信任彼此了。

「完蛋了啦！」最後一節課上完，齊若琳在教室大叫。

「怎麼了？」周子瑜關心地問。

不用問也知道，想必是齊若琳的數學考砸了吧，這次考試可是占學期成績的百分之二十呀。

「我答案紙好像塡錯格了……」齊若琳哭喪著臉，即便如此，她看起來依然很美。

「不要擔心啦，說不定妳就算塡對格也是錯的啊，而且我們學校又不當人。」我幸災樂禍地說。

以前這種話我只會對俞亦珊說，現在則多了齊若琳和周子瑜，在她們面前，我已經能坦率地做自己。

「小軒妳好過分，我不要理妳了！」齊若琳嘟起嘴巴裝可愛，不過也確實很可愛就是了。

「可是若琳，妳期中考也抱怨過國文塡錯格，哪有塡錯這麼多次的？不會就不會，別想賴到塡錯格上面啃。」我不放過齊若琳，依然揪著她打趣。

「所以老天是公平的啊，讓我長得這麼漂亮，腦袋卻那麼笨。」齊若琳這番話說得倒是理直氣壯。

她眞實的個性其實挺不要臉的，但是我並不討厭。

「小軒妳長得普普通通，功課卻不錯。」

然後講話還這麼直接，再次重申，我並不討厭她這種乍聽是貶，其實是褒的說話方式。

「我哪有功課不錯。」我上次數學小考還不及格哩。

「可是每次作文最高分的都是妳啊，老師都會把妳的作文念出來給大家聽，妳作文眞的寫得超棒的。」齊若琳認眞地說。

「我也認爲妳寫得很好。像上次的聯想作文，根據老師給出的一段文字，妳就可以寫出以外星人爲主角的故事，很厲害耶。」坐在旁邊好長一段時間沒有出聲的周子瑜終於發話了，望著我的眼神帶著毫不保留的讚賞。

被她們這麼大力稱讚，我羞得臉都紅了，「大概是因爲我很喜歡幻想一些有的沒的吧……」

「小軒妳眞的很容易臉紅耶。」齊若琳大聲嚷嚷。

「這樣很可愛啊。」周子瑜笑著說。

我想我的臉一定更紅了。

不知道是因爲我現在少有和男生相處的機會，還是周子瑜實在太像男生了，周子瑜每次誇獎我的時候，我心裡總是會有些小鹿亂撞。

「算了，考試就讓它隨風而去吧，反正不管怎麼懊悔，都已經考完了，把希望放在期末考上吧！」齊若琳不知道是自暴自棄還是看得開，她雙手叉腰仰天大笑。

「還要考排球，別忘了。」周子瑜提醒。

「我一直沒辦法連續托球三十下，一定考不過了。」想起最不擅長的體育，我便覺得沮喪。

「小軒妳很遜耶，我都可以連續托球三十幾下了！」

被齊若琳這樣的學習笨蛋嘲笑，我心中還眞不是滋味。

「而且本來期中就該考了，拖到期末才考，多出了那麼多練習時間，妳還好意思說自己不會！」齊若琳乘勝追擊，但她說的確實是實話。

「那是因爲妳和周子瑜住得近，放學還可以一起練習。」我知道她們每個禮拜三晚上會在公園練習排球。

「那妳也來跟我們一起練習啊。」周子瑜眼睛一亮。

「可是這樣我回家就太晚了，我不喜歡晚上等公車。」我悶悶地說。

「妳家離學校很遠嗎？」周子瑜問。

「是不會很遠，可是要換公車很麻煩。」而且換車的地方還很暗，每次獨自在那邊等車，我都會有點害怕。我把課本收進書包，準備回家，「那我先走了。」

「拜拜！明天見。」齊若琳向我道別。

周子瑜沒有作聲，只對我揚了揚手，一臉若有所思的樣子。

從小到大，我都不喜歡人多的地方，特別厭惡人滿爲患的通勤時刻。

和一群陌生人緊緊貼著的感覺很討厭，尤其是下雨天，有些人即便進到擁擠的車廂，也不會把傘收起來，濕答答的傘面沾在小腿上的觸感，說有多噁心就有多噁心。公車站牌附近站滿學生，不要說有座位，能擠上公車就算是幸運了。

「芹軒，我們一起回家吧。」

林芷馨不知道是什麼時候出現在我身畔的，她笑盈盈地看著我。

「小芷？妳也是坐公車回家嗎？」我從未在公車站牌見過她。

「平常我都搭另一班車，要在另一個站牌等，不過這邊也有車可以到我家。」

「這樣會繞遠路嗎？」

「一點點而已，沒關係。」林芷馨不以為意。

林芷馨這陣子表現得奇怪，每次我和她講話講得好好的，只要周子瑜一加入，她就立刻跑開；有一次周子瑜過去問她事情，她居然理都不理，扭頭就走。林芷馨的反應讓周子瑜很難過，周子瑜猜想，林芷馨應該是覺得她很噁心。

就像周子瑜說的，學校的確有些人討厭T。

我曾聽見一群同校女生大放厥詞，說什麼同性戀的存在十分不正常，長久下去會讓世界走向滅亡。我當時忍不住偷偷翻了個大白眼，導致世界滅亡的可能原因有很多，但同性戀絕對不是原因之一。

我要搭乘的公車來了，車上滿滿都是乘客，有個女生硬要擠上車，結果便當袋被關起的車門夾住，形容狼狽。

目睹這一幕，我和林芷馨不由得相視苦笑。

好不容易在第三班公車到來時，我們終於得以上車，很幸運地，車上還有不少空位，我示意林芷馨先坐進去，自己才在她旁邊坐下。

「另一個公車站牌人應該沒這麼多吧，如果妳在那邊搭車，大概早就到家了。」我搓著冰涼的雙手一邊呵氣一邊說。

已經要十二月了，在這麼冷的天氣裡等這麼久的車，還眞不好受，加上學校制服一年四季都是裙裝，裸露在冷空氣中的雙腳更是連雞皮疙瘩都冒出來了。

林芷馨的雙頰和鼻尖也被凍得紅通通的，模樣天眞可愛。望著這樣的她，我實在很想問清楚一件事。

「妳是不是討厭周子瑜？」

「爲什麼這麼問？」她看起來很驚訝。

「因爲妳老是躲著她。」

林芷馨嘆了口氣，看向窗外，緩緩說道：「有一次我在學校附近等公車，遇到一個男生纏著我不放，他從國中就一直騷擾我，讓我覺得很可怕，旁邊明明有好幾個同校的女生，卻沒人願意過來幫我。」

這件事我知道，周子瑜跟我說過。

「然後班長剛好經過，她請那個男生離開，那個男生很沒禮貌，他對班長說了一些很難聽的話。」

「他說什麼？」我注意到林芷馨擱在腿上的兩隻手緊握成拳。

「他說……死人妖、不男不女之類的……」林芷馨支支吾吾地說。

「太過分了吧！」我憤怒地大罵，引得幾個公車上的乘客朝這邊看了過來，我急忙壓低聲音，「怎麼可以講這種話！也太沒品了吧。」

我氣得全身發抖，那個男生怎麼可以這樣對待周子瑜，她有什麼錯？

「我也覺得他很過分，後來我打電話跟他劃清界線了。」林芷馨神色緊張，像是怕我把她和那個男生歸為一類。

「那妳為什麼要躲著周子瑜？」我氣憤的對象轉為林芷馨，周子瑜幫了她，她卻對她避如蛇蝎。

「因為……我不敢看她。」林芷馨垂下眼睛，聲音幾不可聞。

「什麼意思？」

「那天班長向我伸出援手的時候，我覺得她就像是個真正的男生一樣。」

原來不是只有我有這樣的錯覺。

「所以？」

「從那天起，我一看到她就會很緊張，不知道要怎麼面對她。」林芷馨講話的速度越來越快，視線緊盯著自己放在膝上的手指，耳根隱隱泛紅。

「我本來以為這只是因為學校沒有男生，才會讓我產生錯覺，過一段時間就沒事了。但是每當我看見她和齊若琳或其他女生相談甚歡，我心中都會感覺到一股尖銳的刺痛。」

她緩緩抬起頭，眼中閃爍著淚光，「我好像喜歡上她了。」

「妳喜歡上她？可是她……」

「我知道她是女生，我也想過這會不會只是一時的意亂情迷，可是……當我聽到班長當眾說她沒有喜歡齊若琳時，我情不自禁鬆了一口氣；當我看到學姊結伴過來偷看她時，我感到不是滋味；當我瞥見她在妳面前露出溫柔的表情時，我就很難過。」

林芷馨說話的音量雖小，每一個字卻仍清楚傳入我的耳中。

我從來沒有想過班上會有誰喜歡上周子瑜，我也從來沒有如此近距離接觸到女生喜歡女生的世界。

我不認為周子瑜是怪人，也認同愛情無關乎性別與年齡，然而心裡或多或少還是對於喜歡上同性這種事感到不可思議。

突然有個人淚眼汪汪地告訴我她喜歡周子瑜，除了驚訝，不知道為什麼，我的心竟好像被什麼東西壓住，感覺悶悶的。

「她對大家都很溫柔。」我解釋。

「不！她對妳最特別，我每天都在偷偷觀察她，我看得一清二楚。」林芷馨抬手擦掉奪眶而出的眼淚。

林芷馨真的很勇敢，承認自己喜歡一個人很需要勇氣，更何況對方還是同性。

「我和周子瑜就只是好朋友啊……」我不知道要怎麼說，周子瑜對大家都很溫柔，我從來沒看過她生氣，她總是笑笑的。

「不要誤會，我不是要妳們別做朋友。」林芷馨急忙說。

「妳為什麼要告訴我這件事？」

「我也不知道。」林芷馨像是全身力氣陡然被抽光，整個人有氣無力地靠在座椅上，

「我只是想說出來。」

「妳不怕我說出去？」畢竟我和林芷馨算不上什麼親密的朋友，她沒道理如此信任我。

林芷馨沒作聲。

「難道妳希望我說出去？」我腦中忽然閃過這個念頭，她心機有這麼重嗎？

「可能吧！」林芷馨淺淺一笑，那個笑容讓我背脊發涼。

「妳是想要我幫妳？」

「因為妳和班長很好，我不想去拜託齊若琳，感覺她會把事情搞砸。」

「妳是真心喜歡周子瑜嗎？妳真的想和她交往？」我追問。

「我想和她在一起。」

林芷馨外表嬌小可愛，像尊易碎的陶瓷娃娃，讓人忍不住想保護她。如果她真心想和周子瑜在一起，那我應該要支持。

異性之間要互相喜歡就已經不容易了，更遑論是同性。林芷馨願意向我坦承自己對周子瑜的心意，不僅很有勇氣，也展露出她為愛不顧一切的決心；再者，周子瑜也的確因為林芷馨躲著她而感到沮喪……

也許她們兩個真有發展的可能，所以我沒有理由反對。

但要我撮合她們兩個，我心中卻莫名很不願意。

早知道今天就和周子瑜她們去打排球，這樣我就不會知道這些我不想知道的事情了。

林芷馨見我不說話，便側頭看向窗外，過了好一會兒，才幽幽地說：「妳不願意幫我是嗎？」

「什麼？」我一時反應不過來。

「我給妳添麻煩了嗎？」她猛地轉過頭來，眼中淚光瑩然。

「不是，沒有，我會幫妳的啦！」看她這樣，我就慌了。

「眞的？太好了，妳果然最好了！」林芷馨喜出望外，立刻破涕爲笑，「啊，我要在這站下車，明天見了！芹軒。」隨後便急急忙忙按鈴下車。

我好後悔剛剛一時情急之下答應了林芷馨的請求，我和她又不太熟，要我幫這種忙眞是討厭。

林芷馨的個性讓我有點無法招架，講沒幾句話就掉眼淚，情緒起伏好大，和我先前以爲的她很不一樣。

「阿芹，電話！」一進家門，媽媽就對我大喊。

「不用那麼大聲，我也能聽得見啦。」我無精打采地踢掉腳上的學生鞋，關上鐵門。

「每次都是找妳的，以後電話妳自己接啦！」媽媽沒好氣地說。

「那妳就買一隻手機給我啊，班上只有我沒有手機！」我向媽媽提出這個解決辦法，她卻假裝沒聽見，慢悠悠地走回廚房。

才剛把話筒放到耳邊，就聽見電話那頭傳來一陣笑聲，是我國中同班同學，蔡逸文。她非常八卦，又很大嘴巴，不管跟妳熟不熟，只要妳想知道什麼，都可以透過她探問，相對地，她也很喜歡向別人探問八卦，我國二那年簡直快被她煩死了，每天都跑來問我和吳彥霖交往了沒。

好在升上國三以後，她就去參加所謂的衝刺自習班，否則我和吳彥霖因爲他的告白而陷入尷尬，此事一定會被她鬧得沸沸揚揚，說不定她還會想方設法查出其實我根本就沒有男朋友。

「今天怎麼有空打給我？」問也是白問，一定是想要找我打聽什麼八卦吧。

雖然明知絕對不可能，但有一瞬間，我腦中閃過一個荒謬的念頭：難道蔡逸文知道林芷馨對我說她喜歡周子瑜？

「沒有啦，我只是想說妳果然還是跟吳彥霖交往了吧。」

「什麼？」我震驚不已，畢業都要半年了，怎麼還會傳出這種無中生有的謠言？

「妳從哪裡聽來的？」我試圖保持冷靜，然而顫抖的嗓音已經出賣了我。

「承認了吧！」蔡逸文得意洋洋，像是挖到寶了。

「我和吳彥霖很久沒見面了，怎麼可能交往？」自從在機場送別俞亦珊後，我甚至從未在任何人面前提及吳彥霖。

「可是你們不是還有一起去學校附近那間冰店？」

她怎麼連這個都知道？

「就那一次而已，之後就沒聯絡了，而且當時俞亦珊也在場！」我有些激動地解釋。

我很想忘記那天吳彥霖看向我的眼神，以及他讓我感受到的強烈心痛。

「但俞亦珊出國那天，妳和吳彥霖不是都有去機場送她？」

天啊！她是派私家偵探跟蹤我們嗎？

「對，就只有那兩次，再來就眞的沒有了！」

「少來，連續兩次被我抓到，我才不相信妳。況且我昨天親眼看見你們兩個在東區手牽手逛街！」蔡逸文對我的話嗤之以鼻。

「東區？我畢業後還沒去過東區耶，妳看錯人了吧？」我微微一愣，蔡逸文在搞什麼？

「有啦！我親眼看到的！」她很堅持。

蔡逸文認爲我在狡辯，但明明就是沒有的事，是要我怎麼承認啊！

「眞的不是我，信不信隨妳，要不妳下次看到就過去打招呼，看看對方是不是我啊！」我的語氣也染上不悅，這種玩笑可不能亂開。

「好啦，妳不要生氣啦，就當是我看錯好了。」她不情不願退了一步，隨即又不死心地說：「可是我問了在帝述的朋友，他們都說吳彥霖好像有女朋友耶，我直覺想到就是妳啊。」

「不好意思讓妳失望了，我沒有和他交往。」我冷冷地說。

掛掉電話後，我又想起吳彥霖那時的表情，不由得有些恍惚。

吳彥霖已經交女朋友了……

既然拒絕他的告白，我就沒有資格要求他繼續喜歡我，否則也太過自私，只是他為我痛苦的樣子還歷歷在目……

難道他對我的感情就只有這麼一點點嗎？這麼快就能喜歡上下一個人了嗎？

我想著他曾經的溫柔體貼，想著他在我面前因為羞赧而臉紅的模樣。

當我想到他會用對待我的方式對待另一個女孩時，我心中的感覺非常複雜，也許我還希望他能繼續喜歡我。

也許這只是我自私的虛榮心作祟罷了。

✦

「柯芹軒，全班只有妳一個人需要補考。」在全班的大笑聲中，體育老師宣布了這個對我來說有如晴天霹靂的消息。

「不！老師！拜託啦！」我滿臉通紅，懇求老師放我一馬。

「不是老師不幫妳，妳只連續托球十下，連一半的次數都不到，而且考試都已經延期這麼久，給大家的練習時間也夠充分了，要是讓妳過了，對其他同學說不過去吧。」

老師所言不無道理，我也只能摸摸鼻子退下。

討厭啦!這兩天發生這麼多事，嚴重影響我的心情，我當然會考不好，都怪蔡逸文啦!沒事打那通電話給我幹麼，討厭討厭討厭!

站在我身後的齊若琳正用非常誇張的方式狂笑，笑得腰都扭成一個奇怪的角度了，我轉過頭狠狠瞪她，卻瞥見周子瑜走了過來，我心中的羞窘頓時化爲緊張。

「考不好也沒關係，可以再補考。」她輕聲安慰我。

一定是因爲她不同於齊若琳的溫柔態度，才讓我感覺到雙頰發燙。

「嗯，我知道。」我垂下肩膀。

「小軒，我托球的次數多到老師叫我停下來耶，妳卻連十下都辦不到，哈哈哈。」齊若琳還在笑，她把手搭在周子瑜的肩上。

林芷馨正巧從旁經過，她一邊走一邊不時轉頭看向我們這裡，眼神似乎帶著一絲不友善，但我假裝沒注意到。

「小軒，怎麼了?臉色怎麼變得那麼難看?」周子瑜關心地問我。

「難道是我把手搭在周子瑜的肩上，妳吃醋啦?」齊若琳裝作恐慌地把手縮回去。

「我哪有!妳不要亂講!」我急忙反駁，雙手在空中亂揮。

周子瑜忽然抓住我的手，我的心跳陡然加速，彷彿下一秒心臟就會跳出胸口。

「小軒，妳的臉好紅喔。」周子瑜語調含笑，讓我更感不知所措，我沒多想便甩開她的手，她面色一僵，隨即又露出笑容，「小軒，妳……」

「妳覺得小芷怎麼樣?」我打斷她的話。

「小芷？」周子瑜滿臉莫名其妙。

「妳是說林芷馨嗎？」齊若琳插話。

「對啊，她很可愛對吧！」我把手藏在身後，斂下雙眼，腳尖踢著地上的碎石。

「所以？」周子瑜問。

「她說，她滿欣賞妳的，希望可以跟妳做好朋友。」我委婉地說。

下課時間的操場上人聲鼎沸，充滿青春活力的氣息。

我用只有我們三個可以聽到的音量繼續說道：「如果妳對她有好感，我可以幫忙喔。」

語畢，我完全不敢看向周子瑜，她沒有接話，連齊若琳也沒有作聲，我不敢抬頭，四周明明很吵鬧，我卻只聽得見自己略顯急促的呼吸聲。

「所以妳是要我和她交往嗎？」周子瑜冷冷地說。

我被她冷淡的聲音嚇了一跳，下意識抬頭朝她瞄去。

這是我第一次見到周子瑜這樣的神態，她盯著我的雙眼寫滿不諒解。

「妳現在是在撮合她和我嗎？是她請妳幫忙的嗎？」周子瑜音量漸高，話中隱含怒氣，「那我現在告訴妳，因爲妳幫她，所以我和她連朋友也做不成了！」

周子瑜說完掉頭就走，我傻愣愣地站在原地，望著她的背影逐漸遠去。

我惹周子瑜生氣了。

「小軒！妳是笨蛋嗎？」齊若琳推了我一把。

「她爲什麼生氣？我做錯什麼了嗎？怎麼會……」我緊張得快要哭出來了，周子瑜始終對我很溫柔，直到剛剛……

「小軒，妳這樣會讓她有不被尊重的感覺！」齊若琳語氣嚴厲。

連齊若琳都覺得是我的錯，看來我眞的做錯了什麼，可是我不懂……

「不被尊重？」我壓根沒有那種意思啊。

「就像妳之前說的，異性之間要互相喜歡都很困難，何況是同性，但是妳這種撮合方式會讓人覺得好像是：好不容易有女生喜歡上周子瑜，周子瑜妳就勉強跟她在一起吧！要不然要等多久才有人喜歡妳啊。」

「我才沒有那種意思，我怎麼可能會那麼想！」我驚慌失措地爲自己辯駁。

「妳的話聽起來就是那種意思啊！」齊若琳氣得瞪圓了眼睛，「我跟妳說，林芷馨可不是什麼單純的小女生，她之前就找過我，要我幫她牽線。」

「什麼？」林芷馨那天在公車上不是這麼說的，我隨即想起她那令我背脊發涼的笑容。

「這不是第一次有人請我幫忙撮合她和周子瑜了，我從來沒答應過。」齊若琳抓住我的肩膀，神情嚴肅，「身爲好朋友，有些事情能幫忙，有些事情不能！」

「我不知道……」我覺得自己好愚蠢，怎麼會這樣……

「妳眞的是笨蛋耶，去向周子瑜道歉啦！」齊若琳臉上的表情略微和緩了些，她屈指彈了一下我的額頭，「周子瑜外表像男人，心思卻像女人般細膩，不過她本來就是女的，細膩也很應該吧，嗯……」

說著說著，齊若琳竟為此陷入長考。

等我和齊若琳回到教室，上課鐘聲已經響了，匆匆入座後，我朝周子瑜瞥去，她目不斜視地盯著黑板，臉上看不出任何情緒。

我寫了一張紙條丟到周子瑜桌上，想要表達我的歉意，她連看都沒看一眼。

此時我心中湧現的感覺很複雜，是害怕？還是難過？

我不是沒惹朋友生氣過，然而對周子瑜懷抱的這種愧疚感，卻和過去與朋友吵架時不同。有時候周子瑜為我帶來的情緒反應，和吳彥霖比較接近，但我並不是喜歡周子瑜，可能是她的外表太過男孩子氣，才會讓我產生錯覺。

整個上午，周子瑜一到下課就不見人影，直到上課才回到教室，我完全沒有和她說話的機會，她是在避著我吧。

就連中午用餐時間，周子瑜也不知道跑哪裡去了，只剩我和齊若琳坐在一塊吃便當，她說芹軒坊的老葛很期待我們再次光顧，我聽得心不在焉。

好不容易到了午休，周子瑜終於回來了，她一回座就趴在桌上，也不知道是不是真的在睡覺。

我猶豫著要不要趁這個時候向她道歉，但萬一她不理睬我，那該怎麼辦？

正當我陷入兩難之際，林芷馨悄悄走到我旁邊。

「芹軒，陪我去廁所。」她用氣音說。

對於她再次找上我，我感到有些不安，本想拒絕，卻忽然心念一動，也許我應該藉機跟林芷馨把事情說清楚才是。

於是我朝林芷馨比了個OK的手勢，與她一同躡手躡腳步出教室。

到了廁所以後，我先走到洗手台前，扭開水龍頭，雙手接起冷水往臉上輕拍，試圖提振精神，當我直起腰，我從鏡子裡看見林芷馨神情淡漠地站在我身後，我被她冰冷的眼神嚇了一跳。

「怎麼了？妳不是要上廁所？」

「芹軒，妳是怎麼跟班長講的？」她雙手環在胸前。

「什麼意思？」

「她剛剛爲什麼突然把我找過去，說她對我沒興趣？」林芷馨咄咄逼人地質問我。

「剛剛？妳是指中午嗎？」我有點驚訝，原來周子瑜中午是去拒絕她。

「一定是妳的表達方式不好！齊若琳不肯幫忙就算了，結果妳還幫倒忙！」林芷馨語帶嘲諷。

她這是什麼態度？她告白被拒是我的問題嗎？

林芷馨外型嬌小可愛，沒想到講話這麼尖酸，還眞是人不可貌相。

「這是周子瑜個人的決定，我沒辦法左右她的想法。而且妳幹麼騙我說妳沒找若琳幫忙？」我壓低聲音。

午休時間全校一片安靜，一點點動靜就會惹來注意，更何況我們班教室離廁所很近，我可不想把誰引過來。

「我也不算騙妳，齊若琳又沒答應幫忙，不過妳搞成這樣，還不如一開始就不要幫忙。」林芷馨撇撇嘴。

「妳不覺得妳這樣太過分了嗎？妳不像是會說出這種話的人啊！」我也生氣了。

「我從沒說過我是怎樣的人，是妳自己擅自從我的外表去推斷我的個性，妳沒資格說我。」

我徹底啞口無言，怎麼會有這種人？而我居然還答應要幫她，我居然要把這種人介紹給周子瑜？

我真的是大錯特錯，我覺得好羞愧。

「既然周子瑜已經拒絕妳，那就沒什麼好說的了！」我冷聲說完，轉身準備要走。

「我本來以爲會很順利。」林芷馨忽然冒出一句。

我停下腳步，忍不住回頭，「妳有感覺到周子瑜在喜歡妳？」

是這樣嗎？周子瑜給了她這樣的感覺嗎？

「不是，她是女生耶！我喜歡上她，她應該開心都來不及了才對吧，怎麼會拒絕我？」林芷馨一副理所當然的樣子。

「妳這是什麼意思？」

「拜託！她有多大的機會能兩情相悅？」

「妳怎麼會是這種心態？」林芷馨不屑的口吻讓我異常憤怒。

「不然我問妳，如果她喜歡妳，妳會和她在一起嗎？」

我愣住了，半晌都沒能回答。

「哈！所以吧！」林芷馨冷笑。

此時我心中的感覺非常複雜，有氣憤，更多的卻是羞愧。

我氣憤的是，果真如同齊若琳所言，林芷馨根本不是什麼單純的小女生，她竟然是用這種傲慢且帶著鄙夷的心態去接近周子瑜。不管性向如何，每個人都有選擇自己所愛的權利，為什麼林芷馨要如此低看周子瑜在愛情上的選擇？

而讓我覺得羞愧的是，我其實也曾有過類似的想法，我終於了解到今天我在體育課對周子瑜說的話有多傷人。

我真的好差勁。

「有什麼話就直接對我說吧，不要把小軒牽扯進來。」周子瑜的聲音倏地響起。

我全身一震，只見周子瑜身姿筆直地站在廁所門口，眼底有著赤裸裸的憤怒。

「林芷馨，不管妳要怎麼看我都隨便妳，但妳用這種態度對待我的朋友，那就沒什麼好說了。」周子瑜上前拉起我的手往外走。

林芷馨被周子瑜的突然現身嚇得呆若木雞，一時沒反應過來。

周子瑜拉著我往樓梯間走去，望著她的後腦勺，我內心感到一陣夾雜著愧疚的刺痛。

我知道自己錯了，我不應該讓周子瑜受到這樣的傷害，我沒料到林芷馨口口聲聲說自己喜歡周子瑜，卻是用那種明顯帶著歧視的心態去喜歡她。

一路來到籃球場，周子瑜總算停下腳步，也鬆開我的手，卻沒有轉頭看我。

「周子瑜，對不起，請妳不要再生我的氣了，我不知道林芷馨是那種心態。」我幾近哀求地向她道歉。

周子瑜既沒回話，也沒回頭。

「周子瑜，都是我的錯，妳不要再生氣了！」我語帶哽咽。

周子瑜終於肯回過頭來了，她臉色慘淡，林芷馨那番話一定傷到她了。

「小軒，妳知道妳做錯了什麼嗎？」她啞著聲音問，讓我不禁懷疑她哭過。

「我不應該自作主張爲妳撮合。」我老實回答。

「我最難過的是妳幫助別人，妳要我和別人在一起。」周子瑜搖頭。

她這句話的意思，在我當時聽來，是埋怨我把林芷馨推給她，卻不知眞正的言下之意與我理解的截然不同。

「我不會再這麼做了。別再生氣了，好嗎？」我怯怯地抓著她的衣袖。

周子瑜不吭聲。

「我不希望我們吵架。」淚水在我的眼眶打轉。

聞言，周子瑜臉上緊繃的線條總算柔和了些，她伸手輕觸我的臉頰，像是要爲我拂去幾乎要奪眶而出的淚水，那一瞬間，我全身顫抖，她手指的溫度使我稍微安下心來。

「不要再有類似的事發生了。」周子瑜輕聲說。

「不會！再不會了。」我破涕為笑，周子瑜的情緒總是能輕易地牽動我。

「不管我喜歡誰，妳都會支持嗎？」

「一定，不管妳喜歡誰，我都支持。」即使妳將面對的是一場苦戀，我也支持。

周子瑜終於露出笑容了，十二月的陽光灑在她身上，微風吹拂過她的短髮，讓她整個人看起來好耀眼。

我好多次都會忘記她是女生，我好多次都希望她是男生。

周子瑜，妳對我而言，是超越齊若琳和俞亦珊的存在，但只是朋友。

只會是……朋友吧？

第四章

「我就說林芷馨一看就是個心機重的女人吧！」

放學鐘聲敲響不久，齊若琳一聽完我轉述中午和林芷馨在廁所裡的對話，氣得故意用林芷馨能聽到的音量高聲說。

「她是很過分，但不要這麼大聲。」我連忙制止她。

「我也不想把事情鬧大，要不然我剛剛就會直接過去找她吵架了。」齊若琳胡亂抓了抓頭髮。

「我都對她說重話了，這件事應該就到此爲止了吧。」周子瑜泰然自若地翻了一頁書。

「妳在這方面眞像個男人，看得很開啊。」齊若琳說。

「這件事情又不重要。小軒，妳排球考試打算怎麼辦？」周子瑜換了個話題。

「走一步算一步。」我無精打采地嘆氣。

「就叫妳之前跟我們一起練習，妳偏不要。」齊若琳怪叫。

「就是不要。」因爲我不想晚上一個人等公車。

「難道妳不知道考試沒過就要跑操場十圈嗎？」齊若琳狐疑地問。

「有嗎？是這樣嗎？」我有點慌了，我怎麼不知道？十圈可不是開玩笑的。

「小軒上課都在發呆，所以沒聽到吧。」周子瑜隻手托腮，斜斜地朝我覷來。

「那怎麼辦？全班看我一個人跑操場也太丟臉了吧？」這下子我終於緊張起來。

「放學留下來練習，我可以教妳。」周子瑜這句話可不是在徵詢我的意願。

「嗯……」我不敢直視她的目光，緩緩低下頭。

我無法拒絕周子瑜。

「為什麼周子瑜說妳就答應，我說妳就不肯？」齊若琳吃起莫名其妙的飛醋。

於是，周子瑜和齊若琳帶我來到她們常練習的公園，周子瑜一如往常穿著白色制服襯衫和藍色運動褲，她似乎不打算遵守校規，也不理會教官的警告。

即便齊若琳已經通過考試，仍然捧著一杯熱奶茶坐在一旁陪我們，雙頰被十二月冷冽的空氣凍得紅彤彤的。

「妳先托球看看。」周子瑜對我說，隨手將書包往地上一扔。

我接過周子瑜手上的球，在她的注視下，我好像連球都快拿不穩了。

「小軒，妳的手勢完全錯誤，要把手打直。」她走到我身邊替我矯正姿勢，說也奇怪，儘管隔著厚厚的衣物，我卻還是清楚感受到她手心傳來的溫度。

我緊張得連球都托不住，球倏地掉了下來。

「小軒笨死了。」齊若琳哈哈大笑。

「妳不來練習嗎？」我問。

「我幹麼要練習？我考過了耶。」她撇撇嘴。

「那妳幹麼不先回家？」周子瑜問。

我認同周子瑜的說法，但我不要齊若琳先回家。就像以前我不想讓俞亦珊先離開一樣。

「我想看小軒練習的樣子。」齊若琳賊笑，她就想看我出糗。

幸好在周子瑜細心的教導下，我好像有點掌握到訣竅了。

「要看著球，不要打太高，手臂打直。」周子瑜耐心地慢慢教我。

齊若琳一直坐在旁邊看我們練習，不時出聲嘲笑我幾句，周子瑜從頭到尾臉上都帶著溫柔的微笑，讓我彷彿有種錯覺，她中午的憤怒好像是假的。

冬天的天色暗得很快，練習不到一個小時，天就黑了。

我們一同走到公車站牌，三個人有一搭沒一搭地聊天。

「我的公車來了，明天見。」

「路上小心。」齊若琳說。

公車緩緩停下，我向她們道別，誰知周子瑜竟跟在我身後上車。

「周子瑜？」我忍不住驚呼。

公車關上車門，獨自站在站牌旁邊的齊若琳，似乎並不驚訝周子瑜跟著我一起上公車，她笑盈盈地向我們揮手。

「周子瑜妳幹麼？」找了個雙人座坐下後，我問她。

「送妳回家。妳不喜歡這麼晚坐公車不是嗎？」周子瑜說。

「妳還記得喔。」

「嗯。」

我沒再搭話，周子瑜也沒出聲，我們安靜地坐到我要換車的那一站。

「周子瑜妳回家吧，到這邊就可以了。」下公車後，我對她說。

「沒有關係。」

「這樣妳回家會很晚。」

「沒有差那一點時間。」她笑著說。

見她如此堅持，我也拿她沒辦法。

在等下一路公車的時候，我們還是沒有交談，空氣中瀰漫著一股奇妙的氣氛，每當我們兩個獨處時，我就會變得手足無措。

「妳的公車來了。」周子瑜朝公車招招手。

周子瑜今天的表現和平常不太一樣，她對我越來越溫柔，越來越常對我笑，我的心越來越容易被她擾亂。

到家後，我從房間的窗戶對站在樓下的她揮揮手，讓她知道我已經平安進到家門，望著她離去的背影，我心中的感覺好複雜。

所以我決定打一通電話給俞亦珊。

「柯芹軒！」

「妳怎麼知道是我？」

「因爲我有心電感應！」俞亦珊大笑，我好久沒聽到她的笑聲了。「妳終於有空打電話給我了，最近過得怎樣呀？」

「還不錯啊……」我猶豫著要不要告訴她吳彥霖已經交了女朋友，也猶豫著要不要告訴她我對周子瑜那奇怪的感覺。

「對了，那天蔡逸文主動找我聊天。」俞亦珊忽然冒出一句。

我知道俞亦珊要說什麼了，蔡逸文這大嘴巴。

「他交女朋友了。」我淡淡地說。

「妳知道了？」俞亦珊的聲音裡有著驚訝。

「蔡逸文之前就有打電話問過我這件事，我跟她說我很久沒和吳彥霖聯絡了。」我無奈地答。

我從櫃子裡抽出國中畢業紀念冊，翻找出吳彥霖的照片，照片裡的他笑得很開心，那樣的笑容我曾經每天都能看見，如今他卻距離我好遙遠，我們曾共同擁有的那段過去像是場夢。

「別難過了，柯芹軒。」俞亦珊語帶疼惜。

「說實在的，我沒有妳想像中難過。」

「好啦，不要再說那個已經離開的男人了！最近妳身邊有沒有新對象出現啊？」俞亦珊語調輕快地轉移話題。

「沒有。」我心中閃過周子瑜的身影，但她可不是男人啊。「俞亦珊，今天我惹一個朋友生氣了。我班上有個女生喜歡她，我想要幫忙牽線，結果她卻生氣了。」

「妳認識新男生了喔？不錯嘛，女校果然會聯誼。」俞亦珊興奮地說。

她不是男生。

然而我卻說不出口，俞亦珊離開前對我說的那句玩笑話，不時在我心中迴盪。

「不要變成同性戀。」

「總之，我和她很快就變成好朋友了，我和若琳，啊，若琳也是我高中同班同學，我、若琳和她都是好朋友。」

「等一下，妳這樣他啊他的，我怎麼知道是哪個他？那個男的叫什麼名字？」

我心頭一震，盡量維持語氣的平常，「她叫周子瑜。」

「嗯，那那個喜歡周子瑜的女生呢？」俞亦珊不疑有他。

我暗自慶幸周子瑜的名字很中性。

「那個女生就稱呼她爲小芷吧。」想到林芷馨，我又有點生氣了。

「OK，請繼續。」

「總之我和齊若琳、周子瑜是好朋友，我們常常在一起。有一天小芷告訴我，她喜歡周子瑜，要我幫忙，我就答應了。」我含糊地跳過細節。

「結果當妳和周子瑜說起的時候，他就生氣了？」

「嗯，沒錯，她說她不喜歡我幫她介紹。」我彷彿又看見周子瑜那張面無表情的臉孔。

「很明顯，他喜歡妳。」俞亦珊斷言。

「怎麼可能！」我大聲反駁，心跳瞬間漏了一拍。

「不然妳多說一些你們平日的相處過程，讓我評斷一下。」俞亦珊不理會我的反駁。

我把之前與周子瑜的相處種種，包括她望著我的溫柔眼神、她特意送我回家，以及我的心情時常被她左右，在她面前經常不由自主羞紅了臉。

我想要俞亦珊給我一個合理的解釋，像是我太敏感，或者是我想太多。

然而俞亦珊反倒更加肯定周子瑜是喜歡上我了。

「不過，妳確定他和齊若琳之間只是普通朋友嗎？」

「當然是普通朋友！若琳對她來說，是讓她發現自己喜歡女生的人，所以她……」我猛然住嘴，我好像不小心說出不該說的事情了。

「喜歡女生？他本來就該喜歡女生不是嗎？」俞亦珊狐疑地問。

「不是啦！我講太快了！」我連忙胡亂掰了個說法，「她們是國中同學，若琳當時點醒她，讓她知道自己喜歡的女生是誰。」

「我不管那個周子瑜是不是真的喜歡妳還是怎樣，妳呢？」俞亦珊問，「聽起來妳也像是在喜歡他啊？」

周子瑜是女孩子耶，我怎麼會喜歡她？

「柯芹軒，妳忘記妳答應過我了嗎？難道妳又要重蹈覆轍？吳彥霖給妳的教訓還不夠？妳不敢喜歡人嗎？爲什麼要把周子瑜推給別人，或是拒他於千里之外？」

俞亦珊一次拋出好多問題，每一個問題我都難以回答。

「我沒有……我沒有喜歡她！」我只能這麼說。

「算了，等妳自己發現吧。」俞亦珊嘆氣。

我們接著聊起俞亦珊在英國的生活，她說她每天都能看見情侶當眾接吻，讓她很不習慣，那邊的生活步調很快，她還是比較喜歡台灣。雖然她一直想回來，不過這個寒假她還是得留在英國，我們最快要等到暑假才能見面。

叨叨絮絮不知道聊了多久，我才在媽媽想要殺人的眼神下，依依不捨地結束這通電話。媽媽生氣地指摘我，說我吃米不知米價，不知道越洋電話的話費有多麼昂貴，甚至還說我應該打過去說聲「你好」就立刻掛斷。

我對媽媽的謾罵充耳不聞，只是默默想著俞亦珊的那番話。

✦

扣除星期六、日，每天放學我們幾乎都會去小公園練習排球，多虧齊若琳義無反顧的陪伴，以及周子瑜孜孜不倦的教導，我總算進步不少，很有信心能夠通過明天的補考。

每次練習過後，周子瑜總是堅持送我回家，讓我覺得彼此之間的氣氛越來越尷尬。不過，這可能是我個人的問題，是我想太多了，周子瑜對待我的態度並沒有太多改變，一直以來，她都對我很溫柔，對齊若琳也是。

周子瑜的溫柔像羽毛輕輕劃過我的皮膚，微微搔癢的感覺令人上癮，我渴望她更多的溫柔，更多的笑容。

但我明白，我絕對不是喜歡上她，我只是依賴她，就像依賴一個大姊姊一樣，對，我只是被她男性化的外表一時亂了方寸。

今天的排球練習結束後，周子瑜囑咐完齊若琳陪我等公車後，便匆匆離去，我甚至來不及開口問她是不是有什麼事。老實說，她也沒有必要跟我交代原因，更沒有必要天天送我回家，只是我已經太習慣她這些日子以來的陪伴。

我與齊若琳一塊走到公車站牌，一路上說說笑笑，話題包羅萬象，像是最近林芷馨都沒再來找麻煩了，還有期末考即將來臨，順便討論寒假要去哪裡玩。

這時忽然颳起一陣刺骨的冷風，我們兩個同時發出尖叫，然後抱在一起，不斷抱怨學校爲什麼連冬天都要讓女學生穿裙子。

好不容易公車來了，車廂裡相對溫暖許多的空氣，讓我頓覺置身天堂。我和齊若琳坐在雙人座上，互相摩擦對方的雙手，試圖讓手暖和起來。

如果換作是周子瑜在我身邊，就不需要這麼大費周章，她的存在總是能輕易使我體溫升高。但話說回來，我也不可能會和周子瑜有如此親密的舉動。

「周子瑜今天有什麼事啊？」我用手指捲著頭髮，故作不經意地問。

「好像她妹妹怎麼了吧，我也不清楚。」齊若琳歪著頭答。

原來周子瑜有妹妹，我第一次聽說。

我心中湧上一股失落，周子瑜有很多事情是我不了解的，和她越是接近，卻反令我覺得與她的距離越是遙遠，這是怎麼回事？

窗外大滴大滴的雨點落了下來，不知道周子瑜有沒有帶傘，會不會淋到雨？

「原來她有妹妹啊，所以她才會這麼習慣照顧人吧。」或許這是周子瑜之所以對我那般溫柔的唯一解釋。

「不盡然是這個原因吧。」齊若琳別有深意地笑了笑，「小軒妳交過男朋友嗎？」

「我……沒有啦！」我又想起吳彥霖，不過神奇的是，我的心沒那麼痛了。

「我就知道！可是難道都沒有什麼特別的人出現嗎？」

「那妳呢？」我不答反問，這才發現我從未聽齊若琳提起過自己的感情事。

「沒有。」齊若琳神色正經，「連喜歡過一個人都沒有，老實說，我不知道喜歡到底是什麼樣的感覺。」

像齊若琳這麼漂亮的女孩卻沒有喜歡過任何人，縱使追求者眾多，也不曾為此動容或感到開心，這樣到底是好還是不好？

「妳不要轉移話題啦！國中呢？妳國中的時候沒有喜歡過誰嗎？」齊若琳輕捏了一下我的手。

除了俞亦珊，我從沒想過會對誰提起吳彥霖的事，我以爲這會是我心中永遠的祕密，但是望著齊若琳的眼睛，我突然生出了想要告訴她的念頭。

我想對一個不認識吳彥霖的人訴說。

齊若琳是個很好的傾訴對象，因爲她是個很好的聆聽者。

儘管周子瑜對我的溫柔超乎尋常，齊若琳卻總是笑著旁觀一切，從不多問。得知吳彥霖交了女朋友的隔天，我情緒明顯受到影響，周子瑜三番兩次問我怎麼了，齊若琳卻只把我的無精打采看在眼裡，沒有過問一句。

此刻，我很需要這樣的人在我身邊。

於是，我告訴她那些曾經，那些我和吳彥霖共同經歷過的種種，像是我們明明互相喜歡，我卻欺騙他我有男朋友，以及俞亦珊這個與我們密不可分的死黨，當然也包括了那天在冰店的決裂。

齊若琳安靜聽著，始終沒有打斷我的敘述。講完之後，我覺得舒坦多了，好像卡在喉嚨裡很久的魚刺終於被取出來了。

「小軒，妳還喜歡他嗎？」轉車的時候，齊若琳冷不防問。

「我不知道。」我說的是實話，我眞的不知道，我依然會爲他難過，但心痛的程度相較於以往已經減輕了不少。

「不捨和遺憾更多吧。」齊若琳一臉若有所思。

我被她這一句話給震懾住，也許眞的是這樣也說不定。

「妳死黨說得沒錯，妳不夠喜歡他。」

「我不這麼認為。」我的心都因為吳彥霖這麼疼痛了，還不夠喜歡？

「妳很喜歡他，但是還不夠，起碼不夠到想要和他在一起，否則妳怎麼會做出那樣的決定？」

「可能是因為要畢業了吧……」

齊若琳驚訝地瞪大眼睛，「小軒，妳是真心這麼認為嗎？妳覺得畢業等同於分手？」

我認為和一個人交往，必須把彼此的未來也設想進去，這才算是負責任的表現，不是嗎？

我把這個觀點告訴齊若琳，她卻嗤之以鼻，完全無法贊同。

「未來是現在所促成的，大家都應該要活在現在，沒有現在怎麼有未來？老是把『未來』拿來當藉口，才是對『現在』不負責任。」齊若琳雙手叉腰，神情激動，「如果現在不努力，未來當然不會有成功的機會，妳連試都不願意試，就先入為主做下結論，當然未來什麼都沒有。」

齊若琳這番話不無道理，我盯著腳尖沉思，難道明知沒有未來，還是決定要在一起，那才是真愛？

即將畢業，即將分隔兩地，這真的是我拒絕吳彥霖的理由嗎？

或許我只是害怕，害怕男女交往。

「我真想見見那個叫吳彥霖的，竟能讓妳和妳的死黨都喜歡上他，他到底是何方神聖啊？」齊若琳笑著撥弄頭髮。

「死黨？」我雖然被她的話嚇了一跳，但馬上覺得那是無稽之談，「妳是說俞亦珊喜歡吳彥霖？不可能啦！」

「妳到底是有多遲鈍？」齊若琳挑眉，滿臉不可置信，然後就不再出聲了，她喜歡點到爲止。

我思索自己在講述過程中到底是哪裡出了問題，是我表達能力不好嗎？爲什麼會讓她有這樣的想法呢？

不過齊若琳的直覺往往準確得驚人，我今天是不是要上MSN問問俞亦珊呢？

一回到家，我馬上上線，俞亦珊卻不在線上，倒是蔡逸文來敲我。

「柯芹軒，寒假要開同學會喔。」

✦

我的排球補考一如預期，很順利就通過了。

放學後，我們三人前往芹軒坊慶功，老葛看到我們很開心，不過他依然對周子瑜的中性打扮有意見。老葛從周子瑜國中就認識她，所以很不能接受周子瑜的轉變，而周子瑜只把老葛那些叨念都當作耳邊風。

坐在和上次一樣的位子，我們就著茶水與滷味聊天，都覺得高中的日子過得很快，一轉眼期末考就要到來，然而在考試之前，會先迎來跨年。

往年跨年，我不外乎就是在家裡看電視，或是到俞亦珊家看電視，去年比較特別，是和俞亦珊、吳彥霖一同在家裡附近的公園一邊玩仙女棒，一邊倒數。

如今想起吳彥霖，已經沒有以前難受了，就連當初為他心痛的感覺都快要忘卻，時間最殘忍的大概就是會使我們忘卻曾有的傷痛吧。

但是，現在又有另一種情緒困擾我了。

周子瑜正神采飛揚地計畫跨年活動，看著她的臉，我竟有點難過，有時候甚至會有想哭的衝動，我不明白這是為什麼，也不想探究原因。

最後我們決定一起到市政府前看台北101施放煙火，雖然現場必定人山人海，然而這種事若不趁年輕做過一回，往後大概也不會再做，所以我們約好當天稍早在捷運站碰面。

回到家後，在我百般哀求之下，媽媽終於答應讓我去外面跨年。

很快就到了跨年這天，我準時抵達約定的捷運站，放眼望去盡是一片人頭攢動，我開始擔心她們兩個會不會找不到我，於是便決定勉力擠到手扶梯旁邊守候，等待熟悉的臉孔出現。

看了看手錶，已經超過約定時間十分鐘了，我真應該辦一隻手機的。

就在我惶惶不安時，終於在手扶梯上瞥見齊若琳的身影，我興奮地朝她猛揮手。

「我在這裡！」我奮力又跳又叫。

「小軒！」她撥開人群擠到我身邊，氣喘吁吁地說：「受不了妳耶！快去辦一隻手機啦！」

「怎麼了嗎？周子瑜呢？」我有點緊張，難道周子瑜發生什麼事了嗎？

「周子瑜不來了啦！可是妳沒有手機，沒辦法聯絡妳，我怕妳傻呼呼地一直在這邊等，只得趕過來了！」

「她不來了？發生什麼事了？」我焦急地問。

「她妹妹發燒了，爸媽又出國，所以她必須留在家裡照顧她。不要擠啦！」

齊若琳回頭瞪向在她身後推擠的一對情侶，男生原本要開口回罵，卻在看清齊若琳美麗的臉龐時明顯一呆，女生見狀，氣得拉著他走開，還瞪了齊若琳一眼。

「那怎麼辦？」我沒理會這個小插曲。

「沒有怎麼辦，我們兩個自己玩吧！」她聳聳肩。

「這樣會不會對周子瑜不太好意思啊？」她在家裡照顧病人，我們卻在這裡玩樂，良心眞不安。

「有什麼不好意思的呀，來都來了！妳這麼想，周子瑜反而會內疚。」齊若琳挽起我的手往市政府的方向走去。

市政府周邊道路已經管制，馬路上不見車輛行駛，全被行人占據，這種畫面非常難得一見，我和齊若琳不禁興奮了起來。越接近市政府人越多，我們努力想要往前方移動，卻徒勞無功，人群多到我和齊若琳必須勾緊對方的手，才不至於走散。

有些揪團來跨年的人還會彷彿火車一樣，彼此手拉著手，一個接著一個前進，有時候他們行走的路徑剛好橫亙在前面，長長一串好像永遠走不完，齊若琳等得不耐煩，就會伸手將他們的手連手火車切斷，如果對方是男生，通常都會氣得飆罵一句髒話，不過跟剛才一樣，只要看到齊若琳的臉，對方必定怒氣全消，轉而向她道歉。

齊若琳也太吃香了吧！誰和她在一起眞是三生有幸。

「放棄吧，別想擠到前面去看歌手表演了，反正我們主要的目的是煙火。」在五度闖關失敗後，齊若琳也累了，吁了一口長氣，「就留在這邊吧，可以看到煙火就好。」

以觀賞煙火的角度來說，我們目前所處的位置其實很理想，就在誠品正前方，可以清楚看到整座台北101，許多人索性席地而坐，一邊和朋友聊天，一邊等待煙火施放。

過沒多久，有人開始倒數，我和齊若琳連忙抬頭盯著台北101大樓看。

此時整棟大樓全亮，隨著倒數，一層一層燈光逐一變暗，眾人臉上的表情越來越期待。

「三、二、一！新年快樂！」整棟大樓瞬間迸出繽紛絢爛的煙火，美不勝收，現場盡是此起彼落的驚呼與讚歎。

「好漂亮好漂亮！」齊若琳開心地又叫又跳，煙火的光芒映照在她的臉上，讓她看起來美得像是個天使。

突然之間，火光全無，就在大家以爲跨年煙火秀已經結束時，聲勢浩大的華麗煙火再次從整棟大樓迸射而出，宛如一棵光彩奪目的焰火之樹，最後則是一大顆像是彩球般的巨大紅色煙火在大樓頂端綻放。

「那是我最喜歡的顏色！」我大喊。

「也是我最喜歡的！台灣萬歲！」齊若琳跟著大喊。

我們兩個都很興奮，頓時看現場的每一個人都覺得好可愛，如果周子瑜也在場，她一定會比我們更開心。

這場煙火秀持續將近有八分多鐘，結束後大樓牆面的燈光亮起，秀出「新年快樂」的字樣。

「煙火放完了，好空虛唷！」儘管齊若琳這麼說，她臉上的笑容卻完全沒有消失。

「心情還是很激動呢。平常在電視上看覺得沒什麼，沒想到現場這麼震撼。」我心中的激動也尚未褪去。

人群逐漸散開，但是市政府前的演唱會還在繼續，聽到有人說某個天團要唱到天亮，我和齊若琳原本想去看看，然而在擁擠不堪的人群裡移動，實在讓人走沒幾步就筋疲力盡，所以立刻又決定放棄。

平時從這裡到捷運站只需短短五分鐘路程，今天我們卻花了半個多小時還沒抵達。

「要不要去看看周子瑜啊？」當我們陷在人群裡動彈不得的時候，我轉頭問齊若琳。

「也好，要不然她一個人怪可憐的！」齊若琳開心地贊同。

好不容易擠進捷運站，我們又等了五班捷運列車過去才得以上車，車廂裡的擁擠程度比通勤時間的公車可怕好幾倍，不過很值得啊！我在心裡這麼想著。

「好擠好擠好擠！」齊若琳就是停不了抱怨，而毫無意外地，每個人，尤其是男人，即便再怎麼朝她投去不悅的目光，每每在看清她的臉後，都不約而同露出驚豔的神情。

我正打算要齊若琳收斂些，眼角餘光卻注意到有個熟悉的身影站在她的斜後方。

定睛一看，竟是吳彥霖！

雖然只能隱約瞥見他的側臉，但我很確定那是吳彥霖沒錯，沒想到會在這裡遇見他，距離最後一次見到他，大概也有半年了。

齊若琳察覺到我神情不對，便順著我的視線看過去，只是車廂裡的乘客實在太多，她根本不知道我在看誰。

「小軒，妳怎麼了？」她搖搖我的手。

「我看到吳彥霖了。」我小聲說。

「哪一個？」她大驚，更多的是興奮。

「靠近車門邊那個，他穿紅色外套。」我用下巴朝吳彥霖的方向示意。

「那是妳最喜歡的顏色。」齊若琳說了句乍聽之下莫名其妙的話，我很快會意過來，她指的是吳彥霖身上穿著的紅外套。

吳彥霖很常穿那件外套，那是我和俞亦珊一起合送他的生日禮物。

「他還滿帥的耶！」齊若琳眼睛倏地一亮。

「妳只看到他的側臉，怎麼知道他長得很帥？」我輕笑。

連齊若琳這樣的大美女都誇他帥，吳彥霖還真不是普通人。

「就感覺嘍，這邊人太多了，也不知道他是跟誰一起去跨年的。」齊若琳突然原地跳起，似乎是想看得更清楚一點，此舉引來周圍乘客的白眼。

「不要再跳了啦！」我拉住她的手制止她。

她一臉驚恐地轉過頭來，「他好像看到我們了。」

我們兩個連忙故作若無其事，不再往吳彥霖那個方向看去。不知道是不是我神經過敏，我一直覺得有一道視線緊盯著我，令我有如芒刺在背。

隨著一站站過去，陸續有人下車，車上總算不再那麼擁擠。我和齊若琳依然不敢亂動，眼睛也不敢亂瞟，連話都不敢講，齊若琳不知道爲什麼也跟著我一起緊張萬分。

照理來說，吳彥霖應該會在上一站下車，也有可能他早就下車了，我膽戰心驚地透過車窗的反射查看，待確認那穿著紅色外套的身影已不在原處後，終於放下心來。

「齊若琳妳白痴喔！動作那麼大幹麼！」我打了她的手臂一下。

「對不起啦！我好奇咩！不過剛剛也太刺激了吧！哈哈。」齊若琳笑著向我道歉。

我突然覺得方才如臨大敵的自己有點愚蠢，便也跟著大笑。

「柯芹軒。」

我的笑容頓時僵在嘴角，心臟跳得飛快，彷彿下一刻就會跳出胸口，我有多久沒聽到這個聲音了？

我和齊若琳面面相覷，完全不敢回頭。從車窗的倒影中，我看見了吳彥霖，那件紅色外套搭在他的腕間，他上半身穿著白色的針織毛衣。

「柯芹軒？」他再次叫了我的名字。

我全身宛若石化，連轉頭都不能，直到齊若琳用力搖晃我的手臂，我才回過神，緩緩朝他望去。

「嗨……」我生硬地向他打招呼。

吳彥霖的臉變得好陌生，這半年他變了這麼多嗎？個子好像更高了，眉宇之間也成熟不少，我的心不由得一緊。

「新年快樂，柯芹軒。」吳彥霖的笑容很自然。

「新年快樂。」我勉強道。

「好久不見。妳也跟朋友一起去跨年嗎？」他向齊若琳點頭致意，齊若琳也對他微笑。

「這是齊若琳，我高中同學。」我輕推了一下她。

「哈囉哈囉！」向來落落大方的齊若琳竟變得有些傻愣愣的。

「我還以爲我看錯了，原來眞的是妳。妳還不回家嗎？」吳彥霖問。

所以他剛剛就看見我了，我瞪了齊若琳一眼，應該是她那番大動作讓吳彥霖注意到我們的，齊若琳對我投來抱歉的眼神。

「我們要去朋友家。」我淡淡地說，盡量想表現得自然些，卻怎麼都無法控制語調的僵硬。吳彥霖的出現實在太突然了，讓我措手不及。

「嗯，小心一點，我要在下一站下車了，拜拜。」說完，吳彥霖往車門走去。

我心中感覺複雜，有尷尬，更多的是無奈。我和吳彥霖曾經是那麼要好的朋友，就因爲友誼裡參進了愛情，兩人之間就只能落得如此彆扭嗎？

車門開了，吳彥霖冷不防停下腳步轉過頭來，「同學會，希望妳會來。」

然後不等我回答，他逕自步出車門，站在月台上向我揮手道別。我凝視著他，輕輕點了點頭。

好討厭這樣的關係啊，爲什麼我們的友誼不能永遠不變？

「他不錯耶！妳爲什麼要拒絕他？」齊若琳的表情寫著「暴殄天物」四個大字。

「就說不知道了。」我悶悶地說。

吳彥霖感覺已經走出來了，他邁向新生活了，而我呢？我也走出來了嗎？

我腦中倏地浮現周子瑜的笑容，隨即用力搖頭，想甩掉那畫面。我默默嘆了口氣，也許，我依然在原地踏步。

出捷運後轉搭計程車，一路上齊若琳嘮嘮叨叨地問了我一堆有關吳彥霖的問題，等我耐心逐一回答完，也差不多要下車了。

在對面的便利商店買了一份剛送到的報紙，頭版就是台北101煙火的大幅照片，另外也買了一袋零食飲料。

周子瑜住在一棟看起來非常高級的大廈，齊若琳和警衛打過招呼，便熟門熟路地走到電梯前面。

齊若琳說她家也住在這附近，她來過周子瑜家好幾次了。

搭乘電梯到十五樓，我既忐忑又興奮，不知道周子瑜見到我們會有什麼樣的表情。

「這一間就是周子瑜她家啦！」齊若琳按下電鈴。

過沒多久，我便聽到開鎖的聲音。

「新年快樂！」

門一打開，齊若琳立刻大喊，過來開門的周子瑜似乎被嚇了一跳，一臉驚愕。

「妳們怎麼來了？」訝色很快從周子瑜臉上褪去，換成毫不掩飾的喜悅。

「妳一個人迎接新年不是很可憐嗎？」也不等周子瑜邀請，齊若琳脫掉鞋子，很自然地走進屋裡，像是進到自己家一樣。

這是我第一次看到周子瑜穿便服，黑色棉質上衣，下半身是一條灰色運動長褲，今天的她看起來好不一樣，令我有些緊張。

我站在原地，周子瑜接過我手上的便利商店塑膠提袋。

「妳不進來嗎？」周子瑜說。

我胸口微微一揪，這種感覺不是心痛，但一樣讓我難受。

笨拙地脫掉鞋子後，我不小心絆了一下，周子瑜笑著扶住我。

「咳……若琳說妳爸媽出國？」我趕緊轉移話題，低著頭不敢看她。

「對啊，第三次度蜜月。」儘管周子瑜神情略帶無奈，但應該還是挺高興父母感情融洽如昔。

「周子瑜，妳妹睡著了喔。」齊若琳從屋內的某個房間探出頭來。

「剛吃完藥，有比較退燒了。」

周子瑜的家很大，客廳以白色作爲主要布置基調，布沙發上擺了好幾個可愛的玩偶，窗台上還有一列小盆栽，氣氛溫馨。我注意到牆上掛著一幅全家福，照片裡身穿白色蕾絲洋裝的周子瑜大概才國小，站在她旁邊的小女生想必就是她妹妹了。

我有點好奇，不知道當周子瑜看著這張照片的時候，心中會是怎麼想的。

「妳妹妹叫什麼名字啊？」我問。

「周子潔，才國小六年級，講起話來卻像個小大人。」周子瑜這番話聽起來像是抱怨，但看得出她很疼愛妹妹。

「第二攤開始！」齊若琳快手快腳地將在便利商店買的那袋零食飲料，全部拿出來放在客廳桌上。

我們坐在沙發上一邊吃吃喝喝，一邊看電視新聞不斷重播的台北101煙火秀，都說周子瑜沒能親臨現場實在非常可惜。

此時，我忽然想起忘了打電話給媽媽報平安，媽媽以爲我一看完煙火就會回家。

「周子瑜，電話借我。」我連忙抓起放在茶几上的電話，按下一串號碼，鈴聲響不到一秒就立刻被接起，可見媽媽一直守在電話旁邊。

「媽！對不起！我在同學家！清晨我會搭第一班公車回去。」我馬上道歉。

「同學？都女的嗎？」媽媽嚴厲地問。

「嗯，都女的。」我沒有說謊，但我就是覺得心虛。

「眞該考慮幫妳辦手機了，讓我等到這麼晚……」媽媽碎念了幾句才掛掉電話。

「妳媽沒生氣吧？」周子瑜看著我。

「沒有，而且她說要幫我辦手機呢！」我開心地說。

齊若琳大笑，整張臉紅彤彤的。

咦，紅彤彤？

我注意到桌上多了幾瓶不知道打哪來的酒精飲料，暗自心生疑惑，剛剛在便利商店買的不是奶茶和汽水嗎？

周子瑜忍不住扶額：「那是我爸媽買的，若琳這傢伙是什麼時候擅自從冰箱拿出來的啊？」

「齊若琳，拜託！妳喝這個也會醉喔！」見齊若琳不斷傻笑，就知道她一定是喝醉了啦！

「我哪有！我沒有！沒有沒有沒有啦！」

說完，齊若琳竟開始哼唱起不知名的歌曲，我非常確定她喝醉了。

「扶她到我房間休息一下吧。」周子瑜嘆氣。

我們一左一右攙扶著齊若琳來到周子瑜的房間。推門而入，首先看到的是一片連接著陽台的落地窗，採光很好，房裡布置簡單，靠牆擺放著一張大得誇張的桌子，上面散落著許多潦草的服裝設計草圖。

周子瑜見我盯著那些草圖，主動爲我說明：「我喜歡設計服裝。」開學那時，周子瑜曾說她想當學藝股長，原來是因爲她對設計相關領域一直很感興趣啊。

我和周子瑜一同讓齊若琳在柔軟的雙人床躺下，並爲她蓋好被子，酒醉的齊若琳忽然低喃：「小軒……爲什麼不要？太可惜了啦……」

我先是一愣，隨即明白她是在說吳彥霖，她都已經醉成這樣了，還想著那件事幹麼？也太誇張了吧。

「她在說什麼？」周子瑜望著齊若琳滑稽的睡相，嘴角微微翹起。

「喔，沒有啦，我們剛才在捷運上遇到我一個國中同學。」不知道爲什麼，我不想讓周子瑜知道吳彥霖的事，我怕她胡思亂想。

「男生？」

「嗯。」

「喔。」

周子瑜不吭聲了，她又生氣了嗎？

我討厭這樣奇怪的氣氛，也不喜歡老是被周子瑜情緒左右的自己。

「周子瑜，妳房間看得見台北101耶！」我拉開落地窗，走到陽台上，企圖化解這份尷尬。

我趴在欄杆上，欣賞亮著「新年快樂」字樣的台北101，心想在這裡一定能清楚看見煙火。

「所以我有和妳們一起看煙火。」周子瑜走到我身邊，也趴在欄杆上。

我心中突地湧上一股悸動，如果把這種感覺比喻成一杯盛滿水的水杯，那麼只要再多出一滴，杯子裡的水就會滿溢而出。

靜靜眺望台北101，一陣風颯颯吹來，明明應該是很冷的天氣，我卻覺得風中帶著暖意，大概是因爲每次待在周子瑜身邊，我就會不由自主體溫升高吧。

「新年快樂。」她側頭與我四目相交。

她的眼神好清澈，盈滿認眞，我害羞地低下頭。

「新年……快樂。」

第五章

齊若琳期末考意外考得不錯，不過由於期末成績不會公布，所以那也只是齊若琳自認爲考得不錯而已。

考完期末考馬上就放寒假了，我們按照慣例跑去芹軒坊聊天、吃滷味，當然按照慣例，老葛不免又要針對周子瑜的穿著一番嘮叨，周子瑜也按照慣例繼續不理不睬。儘管如此，我卻覺得他們的感情很好。

「寒假要不要去參觀大學啊？」齊若琳在吃完第五根雞爪後問。

「大學？」這種字眼怎麼會從齊若琳嘴裡冒出來？

「不需要，我早就決定好要讀哪一間了。」周子瑜托著下巴，報出那間以服裝設計科系聞名的大學，「因爲我喜歡設計。」

我想起周子瑜房間裡的那張大桌子，以及滿桌的設計草圖。

才高一，周子瑜就已經決定好未來的方向。

雖說不是每個人都清楚自己的興趣或夢想，渾渾噩噩隨意選塡科系的人也很多，但看在我這種連自己喜歡什麼都不知道的人眼裡，專心致意努力朝目標前進的周子瑜，實在耀眼非常。

不管任何事情，只要她做下決定，她都會忠於自己，勇往前行，包括她決定要喜歡女生這件事，而這是我始終無法做到的。

「我想要讀傳播相關科系。」齊若琳趴在桌上說。

周子瑜就算了，連齊若琳都在考慮未來了，那還什麼頭緒都沒有的我豈不是完蛋了？

「現在才高一耶！想這些不會太早嗎？」我囁嚅道。

「不早了，小軒，妳不趕緊決定好，就不知道以後該往哪裡去了。」齊若琳賊笑。

連齊若琳都這麼說，讓我不由得有些著急了，我對未來一點規劃都沒有，沒有特別討厭哪個科目，但也沒有特別喜歡哪個科目。我喜歡看電影、看漫畫，可是不會想要成爲導演或漫畫家，我也很喜歡看小說、寫故事……對了！我可以寫小說啊！

「那我讀中文系好了！」彷彿找到一線生機，我興奮地說。

「中文系？妳要當老師嗎？」齊若琳調侃我。

「也可以寫小說啊。」周子瑜幫我們倒茶。

「對！妳們不是說我作文寫得不錯嗎？我對寫小說還滿有興趣的，以後我想當小說家。」我終於有一個目標了，眞是太好了！

「小說家很辛苦吧？養不活自己的。」齊若琳用「錢途茫茫」的憐憫眼神看我，「而且應該很少小說家是中文系畢業的吧？」

「當然我可以把寫小說當作副業，或者一連出版好幾本，以量取勝。反正，我就是要當小說家啦！」我任性地堅持己見，還嘟起嘴巴。

周子瑜見我這樣便笑了笑，「若琳，妳就不要再否定她了，有夢想很好，即便過程辛苦，但也很快樂啊。」

語畢，她摸摸我的頭，我想我的臉大概又紅了。

「可是，我覺得小軒好像只是隨口說說，她並沒有很認眞啊。」齊若琳聳聳肩，「不要隨便爲自己找個夢想，要眞的喜歡再去追尋。」

沒料到齊若琳會說出這麼有智慧的話，我向她用力點頭。

我是個很平凡的女孩，沒有什麼特別的專長與志向，對我來說，能找到一件稍微有興趣又能上手的事，已經非常不容易了。

雖然我才十六歲，還很年輕，可是時間過得很快，就像我覺得自己好像才剛升上高中，現在卻已迎來寒假，然後一晃眼就要畢業了……

倘若人類的壽命沒有期限，是否就不會對於時間的流逝感到遺憾？

但倘若眞是如此，說不定人類會因爲有恃無恐，而錯過更多美好的事物，也許唯有把每天當作最後一天來活，生命才會精彩吧。

儘管齊若琳那番話讓我有如當頭棒喝，然而幾天過去，我的生活依然沒有改變，一樣怠惰終日。

我趴在書桌上盯著空白一片的筆記本，總覺得應該要寫些什麼，好證明自己對寫小說是感興趣的，甚至是有天分的，可是我卻找不出任何想寫的題材，完全提不起勁來。

好羨慕周子瑜能全心投入興趣之中，難道眞如齊若琳所言，我只是一時興起，隨便找了個目標當成自己的夢想嗎？

正當我為此愁眉苦臉時，電話響了，我懶洋洋地接起。

「請問柯芹軒在嗎？」又是蔡逸文。

「我是，怎麼了？」難道又要來打聽什麼八卦了嗎？接到她的電話總讓我害怕。

「明天同學會，妳會來嗎？我要確定出席人數。」

聽她這麼一說，我才猛然憶起同學會的日期就在明天。

「有誰確定要去了嗎？」我小心翼翼地問，那天吳彥霖說過，希望能在同學會碰面。

「嗯，大部分的同學都會出席，除了俞亦珊。」

俞亦珊這個寒假不打算回台灣。

「我會去，在哪裡集合？」我用脖子夾著電話，拿起一旁的紙筆。

「先在我們以前的教室集合，我費了好一番功夫才借到！還好我和老師交情好。」蔡逸文沾沾自喜，「那就到時候見了，給我妳的手機號碼，要是臨時有什麼意外要取消，我會電話通知妳。」

我告訴蔡逸文我沒有手機，請她給我她的手機號碼，如果去到集合地點找不到人，我再打公共電話問她。

蔡逸文報上手機號碼後，又一陣吞吞吐吐，似乎還有什麼話想說。

「怎麼了？妳想說什麼就說吧。」我嘆了口氣。

「我原本要和你們打招呼的！但是那邊人太多了，我實在過不去。」

「妳在講什麼啊？」聽得我一頭霧水。

「跨年那天，我在市政府附近看到妳和吳彥霖。」蔡逸文急切地說。

「那天我是有遇到他沒錯，可是是在捷運上耶。」

「不要再騙我了，我明明就有看到你們，吳彥霖穿紅外套，妳穿紫色外套，然後你們還牽手。」蔡逸文有點不高興了。

這眞的誤會大了，姑且不論她是在哪裡「看見」我和吳彥霖的，我根本沒有什麼紫色外套啊。

「我必須很遺憾地告訴妳，妳又看錯了。」我誠懇地對她說。

蔡逸文再次判定我在說謊，無奈之下，我也只好由她去了。既然她如此堅信，那我怎麼解釋都沒有用，不過也太奇怪了吧，她怎麼會看錯兩次？

掛掉電話後，我左思右想，世界上眞有長得和我那麼相像的人嗎？像到連蔡逸文都看錯？或許是因爲蔡逸文早就認定吳彥霖的女朋友是我，所以不管看到誰，都直覺那個人一定是我吧。

就像我之前在書上看過一個故事，有個人的斧頭不見了，他懷疑是鄰居家的小孩偷的，於是那個小孩的一言一行，怎麼看都像是作賊心虛；然而有天他在自家倉庫裡找到了斧頭，這時他再去看那個小孩的舉止神態，卻顯得再自然不過了。

這個故事表示，當你心中抱有偏見，眼中所見都會是你所認定的那樣，所以我才會不想再辯駁。

才剛結束與蔡逸文的通話，電話鈴聲馬上再度響起。

「大小姐，我拜託妳行行好，辦隻手機吧！我幾百年沒打過家用電話了！」

齊若琳也不先確認接起電話的是不是我，劈頭就嘮叨一大串，上次打來也是這樣，不巧被我媽接到，讓她連連道歉好久，怎麼還沒學到教訓啊。

「很快就會辦了啦，那天我媽有在說了。怎麼了？」

接到齊若琳的電話我很開心，自從那次在芹軒坊聚會後，這個寒假我還沒與她和周子瑜見過面，齊若琳偶爾會打電話來聊天，但周子瑜卻無消無息，令我非常失望。

「明天要不要去周子瑜家吃飯？」齊若琳問我。

「爲什麼？」雖然內心十分欣喜，我仍裝作一副不甚在意的樣子。

「那天我去周子瑜家玩，剛好聊到妳，她媽媽就說也想要見見妳，所以就約妳過去吃飯嘍。」

原來周子瑜寒假還是有和齊若琳聯絡，那爲什麼不跟我聯絡呢？我有點小生氣。

「妳去就好了呀。」我小聲說。

「妳在嘔什麼氣啊？」齊若琳察覺到我的不對勁，「妳在吃醋喔？我又不會喜歡周子瑜！」

「妳在說什麼啦！」我被齊若琳口無遮攔的發言嚇到，「怎麼會扯到喜歡？」

「放心啦！我不會和妳搶周子瑜，妳有夠好笑的，我之前不就說過了嗎？」

「什麼不會和我搶？我又沒有……」我結結巴巴地反駁，齊若琳這樣講好像是我在喜歡周子瑜，我沒有喜歡周子瑜啦！

「小軒妳很遲鈍我知道。總之，妳明天要不要來啦？」齊若琳隨口敷衍我一句，就算結束這個話題，把談話重點導回明天去周子瑜家吃飯的邀約。

「好啦！」

掛上電話後，我走到鏡子前端詳自己，我就知道，我的臉紅得像蘋果一樣。

俞亦珊說我喜歡周子瑜，齊若琳也說我喜歡周子瑜，但周子瑜是女生，我怎麼會喜歡她？

我知道我很在意周子瑜，我也知道我的心老是被她牽動，但我不是喜歡她，我不要喜歡她。

這只是一段過渡期，因爲我身邊沒有其他男孩，所以我才會把周子瑜當作男孩……有好多理由可以支持我的想法。

我絕對不是喜歡周子瑜。

至少我是這麼相信的。

✦

上次去周子瑜家的時候，除了周子瑜，我並沒有沒見過她的家人。

周子瑜的爸爸今天還是不在，只有周子瑜的媽媽和她妹妹周子潔在家。

如果不說，我還以爲周子瑜的媽媽是她姊姊，看起來非常年輕，笑容也很溫暖。周子潔的身材和周子瑜一樣修長，雙眼明亮有神，頭髮及腰，不過有點太瘦了。

「妳就是小軒啊，子瑜常常和我提到妳呢。」周子瑜的媽媽熱情地招呼我，讓我感到很不好意思。

「她二十歲就生我了。」周子瑜偷偷跟我說。

難怪這麼年輕。

周子瑜的媽媽燒了一手好菜，齊若琳在餐桌上狼吞虎嚥，完全不顧形象，我則是非常拘謹，感覺好像來到男朋友家似的，既緊張又彆扭，我知道這樣的形容並不恰當，但就是這種感覺。

周子瑜不時爲我夾菜的行爲更是讓我感到很不自在，一頓飯吃下來，儘管菜色十分美味，我卻完全無法好好享受，還有點胃痛。

我注意到周子潔有意無意地盯著我看，眼中充滿好奇，更多的是打量，但我也只能微笑以對。

用完午餐後，周子潔和朋友有約，臨走前還走過來跟我說：「小軒姊姊，拜拜。下次再來玩唷。」

對於她的特意招呼，我感到頗爲驚訝，吶吶地回：「喔，好，路上小心。」

見狀，周子瑜和齊若琳在旁邊偷笑。

「小軒，周子潔喜歡妳唷，她的個性就是這麼彆扭。」齊若琳笑著解釋，「我第一次來的時候，她也是這樣。」

原來如此，害我有些胡思亂想。

我們三個坐在客廳聊天，周子瑜的媽媽切了一盤水果給我們吃，說她和朋友約好打麻將，便出門去了。

呼，長輩不在，我總算可以稍微放鬆一點了。

就在齊若琳第三次跑進廚房打開冰箱拿取食物時，我和周子瑜不約而同安靜了下來。

「周子瑜，妳家人……知道妳的事嗎？」我看向牆上掛的那幅全家福照片，對於周子瑜小時候穿著洋裝一事，感到有幾分介意，不曉得她的家人會如何看待她在性向上的轉變。不過在見到周子瑜的媽媽和妹妹後，又覺得她們對此應該不至於反對太過。

「嗯，知道。」周子瑜瞬間領會我在問什麼，「我爸媽很年輕就生我了，奉子成婚，大概是因爲這樣，所以他們比較能接受一些偏離常規的事吧，我也不知道，不過他們說我快樂就好。」

聽到這個答案雖不意外，但仍覺不可思議。

「一點反對的聲音都沒有？」

「從我坦承自己喜歡女生以後，最反對的就只有老葛。」周子瑜大笑。

「那妳妹妹會改叫妳哥哥嗎？」我明白自己這個問題很可笑，但我就是想知道。

「還是叫姊姊啦，改叫哥哥不覺得太刻意了嗎？我並不否定自己的性別。」周子瑜皺眉，「我妹也問過要不要改叫我哥哥，這眞是個可笑的問題。」

「我以爲，妳會想像個男生。」我咕噥道。

「我是女生啊，只是我喜歡的也是女生，這樣沒必要做變性手術吧？」周子瑜打了個冷顫。

「既然如此，那妳爲什麼不留長頭髮、穿裙子呢？」這樣不是很矛盾？不是非要像個男生，那幹麼要做男生的打扮？

「這是個好問題，我也不懂，或許我還是很羨慕異性戀吧。」周子瑜淡淡地說。

齊若琳快步走過來，手裡拿著一本藍色封皮的書，臉上帶著淘氣的笑容，

「若琳！妳幹麼？」周子瑜一個箭步上前，搶過齊若琳手上的書，並舉得老高，原來是國中畢業紀念冊。

「給小軒看看啊！」齊若琳伸手想搶回，無奈身高差距明顯擺在那裡，她連畢業紀念冊的邊都摸不著。

「小軒！」齊若琳大叫。

「我想看妳們的國中畢冊。」我笑著說。

我是眞的想看，想看看更多周子瑜以前的模樣。

周子瑜表情有些困擾，猶豫了一下，便把畢業紀念冊遞給我。

「我們在十二班。」齊若琳興沖沖地坐到我身旁。

我立刻翻到她們班所屬的頁面，第一眼就看見一張齊若琳的照片，依然美麗奪目，只是笑容似乎帶著一絲虛假，眼神也隱含憂愁。

「這個這個，這個男的就是周子瑜的男朋友。」齊若琳指著一個男生說。

那個男生膚色黝黑，留著一顆刺蝟頭，神情鬱鬱。

「拍照這天，他跟我告白，而我拒絕了他。」齊若琳得意地笑。

我偷瞟周子瑜一眼，從她臉上感覺不到任何情緒。

接著，我找到周子瑜的大頭照，照片中的她笑得很開心，連眼睛都彎得像月牙，及肩的頭髮紮成馬尾。

「我也在這天想通了自己喜歡女生。」周子瑜在我另一側坐下，我的心跳突然加速。

「小軒，下次我也要看妳的畢冊，我想看看吳彥霖國中時的樣子。」齊若琳撒嬌似地挽著我的手臂。

「幹麼要看他？妳……啊！完蛋了！」今天是國中同學會，我完全忘得一乾二淨，我昨天還信誓旦旦地說自己一定會出席。

天啊！我得立刻打電話給蔡逸文！

偏偏我沒把蔡逸文的手機號碼帶出來，只得先打回家裡，請媽媽幫我找到號碼，還被媽媽碎念了一下，說國中同學已經打了好幾通電話來家裡。

「喂？」可能因為這是沒看過的號碼，接起電話的蔡逸文顯得很小心。

「是我啦！柯芹軒。抱歉，我不能去了！」明知蔡逸文看不見，我依然握著電話半鞠了個躬。

「柯芹軒？妳怎麼現在才打來？大家等了妳多久妳知道嗎？」蔡逸文聽見是我，語氣立即染上怒氣。

「對不起啦，真的很對不起，我臨時有事，抱歉！」除了道歉，我不知道還能說什麼，齊若琳一說要來周子瑜家吃飯，我就把同學會這件事拋到腦後了。

在我連續說了十幾次對不起後，蔡逸文總算肯放過我。

「好啦，不然怎麼辦？下次不要再這樣了！剛剛大家決定以後固定寒暑假各開一次同學會，別忘了。」

「好！我知道了，幫我跟大家說對不起。」我這才稍稍安心，看來下次得請大家喝飲料賠罪了。

掛掉電話前一秒，我聽到蔡逸文朝另一處大喊：「吳彥霖，就跟你說不要等，你硬要等！」

我也算是答應了吳彥霖要出席，卻無故爽約……我在心中默默向吳彥霖道歉。

「怎麼了？」周子瑜關心地問。

「今天有國中同學會，我卻忘了。」我懊惱地說。

「就是那天吳彥霖在捷運上提到的那個同學會喔？小軒妳幹麼不去？太可惜了啦！」

齊若琳一副恨鐵不成鋼的樣子。

「吳彥霖？」周子瑜疑惑地問。

我有些緊張，我不知道該怎麼提及吳彥霖這個人，也不想讓周子瑜知道他，然而我的沉默似乎讓周子瑜不太高興。

「就是……」見狀，齊若琳便要代替我解釋。

「不要說！」我趕緊大聲制止她。我就是不要讓周子瑜知道吳彥霖。

周子瑜和齊若琳都被我給嚇到，不過相較於齊若琳的瞠目結舌，周子瑜的反應顯得平淡多了。

她伸手摸摸我的頭，柔聲道：「妳不想說的事情，我不會勉強妳。」

「抱歉啦，小軒，對不起唷。」齊若琳回過神後，伸手抱緊我。

我不知道她爲什麼要道歉，就像我也不知道我爲什麼要生氣。

周子瑜先是一頓，隨後也加入了擁抱的行列，我們三個人團團抱在一起。

這是我第一次和周子瑜擁抱，我能感覺到手肘碰觸到她的胸部，雖然我早就知道她是個女孩子，但是碰到她的胸部後，我還是有種突然的頓悟——她是個貨眞價實的女生。

我總是告訴自己：周子瑜是女生，所以我不能喜歡她。

我總是以此爲自己畫下限制。

然而即便我再怎麼想欺騙自己，那只是我一時的錯覺，卻無法忽略在這兩個人的擁抱裡，我的僵硬與不自在明顯是因爲周子瑜，我的體溫升高也是因爲她。

意識到這一點，我的眼淚沿著雙頰無聲滑落。

我一直很希望，有一天我能喜歡一個人喜歡到流淚，而我萬萬料想不到，會讓我產生這種感覺的人，竟會是只是朋友的周子瑜。

從那天到周子瑜家吃過飯以後，她大概每兩天就會打一通電話給我，跟我聊天。每次接到她的來電，我總是雀躍不已，媽媽認爲我交到了一個好朋友。我對媽媽懷有一股莫名的罪惡感，然而我依然每天盼望著接到周子瑜的電話。

開學後，我和周子瑜之間好像不一樣了，或許是她對我越來越溫柔的態度，使得班上開始傳出一些傳言，但是我們誰也沒去澄清，有時候說太多，反而更有此地無銀三百兩的嫌疑。

下學期還有一件要事，就是糾察隊員的選拔。

靜華女中校風傳統保守，會定期甄選一批糾察隊員，包括負責在早自習與午休時間進行巡視的秩序糾察，以及在上下課時間站在校門口檢查服裝儀容的違規糾察。

糾察多由二年級學生出任，會在一年級下學期時選出並進行訓練。由一年級各班推選三到五位人選前去參加訓練，中間有淘汰過程，再從最後的合格者裡分配職務。

擔任糾察算是一種非常顧人怨的工作，好處是嘉獎一定會拿不完。

當老師通知我中選時，我內心百感交集，一方面開心成績可以有另外的加分，另一方面又擔心以後將要承受大家的抱怨與不滿。

「妳眞的要去參加糾察甄選？中午不能睡覺，時間都要拿來訓練耶！」齊若琳非常重視午休，所以同樣被選中的她立刻向老師一口回絕。

「我還滿想試試看的，感覺很有趣，只是又有點擔心。」我有些興奮。

「自討苦吃！」齊若琳兩手一攤，看向周子瑜，「老師有找妳去嗎？」

「找我？」周子瑜不屑地嗤笑，「我頭髮明顯違反校規，而且每天都穿著運動褲進出校門，怎麼可能找我參加甄選啊？」

「對耶，那妳都沒被抓嗎？」我覺得很奇怪，尤其校門口那些違規糾察學姊看起來都很凶，時常板著一張臉。

「女校裡的學生很多都會對T有特別待遇。」齊若琳解釋。

的確好像是這樣，如果是T違反校規，糾察幾乎都不太會去抓，經常睜一隻眼閉一隻眼，在女校裡，她們是備受寵愛的一群。

當然，也有人特別討厭她們。

不過最近學校裡的T好像變多了，剛進學校時，班上很明顯的T只有兩個，現在已經增加到四個了。

「那些都是裝的。」周子瑜忿忿地說，「有些人只是想享受這種特權，或是受到影響，盲目地跟風，等升上大學後，她們還是會回去喜歡男生。」

「幹麼那麼憤世嫉俗，說不定人家只是還在摸索性向呀。」齊若琳故意調侃她。

「那都是一時的。」周子瑜嗤之以鼻，斜眼瞄向不遠處的林芷馨，「就像她對我也不是眞心的，等到有男孩子追她，她還是會投向他們的懷抱。」

「妳怎麼知道？」我問。

「直覺吧。」周子瑜無奈地嘆了口氣，「就是有這樣的人，搞得我們被很多人誤解。我們是用什麼心情承認自己喜歡女生的，而她們又是用什麼心情來喜歡女生？有人還說她以後一定會找個男生結婚，那她現在當T，或是和T交往又是什麼心態？」

「即使沒有未來，還是想要在一起，那也是愛情的一種啊。」我淡淡地說出自己的想法。

周子瑜看著我，摸摸我的頭，「也許妳是對的，抱歉，我剛只是在發牢騷。」

最近我已經很習慣她這樣碰觸我，我喜歡被摸頭的感覺。

「不！周子瑜說得沒錯，她們這樣眞的太可惡了，這樣會讓外人對於只能喜歡同性的族群產生誤解！」齊若琳猛地用力拍桌，像是要說給全班聽。

「剛剛是誰在說我憤世嫉俗？」周子瑜瞇起眼睛，而齊若琳放聲大笑。

我很怕齊若琳這種大剌剌的舉動會招致怨恨，但她總說她不怕，她有我和周子瑜就夠了。

除了俞亦珊，我沒有想到自己還可以擁有像齊若琳這樣的好朋友，我眞的很開心。

✦

糾察訓練很快就到來了，每天中午我們都得到籃球場集合，進行爲時三十分鐘的培訓，隨著夏天將至，悶熱的氣溫讓這段訓練變得越來越難以忍受，很多人主動離開，也有很多人被淘汰。

期中考快到了，學姊要求我們不能因爲訓練而影響成績，成績退步者也要淘汰，所以我頗用了點心思認眞念書。齊若琳見狀，也生出了警覺心，難得下課偶爾也會捧著課本讀上幾頁，而周子瑜則依然一派輕鬆，似乎期中考對她一點影響也沒有。

多虧如此，我不僅沒有退步，期中考總成績還進步了二十幾分；齊若琳也全部及格，她驕傲地宣稱自己要是認眞起來，還是有辦法的。

期中考試的那個禮拜，爲了讓有需要的學生能進行考前衝刺，校方並不強制要求每個人一定要待在教室睡午覺，因此周子瑜和齊若琳午休時間都會站在空中花園，俯瞰備選糾察隊員在籃球場上的訓練。

這對我造成了些許困擾，頂著周子瑜的目光，我實在無法專心，每當學姊注意到我的失誤，總是先抬頭冷眼朝她們瞥去，再將視線落回我身上。

畢竟，周子瑜在學校裡是「校草」般的存在。

這位「校草」現在依舊每天都會買一杯豆漿給我，也依舊繼續爲齊若琳買早餐，三不五時還會陪我坐公車回家。

感覺高中生活一下子充實了起來，我的生活被周子瑜和齊若琳塡得滿滿的，課業壓力、糾察訓練以及學藝股長的職務，讓我幾乎快要忙不過來。

等我意識到的時候，我才驚覺這段時間以來，我完全沒和俞亦珊聯絡，即便我很不願意，但我和她好像漸行漸遠了。

「妳和周子瑜很好？」一天中午訓練時，一個學姊突然問我。

我點頭。

「以後如果當了糾察，不要放水，不然會被別人說不公平。」學姊叮囑我。

我把這件事轉述給齊若琳和周子瑜聽，齊若琳忍不住皺眉，周子瑜卻說只要我當上糾察，她就會開始穿裙子。之後我果眞被選爲違規糾察，而周子瑜也果眞遵守承諾穿上裙子，不過僅限於進出校門口時。

我知道周子瑜貼心，知道周子瑜溫柔，我也知道周子瑜像個男生，更知道周子瑜是個女生。

我不想承認，我不會承認，連在心中，我也想相信自己是正常的。

「恭喜小軒成爲討人厭的糾察！」結業式這天，齊若琳在芹軒坊用茶代替啤酒爲我祝賀。

「爲什麼不說我是班級之光呢？」我沒好氣地回。

暑假第一天，我終於辦了人生第一支手機，從此周子瑜幾乎天天打電話給我，我們三個也會每個禮拜在芹軒坊聚會一次。

而俞亦珊依然沒和我聯絡，連MSN都沒有上，整個人像是憑空消失了般，無聲無息。我不是沒有打電話給她，但始終聯絡不上人，她彷彿在躲著我似的，我連她暑假有沒有要回台灣都不知道。

倒是第二次同學會已經決定好日期，這次我一定要出席。周子瑜聽到我要去同學會後，顯得悶悶不樂，問她怎麼了，她又回答沒事。齊若琳賊頭賊腦地對我說，周子瑜的小腦袋想太多了。

見周子瑜一副像是在吃醋的樣子，我由衷覺得可愛。或許我和她之間這種若有似無的關係，才是我比較想要的情感模式。

然後我不免會想，若是當年吳彥霖願意只與我保持類似這樣的關係，那麼事情的發展會不會不一樣？

我坐在電腦前陷入了沉思，沒過多久，MSN突然跳出一則訊息。是俞亦珊傳過來的！

但訊息裡只有一句話

「我這個暑假也不回台灣。」

然後她就下線了。

我之前留了一堆離線訊息給她，她卻完全不回應，這是怎麼回事？俞亦珊是在生我的氣嗎？可是我們都這麼久沒見面了，我是哪裡還能惹她生氣？

我馬上又寫了一堆離線訊息罵她，在螢幕前等了十分鐘，俞亦珊仍然沒有上線，於是我便準備關掉電腦，不料這時我收到另一個人傳來的訊息。

是蔡逸文。

「後天同學會一定要來喔，不要又爽約了！」

想起自己寒假時完全把這件事忘得一乾二淨，我就覺得很歉疚。

「這次一定不會忘記，唱歌是吧，我一定會去的，還會請大家喝飲料賠罪！」希望我這則訊息看起來夠誠懇。

「我剛也問了俞亦珊，她還是不能來。」

「妳還打電話到英國問？太有心了吧？」我不得不佩服這位同學會召集人的用心。

「哪有可能，MSN問就好啦！」

「但是俞亦珊又不上線！」

「她最近都設隱藏，我要下線了，晚安！」

然後蔡逸文就逕自下線了。

俞亦珊都在MSN上設隱藏？那她為什麼不回我訊息？我又敲傳訊給她。

「我知道妳設隱藏。」

然而還是什麼回應都得不到，也許她是眞的下線了，俞亦珊這樣讓我好煩躁，我覺得很不開心。

「俞亦珊妳很過分！」所以我悻悻然地補上這句。

「過一陣子再說。」俞亦珊終於回我了，而她還處於離線狀態，這表示她眞的設隱藏，她眞的在躲我。

之後不論我再傳過去任何訊息，她都不再回應。

同學會這天，我穿上一襲米黃色的連身洋裝出門，意外看見周子瑜出現在我家樓下。

「周子瑜妳怎麼來了？我要去參加同學會。」我昨天明明有在電話裡說過。

「我知道啊。」周子瑜咕噥，「妳要怎麼去？坐公車？」

「是啊，一下子就會到了。」我注意到她身後停著一輛黑色KTR檔車。

「我載妳吧。」她遞給我一頂安全帽。

我怔怔地接過，直到她發動引擎，才回過神來，「周子瑜，妳在想什麼？妳……」

「還沒十八歲？」她看著我，笑容帶著戲謔。

「對！所以……」

「不能騎機車？」

「……對啦！幹麼搶我的話！」我又好氣又好笑地說。

「妳要說什麼我都知道，所以上車吧。」幫我戴好安全帽後，她扶著我的手讓我坐上後座。

「妳哪來的機車？」望著坐在我身前的她，我輕輕拉住她的衣角。

「我媽買的，抓好，我要騎了。」周子瑜催動油門，我差點往後摔，忍不住驚叫一聲，周子瑜被我的反應逗得樂不可支。

「妳媽買機車給妳？」習慣機車的速度後，我在周子瑜耳邊大喊。

「怎麼可能，當然是我偷騎出來的，不過他們也睜一隻眼閉一隻眼就是了。放心，我會遵守交通規則的，哈哈。」周子瑜語調輕快地說。

周子瑜的父母倒是挺看得開的。

我很享受被她用摩托車載著的感覺，她翻飛的衣角掠過我的手背，有點癢癢的。

「紅綠燈前面右邊那間KTV就是了。」店門口已經聚集了一群人。

「哪一個是吳彥霖？」

「這麼遠我看不清楚。」我老實說。那群人在我眼裡看來面目模糊，我現在唯一能清楚看見的只有眼前的周子瑜。

周子瑜將檔車停在路邊，我可以感覺到國中同學的視線紛紛往這裡看過來。下車之後，我完全不敢往店門口瞟去，任由周子瑜為我脫下安全帽。

「妳回家小心。」我對周子瑜說，莫名覺得害羞。

「妳也是，拜拜。」周子瑜往我身後看了一眼，隨後騎車離開。

「柯芹軒，妳男朋友喔？」蔡逸文大喊，隨之而來的是同學們爆出的一連串驚呼。

我轉過頭正要否認，卻率先與站在人群之中的吳彥霖四目相接。

「嗨。」奇怪的是，我很自然地與他打招呼，吳彥霖也泰然自若地對我微笑。

時過一年，或許我們都能把那段過去放下，也或許是因為我有了周子瑜這樣的朋友，才讓心境有了轉變。

「柯芹軒，妳男朋友喔？」蔡逸文八卦地跑過來打探。

「剛剛那個？」我有些愕然，難道她看不出周子瑜是女生嗎？

「對啊！很帥耶！」蔡逸文滿臉興奮。

「她是女生，看不出來嗎？」我為她竟看不出周子瑜是女生而感到好笑。

「眞的假的？也太帥了吧！」一群女生圍過來七嘴八舌，原來剛剛根本沒人看出周子瑜是女生。

男生的反應卻與女生截然不同，他們不以爲然地表示，未成年騎機車會被警察抓，但我知道，他們其實只是爲女生的注意力全集中在周子瑜身上而感到不開心，即便她是個女生。

「我剛剛問過吳彥霖了，他說你們沒有交往，是我看錯了。」進到包廂之前，蔡逸文跟在我身畔低語。

「我早就跟妳說過了。」我翻了個白眼，蔡逸文居然到現在還不死心。

畢業後再次與一大群國中同學相見，感覺很奇特，甚至有些陌生。一年的時間說長不長、說短不短，大家都在外型上有了些許改變，交談起來也頗覺彆扭，幸好氣氛很快就被蔡逸文炒熱，慢慢地熱絡起來，彷彿又回到了國中時代。

可惜俞亦珊不在。

不知道是誰買了一箱啤酒偷渡到包廂，幾個男生開始划拳喝酒，到底這些人在高中都學了些什麼啊？

在這樣熱鬧歡騰的環境裡，獨坐一旁的我顯得有些格格不入。我不太喜歡唱歌，加上最好的朋友也不在，只能窩在角落百無聊賴地瀏覽新歌排行榜，心中暗想要是俞亦珊在場該有多好。

「發什麼呆？」吳彥霖忽然坐到我身旁。

他竟會主動過來與我攀談，讓我有點驚訝。

「你也知道我不唱歌的。」我歪著頭說。

「我知道。」他看著螢幕。

我們兩個沒再出聲。

儘管只是一段再普通不過的簡短交談，仍使我感觸良多。我們好久沒有這樣好好說話了，我本來以爲我和他這輩子不會再有交集。

「剛剛那是妳高中同學？」吳彥霖眼睛依然盯著螢幕。

「是啊！」

「長得眞像男生，現在很多女生都比男生更像男生。」吳彥霖轉過頭，目光落在我身上。

「她可沒打算讓自己更像男生，我是說，去做變性手術什麼的。」我想到周子瑜說起這番話時的表情，不禁笑了出來。

吳彥霖凝望著我，「我好久沒看到妳笑了。」

畢竟我們分離的時候，都讓彼此太過難堪。

他溫柔的表情既陌生又熟悉，這表情我曾經天天得見，也曾經爲此魂牽夢縈，然而我卻已經不再像過去那樣爲他悸動。

「女校有什麼特別的地方嗎？」吳彥霖淡淡一笑，像是沒事般地與我閒話家常。

「喜歡女生的人特別多吧！」我隨手卡掉一首很吵的歌，引起幾個男生連聲抱怨。

「同性戀？」吳彥霖一臉不敢相信。

「那種外型比較男性化的被稱為T。」我為他解釋。

「喔，那她們有女朋友嘍？」吳彥霖似乎很好奇。

「有些有。」學校裡確實有不少對。

「那妳會不會受影響，也喜歡女生啊？」

我怔住了，受影響？

「你覺得呢？」我看向吳彥霖。

「好吧！這是個蠢問題！」他嗤笑一聲。

他認為我不會。

我確實不會。

我怎麼可能會喜歡女生？我的意思是我喜歡俞亦珊，我喜歡齊若琳，所以我當然也會喜歡周子瑜，但這樣的喜歡只是很普通的喜歡，她們都是我的好朋友。

可是我卻感覺自己快喘不過氣來，彷彿有什麼東西重重壓在我的心上。

「柯芹軒，妳怎麼了？」吳彥霖和以前一樣，一眼就能察覺我的異常。

我趕緊放鬆表情，「我忽然想到我好像惹俞亦珊生氣了。」

雖然這不是造成我心情低落的主因，但也同樣讓我難過。

「喔。」吳彥霖眼神微微閃爍。

直覺告訴我，他應該知道些什麼。

「你知道她在生我的氣？」我忍不住抓著他的手臂追問。

「她應該是怕妳生氣吧……」吳彥霖搔了搔頭，一副很爲難的樣子。
「怕我生氣？」我搞糊塗了。
「妳和妳男朋友處得好嗎？」吳彥霖沒來由地問，雙眼直勾勾地盯著我看，像是在觀察我，不放過我臉上任何一個表情。
雖然被這個問題嚇了一跳，不過我想是時候告訴他實話了，過去我因爲想不出更好的理由拒絕他而編造謊言，時過境遷，我深覺當初自己眞是太傻了。
「我沒有男朋友。」我堅定地坦承不諱。
「從沒交過？」他挑眉，看起來並不驚訝。
「是的。」我沒有移開目光。
「我知道了。」吳彥霖似笑非笑。
「吳彥霖，對不起。」這麼久以來，我一直都想對他說這句話，我原本以爲再也沒有機會了。包廂裡的音樂聲很大，我不確定他有沒有聽到我的道歉，於是我提高音量，重複了一遍，「吳彥霖，對不起！」
他注視著桌上的零食，沒有回答我。
他會不高興也是理所當然的。
直接說不喜歡我就好了，幹麼要騙人？或許他會如是想。
但重點就在於我那時沒有不喜歡他，只是不想和他在一起，又找不出合適的理由，所以才會說謊。

不過現在說這些已經沒有意義了，他不原諒我也是情有可原，儘管我很不希望再次失去他這個朋友。

我站起來想去外面倒飲料，也想順便倒一杯給他，吳彥霖卻跟在我身後步出包廂。

我們不發一語地站在飲料機前面，當我出神地望著巧克力牛奶注滿杯子時，吳彥霖終於打破沉默。

「我早就知道妳騙我，亦珊跟我說了。」

一開始我沒反應過來，等我想明白他說的話時，我才瞪大眼睛，握著杯耳的手一抖，杯子掉在地上，熱燙的巧克力牛奶四濺。

「啊！」我驚叫一聲，吳彥霖立刻拉起我的手察看，見沒有大礙，才鬆了一口氣。

「柯芹軒，拜託妳小心一點好嗎。」他的擔憂在略帶責備的語氣裡顯露無疑。

我呆若木雞，他竟然早就知道了，而且還是俞亦珊告訴他的。

「以前家政課妳也燙到過。」吳彥霖輕笑。

「你說俞亦珊跟你說了，那是什麼時候的事？」我問。

「一陣子了。」他鬆開我的手，淡淡地說：「她躲著妳，應該是怕妳生氣吧。」

所以俞亦珊才對我這麼冷淡？可是不管是沒問過我就私下告訴吳彥霖眞相，又或者是近日來的冷淡相待，都不像是俞亦珊一貫的處事風格。

「吳彥霖，我很抱歉，我應該要親自告訴你的。」雖然覺得奇怪，不過我並不氣憤俞亦珊擅作主張。

「不要說對不起。」他彎下腰替我撿起杯子，我看著他的髮頂，沒有說話。

「我來整理一下。」服務生拿著拖把過來。

「不好意思。」吳彥霖直起身向服務生道歉，但明明我才是肇事者。

等服務生打掃完離開，吳彥霖爲我重新裝了一杯巧克力牛奶，「俞亦珊說妳有喜歡的人了，叫什麼周瑜的。」

「是周子瑜。」我更正，不過她不是我喜歡的人，我也沒想向他更進一步解釋。

「嗯，總之，我也有女朋友了，所以妳不用感到歉疚。」他的笑容自然眞誠，「而且我那時確實太不成熟，逼得那麼緊，難怪會嚇到妳，我能理解妳爲什麼會騙我。」

聞言，我頓時眼眶泛紅，沒料到吳彥霖竟能如此輕易揭過此事，壓在我心中已久的大石終於得以卸下，他在過去的一年裡成熟許多，令我刮目相看。

「吳彥霖，可以再這樣和你說話，我很開心。」我的眼淚掉了下來，「你和俞亦珊是我國中最要好的朋友，俞亦珊去了英國，要是連你都不在，我眞的不知道該怎麼辦。」

「不要哭啦，等亦珊回來，我們三個人還是能和以前一樣啊。」吳彥霖拍拍我的肩膀，他還是那麼溫柔，一點都沒變。

今天有來參加同學會眞是太好了，讓我得以找回吳彥霖這個重要的朋友。

回到包廂後，其他人見我和吳彥霖有說有笑，便紛紛起鬨，慫恿吳彥霖唱歌。

「唱〈背叛〉啦，這首很紅，也最合適現在唱！」蔡逸文興沖沖地點歌。

「我知道！我也有看《星光大道》那個歌唱節目。」吳彥霖點頭。

雖然我覺得蔡逸文有點故意，不過看在大家這麼開心的分上就算了。

我和吳彥霖一起在椅子上坐下，他笑著拿起麥克風。

我們並肩而坐，像是親密無間的朋友，一如往昔。

第六章

意外和吳彥霖恢復友誼，我非常開心。

齊若琳也很高興我可以和吳彥霖言歸於好，周子瑜卻對此反應平淡，所以我不知道她是怎麼想的。

俞亦珊依然對我不理不睬，最近她索性就不設隱藏了，直接掛在線上，只是不管我怎麼傳訊息給她都不回，時間一久我也火大了。

「小軒，周子瑜生日快到了，妳知道嗎？」放學後，我們三個一起去店裡喝飲料，齊若琳趁著周子瑜去櫃臺領餐時偷偷問我。

「我知道，可是要送她什麼禮物才好啊？」這個問題已經苦惱我好一陣子了。去年我們交情不深還無所謂，今年可不一樣，我一定得為周子瑜準備一份合適的生日禮物才行。

「生日一起過吧！」周子瑜端著飲料突然出現。

「啊！」我和齊若琳嚇了一跳，有些尷尬，怎麼會被壽星聽到這個話題啦。

「我們三個的生日月份相連，就一起過生日吧，」周子瑜把我點的飲料放到我面前，那是一杯熱奶茶。

「對耶！我都沒想到，天秤、天蠍、射手，我們的星座相連耶！」齊若琳興奮地拍手。

「齊若琳，妳是花心愛玩的射手耶！」我故作天真地說。

「妳倒是一點都不像天蠍那樣敢愛敢恨。」齊若琳不甘示弱地回嘴。

「兩個星座都很好啦！」周子瑜雙手在空中一揮，像是要消弭戰火。

我和齊若琳兩個人對看一眼，不約而同露出不懷好意的笑容。

「天秤專出俊男美女耶！」齊若琳說。

「妳兩個都包辦嘍！」我附和。

周子瑜一臉無奈，完全拿我們沒辦法。

我覺得好輕鬆、好快樂、好幸福，有什麼時刻能比現在更美好？

現在有我，有齊若琳，有周子瑜，如果這樣的時刻能持續一輩子到永遠，該有多好。

「擇日不如撞日，就今天慶祝吧！」

於是我們興高采烈地去到芹軒坊，老葛正在店門口整理盆栽。

「老葛，我們又來嘍！」齊若琳蹦蹦跳跳地跑上前。

「歡迎歡迎！今天剛好進了新的茶葉，快來喝喝看！」老葛先是熱情地招呼我們，隨後視線落在周子瑜身上，十之八九又要嘮叨周子瑜了。

果不其然，老葛搖頭說：「阿瑜，妳要打扮成這樣到什麼時候啊？」

每次被問到類似的問題，周子瑜總是笑而不答，讓老葛接不了話，只能不了了之。

我笑著跟在周子瑜身後，正要走進店裡，卻被老葛叫住，「芹軒妹妹，妳來一下。」

「怎麼了？」周子瑜和齊若琳同時停下腳步。

「妳們先進去啦！」老葛揮手趕她們進去。

她們兩個只得滿臉狐疑地走進店裡，留下我和老葛站在店門外。

其實我很少和老葛單獨說話，所以有點緊張。

「芹軒妹妹，妳覺得阿瑜那樣怎麼樣？」老葛蹲下身，繼續整理盆栽。

「什麼怎樣？」我困惑地反問。

「打扮成那樣，還有喜歡同性。」老葛緩緩地說。

「那是她的人生，她自己決定好就好。」我說。

「唉，可能是我年紀比較大，跟不上妳們年輕人的腳步。在我的觀念裡，女人就要嫁個好男人，讓對方好好寵愛才對。」老葛站起來拍拍膝蓋。

「我想周子瑜有自己的想法吧。」我停頓了一下，「怎麼會問我呢？」

「要是問阿琳，她一定會打哈哈；至於阿瑜，她根本就不會回答我。」老葛嘆氣，「我很擔心，她這樣會幸福嗎？」

老葛蹙緊雙眉，神態憂心。他不是在笑話或唱衰，他是眞的在關心周子瑜。正因爲是發自內心關心她，才會如此擔心。

「如果只是要隨便找個人談戀愛，那很容易，店裡有時也會有同性情侶過來，可是，人終究要找個能相伴一生的對象。」老葛拿起水壺澆花。

「或許周子瑜能遇見這樣的對象。」我悠悠地說。

「或許吧！但我還是希望她能像個女生。」老葛抬起頭瞄了我一眼，「唉，妳也是。」

說完，他又嘆了口氣。

我不想知道老葛的那句話與這聲嘆氣是什麼意思，爲了轉移話題，我指向一盆鮮花隨口問：「老葛，這是什麼？」

「喔，那是金盞花，很漂亮吧。」老葛愛憐地摸了摸花瓣。

「顏色很鮮豔耶，好種嗎？」

「還可以啦，我每年秋天都會種，金盞花已經是芹軒坊的招牌花了。」老葛微微一笑。

沒想到他一個大男人會對花草露出這麼溫柔的表情。

稍晚，老葛買了一個大蛋糕請店裡所有的人吃，是芋頭布丁口味，齊若琳嫌老葛太保守，居然選了安全牌，但是她吃得最開心。

吃著吃著，我和齊若琳很有默契地交換過一個眼神，趁周子瑜不注意，用手指沾了奶油往她臉頰和鼻子抹去。

「妳們很幼稚耶！」周子瑜抬起手肘擦掉臉上的奶油後，居然用整個手掌抹了一把蛋糕上的奶油，往我們這邊跑過來。

「周子瑜妳很髒！」齊若琳先是罵她，隨即尖叫跑開，因爲周子瑜的目標是她。

「周子瑜妳不要弄我喔！」齊若琳不停尖叫。

「妳弄我就可以，我弄妳就不行嗎？」周子瑜追在她後面，兩個人在店裡玩起妳追我跑的遊戲。

全部的客人都笑得合不攏嘴，有人甚至也開始往朋友臉上抹奶油，加入遊戲的行列。

我注意到老葛雖然笑得很開心，眼裡卻有些擔憂，他是在煩惱之後的清掃問題吧。

「小軒救我！」齊若琳躲到我身後，拿我當擋箭牌。

「啊！」

只聽周子瑜驚呼一聲，下一秒，我眼前一片黑。

周子瑜煞車不及，手掌直接往我臉上抹來，現場頓時鴉雀無聲。

「喔喔！周子瑜，妳弄到小軒了，妳慘了！」躲在我身後的齊若琳幸災樂禍地大笑。

「小軒，對不起，我不是故意的啦，對不起。」周子瑜一邊解釋，一邊用衣袖幫我擦臉。

等到眼睛上的奶油被抹掉後，我終於能睜開眼睛，首先映入眼簾的便是周子瑜充滿歉疚的臉。我覺得她好可愛，明明我也有拿鮮奶油抹在她臉上，她卻不攻擊我，只攻擊齊若琳。

我不發一語地走近桌邊，冷不防端起整塊蛋糕往周子瑜身上扔去，沒想到她反應很快，動作俐落地往旁邊閃開，蛋糕不偏不倚地砸中齊若琳臉上。

「啊！齊若琳！對不起！」我大叫。

大家都被這戲劇化的發展逗得哈哈大笑，周子瑜幾乎要笑倒在地，老葛也笑到好像快中風。儘管覺得抱歉，但當我拿著紙巾過去，想替齊若琳擦去臉上的奶油時，仍止不住嘴角的笑意，沒想到齊若琳竟往我撲來，整張臉在我身上蹭來蹭去，將我的上衣當面紙用。

「齊若琳！」我大聲吼她。

店裡立刻爆出一陣更大的轟笑聲，還引來附近鄰居上門探看，有幾個小孩子也趁亂跑進店裡，玩得不亦樂乎。

「來來來！過來，我幫妳們拍張照片。」老葛不知道從哪裡找出一台非常老舊的底片式相機。

「我臉上都是奶油啦！」齊若琳抱怨。

「妳這樣也很美，快點快點，站這邊。」老葛指示我們站好。

我和齊若琳分別站在周子瑜左右，周子瑜張開雙臂搭在我們肩上，對著鏡頭笑得開懷。

「一，二，三！」快門按下的那一瞬間，我感覺到周子瑜攬住我的手臂似乎一緊，隨即又鬆開。

這是我們三個人第一次合照，也是唯一一次。

✦

開學後，我成爲正式的糾察，必須輪班站在校門口值勤，檢查往來學生的服裝儀容，除此之外，一切沒什麼不同。周子瑜和齊若琳每天進出校門口時，都會跟我打招呼，我們這組的糾察每次看見周子瑜都很開心。

有時候周子瑜會等我站崗結束，再陪我坐公車回家，我總認爲這樣太麻煩她，便禁止她再這麼做。

自從在同學會上與吳彥霖恢復友誼後，我和他在社區巧遇的頻率變高了，偶爾我們也會一起去巷尾的冰店吃冰，我會向他說起我和周子瑜之間的事。

當然，吳彥霖並不知道周子瑜其實是個女生。

「所以妳就叫他不要再等妳了？」吳彥霖吃下最後一口冰。

「陪我回家以後，她再自己回家，這樣不是很奇怪嗎？」我用湯匙胡亂攪動已呈半融化狀態的冰。

「他願意啊，幹麼不接受？」吳彥霖笑著從口袋掏出一樣東西，「這個送妳，妳生日快要到了吧。」

一枚米老鼠形狀的紅色髮夾躺在他的掌心。

「吳彥霖，你很沒創意，每次都送髮夾。」我欣然接過，想起國中時他也送過我髮夾。

「我想不出來要送什麼。」他聳肩。

「要不然你都送你女朋友什麼？」我立刻將米老鼠髮夾別在頭髮上，「好看嗎？」

「我沒送過我女朋友東西。」他敷衍地豎起大拇指。

「爲什麼？」我問。

這時吳彥霖的手機突然響起，他站起來走到冰店外面去接電話，我猜應該是他女朋友打來的，我不懂他爲何要避開我。

正巧我的手機也響起，來電顯示是周子瑜。

「周子瑜，怎麼了？」我接起第一句話就問。

「妳眞的不要我陪妳坐公車回家？」

「這件事討論過很多遍了，周子瑜，我不要，妳這樣回家會太晚！」我不耐煩地答，又吃了一口冰。

「好，那我知道了。」周子瑜說完就掛掉電話，但她的聲音聽起來很雀躍。

「喂，周子瑜！喂？」

「是啊，也不知道她想要幹麼，你呢？誰有事找你嗎？」我朝他的手機瞥去。

「他打來喔？」吳彥霖剛好回座。

「沒什麼。」他把手機收回口袋。

當我問起吳彥霖和他女朋友的事時，雖然他不會避而不答，但總是簡單幾句帶過，像只是在隨便應付，而且從來不會主動提及。

沒過幾分鐘，他女朋友又打電話來了，於是我們便各自回家。

「這是他送妳的？」隔天去到學校，齊若琳看著我的米老鼠髮夾問。

「是啊，不過上課又不能戴，」我覷了周子瑜一眼，「我不小心把髮夾放進書包了。」

「明明就是在炫耀！」齊若琳嘟嘴。

或許是因爲看見吳彥霖送的髮夾，周子瑜一整天都不太理我，齊若琳調侃周子瑜很愛生氣。

這週輪到我們這組糾察值勤，齊若琳走出校門口的時候，笑容滿面地向我揮手道別，周子瑜卻木著一張臉，讓我有點沮喪。

「她最近都改穿裙子了，我本來還很期待抓她違規，這樣可以藉機和她說話。」某個糾察低聲抱怨。

升上二年級後，周子瑜在學校的人氣更旺了，還有高三學姊送花給周子瑜，然而不管周子瑜的人氣是高是低，對我來說，周子瑜還是周子瑜。

草草結束糾察工作後，我去到糾察室收拾東西，隊裡的其他糾察陸續離開，最後只剩下我一個人，等確認所有東西都歸位，我才鎖上門，準備回家。

一出校門口右轉就是公車站牌，我緩步往站牌走去。

「小軒！」一聲呼喚從右後方傳來，是周子瑜。

我扭頭朝她看去，赫然發現她居然坐在她的KTR上面！並且已經換上一身便服，剪裁合身的牛仔褲襯得她雙腿修長，甚至還騷包地穿了件皮外套。

「周子瑜妳瘋了嗎？」我大驚失色。

她露出頑皮的笑容，「妳只說妳不喜歡我陪妳坐公車回家，妳沒說我不可以騎車送妳回家。」

「不是那個問題！這裡離校門口沒幾步路耶！妳實在太誇張了！」我東張西望，深怕被老師或教官撞見，幸好距離放學已經好一陣子了，校門口稀稀落落的，大家都走得差不多了。

「小軒，怕東怕西是成就不了大事業的。」周子瑜說了句意義不明的話，並遞過來一頂安全帽。

「我不覺得未成年騎機車就能成就什麼大事業。」我故意撇過頭，把手背在身後，不肯接下。

「快上來呀，這樣可以節省交通費，又可以提早回家，不是很好嗎？」見我鬧脾氣，她彷彿覺得有趣，一邊低聲竊笑，一邊為我戴上安全帽。

她輕輕搖晃我的手臂，要我上車，我實在拗不過她，只好乖乖上車。

「所以他眞的騎機車去學校載妳放學？」吳彥霖在電話那頭大笑，「這招眞的要學起來！」

「我不覺得這麼做很好。」我冷靜地說。

「但是妳不能否認妳很開心。」吳彥霖停住笑。

是沒錯。

吳彥霖偶爾會打電話給我，不知不覺間，我和他之間的彆扭已全然消失，眞眞切切成爲能互相傾訴心事的好朋友。

我很想把這樣的轉變與俞亦珊分享，可惜那場莫名其妙的冷戰仍未結束，我爲此很是苦惱。

「妳就給她一點時間吧。」

吳彥霖只對我說了這句話，我不懂是要給俞亦珊什麼時間。

我甚至連俞亦珊爲了什麼生氣都不知道。

✦

糾察値勤的這個禮拜，每天收隊後就會在校門口轉角處瞥見周子瑜穿著便服，靠在她的KTR上，帶著壞壞的笑容等我。

每一次我都會生氣地跟她說別再這麼做了，但是隔天放學她依然會在原處出現。慢慢地，連我不需要値勤的日子，她也會騎車送我回家，而我也逐漸習慣。

「對了，妳們知道快要排球比賽了嗎？」齊若琳趴在欄杆上，指著下方的排球場慵懶地說。

「我知道啊。」周子瑜說她從高一就一直很期待高二排球比賽的到來。

「妳們要參加嗎？」我不禁皺眉，我最討厭運動了。

「我不要，我討厭運動，」齊若琳嚷嚷著說。

果然知我者齊若琳也！

「周子瑜是一定會參加比賽的，小軒我們兩個當啦啦隊好了！」齊若琳拉起我的手不斷搖晃。

就在這個時候，我瞥見林芷馨從教室走出來，自從高一那次的廁所事件後，她就與我們再無往來。

順著我的視線，周子瑜和齊若琳也回頭看去，齊若琳立刻露出嫌棄的表情。

倒是周子瑜逕自朝林芷馨走去，我和齊若琳面面相覷，不曉得周子瑜要做什麼。

「排球比賽什麼時候可以報名？」

原來周子瑜是要問她這件事，沒錯，林芷馨又被選上康樂股長了。

不單我們，就連林芷馨也沒想到周子瑜會主動找她說話，她嚇了一跳，手上的一疊講義沒拿好，不小心散落在地上。

她連忙蹲下身撿拾四散的講義，周子瑜也彎腰幫忙，幸好數量不多，很快就收拾完了。

「報名的時候請通知我。」周子瑜把講義交還給林芷馨。

「周子瑜，對不起。」林芷馨低聲說完這句話，立刻跑開。

「她爲什麼要道歉？」齊若琳走到周子瑜旁邊，順勢把手搭在她肩上。

「我怎麼知道。」周子瑜也是一頭霧水。

她們兩個同時扭頭看向我，我更不會知道是發生什麼事情啦！

這時，學校廣播突然響起。

「學務處報告，二年仁班柯芹軒請到學務處報到。」

「怎麼了?小軒，妳怎麼會被叫去學務處?」齊若琳問。

「應該是有關糾察的事吧。」我不確定地回答，上課鐘聲也在下一秒響起，「妳們先回教室吧，我去學務處一趟。」

「有什麼事再跟我們說。」周子瑜說。

我忐忑不安地往學務處走去，一路上不斷思索著為什麼自己會被叫過去。對我而言，學務處是個讓人心生畏懼的地方，感覺只有違反校規的壞學生會被叫過去。

「報告。」我站在學務處門口。

「柯芹軒，來這邊。」

我一看清找我來的是誰，便先鬆了一口氣，對方是負責指導糾察訓練的教官。

教官示意我在辦公桌前的椅子坐下。

「柯芹軒，當糾察會不會太累?」教官問。

「不會。」我感到疑惑，怎麼會現在才問我累不累?

「妳是獨生女對不對?」教官翻著一本看起來像是學生輔導資料紀錄表的檔案夾。

「是的。」見教官問的問題始終讓人摸不著頭緒，我索性開門見山道：「教官，請問我怎麼了嗎?」

「有同學在放學的時候，看到有人騎機車載妳回家。」教官神情嚴肅。

我的心一緊，被同學看到了嗎？

是啊，不被看到才奇怪，但到底是誰看到的？還一狀告到學務處來。

我雙手緊握成拳，身軀微微發抖。

「柯芹軒，妳不要緊張，妳可以告訴教官騎機車載妳的是誰嗎？妳也知道妳身為糾察是要做榜樣的，如果對方未成年又無照駕駛，後果有多嚴重妳知……」

「她看錯了！」我想都沒想便答。

教官臉色明顯變了，「那個同學很確定坐在機車後座的就是妳。」

「載我的是我哥！」我連忙改口。

「妳是獨生……」

「那是我的表哥，而且他成年了！」教官連一句話都還沒說完，就被我搶先打斷。

教官不再出聲，雙眼直勾勾地盯著我看，我很害怕，但我依然勉力迎向教官的目光，假裝這樣就可以讓他相信我沒有說謊。

「柯芹軒，妳要知道，無論對方是否成年，身為糾察，妳不應該讓人看見有『朋友』騎機車來學校接送妳。」教官嚴厲地吩咐，「好了，妳先回教室吧。」

他完全不相信我的說辭，也許他認為那是我校外的男朋友，我想我讓教官非常失望吧。

離開學務處後，我感覺舉步艱難，我說謊了，但是我不後悔，因為我保護了周子瑜。

回到教室，周子瑜看著我的眼神充滿擔憂，我向她說自己沒事。

「今天不要載我回去了。」放學時，我對周子瑜這麼說。

「教官今天找妳是爲了這件事？」聰明的周子瑜迅速推斷出前因後果。

我也不打算瞞著她，微微低下頭，「所以，以後不要再騎車載我了。」

「教官怎麼會知道？」齊若琳皺眉。

「我不知道，不過教官不知道騎車的是周子瑜，所以就這樣吧。」我背上書包。

「總不能讓妳一個人承擔。」周子瑜拉住我。

我不無心酸地想，未成年無照駕駛怎麼說都不對，況且我們學校的校規還這麼嚴格，要是被抓到，周子瑜一定會被記過。

「不然妳要怎樣？跑去承認騎車的就是妳？周子瑜，教官根本沒有證據能指認妳，妳幹麼要去蹚這渾水？」我掙脫她的手，「不要自討苦吃，我要回家了。」

說完我便離開教室，不等她們兩個。

有多久沒有站在擠滿人群的公車站牌下等車了？

接連兩班車到站卻仍擠不上去，我不由得有些生氣，到底是誰去告狀的？

「柯芹軒。」

我回頭望去，是林芷馨。

這一幕好熟悉啊，高一的時候，林芷馨也曾在這裡和我一起等公車，然後還告訴我她喜歡周子瑜。

我沒有回話，她走到我身邊，再不作聲。

等到我們都擠上公車後，她才怯生生地開口：「我很抱歉。」

「抱歉？」

現在才想要爲廁所事件道歉也太晚了吧，都過一年了，不過還眞難把那時趾高氣昂的她與面前的她聯想在一塊兒。

林芷馨飛快地左右張望了下，確定沒人在聽我們說話後才又說：「我只是看不慣，所以才會跟教官說。」

我突然會意過來，就是她去向教官告狀的！

「爲什麼？」我握緊拳頭。

「因爲我看不慣，我不是說了嗎？」林芷馨面無表情地看著我。

「林芷馨妳很無聊！妳爲什麼要陷害周子瑜？」我努力壓低音量，也努力壓抑怒氣。

「我沒有想要陷害她，」林芷馨毫不畏懼，語氣非常冷淡，「我從頭到尾都沒說是誰騎的車。」

「那妳就是針對我嘍？」我瞇起眼睛。

「因爲我看不慣妳！居然想以朋友的姿態待在她身邊，讓她痛苦。」林芷馨憤恨不平。

「我聽不懂妳在說什麼。」這個人是怎麼了？還想扯到我身上。

林芷馨張了張唇，像是要說什麼，隨即又搖搖頭，似乎打消了念頭。

「我已經跟教官說是我看錯了。」她不再看我，目光落向窗外，「我沒想到周子瑜還會跟我說話。」

「周子瑜說妳不是眞心喜歡女生的，以後如果有男生追妳，妳還是會喜歡男生。」

「或許吧。」她苦笑，「但至少我現在是喜歡她喜歡到想和她在一起。」

林芷馨挺直了背脊，嬌小的她渾身散發出一股大無畏的勇氣。

我一直以爲自己很不喜歡她，原來其實我是很羨慕她。

世界上有太多事情我們連對自己都不敢承認，執意選擇相信謊言。

而林芷馨和周子瑜都不是這種懦弱的人，她們忠於自己的內心。

「這件事請妳當作不知情，至少別讓周子瑜知道，我不想在她心中留下壞印象。」林芷馨肩膀微微顫抖，「教官也不會再找妳麻煩了。」

見到她這樣，我還能說什麼？

「我知道了。」所以我只剩下這個回答。

林芷馨像是得到救贖似地，朝我露出一個燦爛的笑容。

她其實什麼也沒做錯，她就只是喜歡周子瑜而已。

✦

而周子瑜並沒有學到教訓，事實上她就是個視規則於無物的人。當她知道教官已經不再找我麻煩後，又開始騎機車送我回家。

「小軒，明天星期六是妳生日，先祝妳生日快樂！」齊若琳在放學時對我說。

「謝謝！」我笑著提醒她，「別忘了，也快要期中考了！」

齊若琳做了個鬼臉。

糾察執勤結束後，我一如往常走出校門，來到轉角處，周子瑜戴著全罩式的安全帽，穿著深藍色的長版T恤和牛仔褲坐在檔車上，看起來根本就是個男生。很多女生都注意到她，只是大家都不知道她是周子瑜。

我在眾目睽睽下，走到她身邊，「周子瑜，妳太招搖了。」

「反正又看不出來我是誰。」

透過安全帽的鏡片，我似乎隱約可以看見她的笑容。

「但是大家可都看得出來我是誰。」我翻了個白眼，要是現在被教官當場逮住，那就完了。

「那就快戴上這個吧。」她把掛在機車把手上的大袋子遞給我。

「這是什麼？」我問。

「打開看看啊。」她把袋子塞進我懷裡。

我狐疑地望著她：「裡面是什麼東西？」

「快打開來看看啊！」周子瑜像是小孩子一樣興奮。

拿她沒辦法，我只好打開袋子，從裡頭取出一頂白色的全罩式安全帽。

「妳喜歡嗎？」周子瑜笑彎了眼。

「這是要幹麼？」我反應不過來，愣愣地問。

「快戴上吧！」周子瑜拿起安全帽替我戴上，並接過我肩上的書包背在自己身上。

我還搞不清楚狀況就被周子瑜拉上機車後座，任由她載著我從校門前飛馳而過。

在停紅綠燈時，我忍不住開口：「周子瑜，妳這是什麼意思啊？」

「我送妳的生日禮物，這是妳專用的安全帽。」

聞言，我臉上一熱，不自覺將環在她腰際的手縮回，她馬上再把我的手拉回原處，我發誓聽到她偷笑的聲音。

後來是怎麼回到家的，我其實恍恍惚惚記不太清楚了，只知道她幫我解開安全帽，並將安全帽掛在後座的把手上。她說她的後座是專屬於我的，我很想回她別傻了，嘴巴卻不聽使喚，什麼聲音都沒能發出來。最後，她再次笑著對我說了句生日快樂。

一直到等電梯的時候，我失控的心跳還是平靜不下來。

「冷靜一點。」我壓著胸口低聲說。

「剛剛那是誰？」媽媽的聲音忽然從我身後響起。

「媽媽！妳嚇我一跳！」我大喊。

「妳是做了什麼虧心事嗎？剛剛騎車載妳回來的是誰？」手上提著超市購物袋的媽媽瞇著眼睛打量我。

「就朋友啦。」沒想到會被媽媽撞見，幸好剛才周子瑜沒有脫下安全帽。

「妳不要現在就亂交男朋友！」媽媽打了我的頭一下。

她是我的同班同學，不是什麼男朋友。

也許只要告訴媽媽周子瑜是女生，媽媽就不會擔心，我卻始終說不出口。

齊若琳在晚上十二點準時傳簡訊祝福我，周子瑜則是直接打了電話過來，媽媽看到我鬼鬼祟祟地接起電話，免不了又是一陣嘮叨。

在我生日這天，媽媽只煮了豬腳麵線給我吃，爸爸則說之前買給我的手機就算是生日禮物了。家人對待我的方式幾乎和平日沒什麼不同。

「柯芹軒，生日快樂。」吳彥霖說。

「謝謝你，你也太有心了。」

生日當天下午，吳彥霖把我叫到巷尾那間夏天賣冰、冬天賣紅豆湯的店裡，不知道他是怎麼和老闆串通的，當老闆把那碗紅豆湯端到我面前時，碗裡放的並不是小湯圓，而是捏成「生日」字樣的烤年糕。

「我原本還有做『快樂』兩個字，可是變形了。」吳彥霖聳聳肩，像是不明白為什麼會失敗。

「哈哈，謝謝你，吳彥霖。」我感到非常開心。

「妳眞的要好好感謝我，忙著準備期中考之餘，還要抽出時間做這個。」

「你們已經考完嘍？」我用湯匙撈起「日」字這塊年糕咬了一口。

「妳們還沒考嗎？」

「下下禮拜吧，眞頭痛。」尤其是數學。

「嗯。」吳彥霖若有所思，「要不要寫寫看我們學校的考卷？」

「你們學校？」我有聽錯嗎？帝述高中的考題是出了名的難度超高，我怎麼可能會寫！

「要是連我們學校的考卷都會寫的話，妳們學校的考試就不成問題啦。」他順手舀了幾顆他碗裡的紅色小湯圓扔給我。

「嗯，那我考慮看看。」我咬著湯匙沉吟了下。

「還需要考慮什麼？妳不想成績進步嗎？」吳彥霖放下湯匙，往椅背一靠。

「好啦，我知道了啦！」我拗不過他，「吳彥霖，你決定好大學要考哪間學校了嗎？」

「能考上好一點的學校當然最好嘍！」他兩手一攤，「台大吧。」

「這種話從你口中說出來還眞不像是在開玩笑。」我翻了個白眼。

問吳彥霖這種問題也是白搭，他的成績一直都非常好，而周子瑜也早就決定好未來的方向，齊若琳則是那種不鳴則已一鳴驚人的黑馬類型，我的朋友怎麼都那麼聰明出色？

「亦珊主動和妳聯絡了嗎？」

我立刻露出苦瓜臉，搖搖頭，「我實在搞不懂她到底爲什麼要這樣？」

「就……再給她點時間吧。」吳彥霖的目光飄向別處。

「還要給她多久時間？」這個問題我更像是在問自己。

「那個周瑜送妳什麼生日禮物啊？」送我回家的路上，吳彥霖問。

「是周子瑜，」我再一次糾正他，「她送我一頂我專用的安全帽。」

「哇！」吳彥霖一副感到十分新奇的樣子，大概是覺得又學到一招了吧。

回到家以後，我打開電腦，內心隱隱期盼俞亦珊或許會在線上祝我生日快樂。果不其然，一上線我就看見俞亦珊的訊息。

「生日快樂，很抱歉，我這陣子比較心煩，但現在一切都沒事了。請妳原諒我，我最愛妳了。寒假我會回去唷！要請我吃好料的。」

我開心到眼淚差點掉下來，連忙想要回訊息，不過她已經下線。

我和俞亦珊和好了，雖然我自始至終都沒搞清楚發生了什麼事，但只要結局是好的就行了，只要俞亦珊還是我的好朋友就好。

「我覺得我期中考會完蛋。」午餐時間，齊若琳愁雲慘霧地說。

「努力低空飛過不就好了。」周子瑜把她便當裡的青菜挾給我。

「我比妳們都危險多了。」我自嘲。

這天放學後，周子瑜一樣先回家換上便服，再騎車來到校門口轉角處，等候我結束糾察值勤。

一見到我，她便爲我戴上那頂白色的全罩式安全帽，而坐在她身後的我，會把雙手放進她外套的口袋，摟住她的腰。

一路上我們多半沒怎麼說話，我卻覺得非常滿足。

行道樹的影子一道道從我們身上掠過，我閉上眼睛享受微風的輕拂，將頭輕輕靠上周子瑜纖瘦的背，我能感覺到她身軀微微一震。

「小軒，到了喔。」周子瑜語氣裡有著明顯的笑意，「妳睡著嘍？」

「沒有啦，我只是覺得很舒服。」我跳下機車，「謝謝妳。」

「明天見了。」周子瑜幫我脫下安全帽。

目送周子瑜騎著機車揚長而去的身影，直至再也看不見，我才慢吞吞地轉身拿出鑰匙，打開住處大樓的鐵門。

就連在電梯裡，我仍然止不住翹起的嘴角，電梯門一開，卻見媽媽站在門口等我，面色鐵青。

「阿芹！」媽媽口氣不妙。

「怎麼了？」我趕緊收起微笑。

「妳不要隨便和男生牽扯在一起！之前一個騎機車送妳回家，現在又有另一個直接找上家裡來。」媽媽氣得打了我一下。

「找上家裡?誰啊?」我滿心莫名其妙。

「妳爸是看到他穿著帝述高中的制服,才勉強讓他進到家裡,對方說是要過來教妳功課。」媽媽一邊碎碎念,一邊打開家門,「他在妳房間等妳。妳房間亂七八糟的,丟臉死了。」

「啊!」我馬上踢開腳上的鞋子往房間衝,眼角餘光瞥見坐在客廳的爸爸一直盯著我看。

「吳彥霖!」我一進到房間就忍不住大喊。

「妳回來嘍。」他正坐在電腦桌前玩電腦,居然還有心思舉起一隻手對我打招呼。

「什麼叫作『妳回來嘍』?你怎麼會跑來我家?」我衝過去打他的手,壓低嗓音質問他,爸媽一定在客廳豎起耳朵聽我房裡的動靜。

「不是說過要教妳功課嗎?」吳彥霖一臉委屈。

「喔!對,要教我功課!所以你就直接跑到我家?」我雙手叉腰,「你好歹也要先跟我說一聲,讓我有個心理準備吧!」

「好啦,那我今天先回家,」他看了我一眼,「明天我再過來,請先做好準備吧。」

「明天見。」我沒好氣地說,領著他走到客廳。

「柯爸爸、柯媽媽,抱歉今天打擾你們了,我明天再過來。」他向我爸媽恭敬地鞠了個躬。

噢,天啊!這感覺有夠奇怪的!我從來沒帶男生回家過,第一次居然是以這種方式,爸媽不吐血才怪。

吳彥霖離開後，爸爸繼續看電視，我知道他只是在假裝鎮定，因為他在看他平常最討厭的購物頻道。

我前腳才一溜煙地回到房裡，媽媽後腳跟著進來。

「阿芹，我看得出來他是個好男生，可是妳現在交男朋友太早了。」媽媽神色凝重。

「拜託！他是我國中同學，就是我以前跟妳提過的那個好朋友，我和俞亦珊都很常跟他在一塊啊，他不是我男朋友啦，而且我也沒有交男朋友，不要瞎操心了！」我一肚子火地解釋。

當天晚上，我立刻把這件事告訴齊若琳，想讓嘴賤的她陪我罵罵吳彥霖，她卻在電話那頭笑得很誇張。

「吳彥霖眞的是個很有趣的人，這件事不能讓周子瑜知道對不對？」

我可以想像齊若琳已經笑到流眼淚了。

「沒有不能讓她知道，只是不需要特意告訴她。」我咕噥道。

「我瞭解的，我絕對不會說。」

我確實不想讓周子瑜知道吳彥霖來我家，不過，為什麼不能讓她知道？

有時候我會想，要是想得再深入一點，答案就會呼之欲出，但我本能地要自己停下。

我有預感，答案不會是我所期望的，所以我決定讓自己繼續無知下去。

「小軒，我明天也可以去嗎？」齊若琳小心翼翼地問，這可眞不像她。

「一起來我家念書嗎？」我失笑，「這眞是好主意，多了妳一個女生，我爸媽應該就比較不會胡思亂想。」

「不過如果是周子瑜去，那就完蛋了！」齊若琳笑道。

我頓時心中一凜，默不作聲。

「我開玩笑的啦！不要這麼認眞。」齊若琳連忙改口。

如果我爸媽知道了周子瑜的存在，他們會怎麼想？

我很想說她只是我的好朋友，但凡有眼睛的人都看得出來，她不只是我的好朋友。

第二天去學校，我請周子瑜這幾天不用送我回家，想當然耳，周子瑜很不能接受，我只好硬著頭皮告訴她，吳彥霖要來我家念書。

聞言，周子瑜面無表情地說她知道了，直到我補上一句齊若琳也會一起，她臉上才稍微和緩了些。

這次我有事先跟爸媽說吳彥霖會來家裡，不過沒提起齊若琳也會過來，所以當我領著齊若琳一同回家時，媽媽嚇了好大一跳。

「阿芹，這是妳朋友喔？哎唷，妳朋友怎麼都長得這麼漂亮啦？」媽媽笑咪咪地打量齊若琳。

多了個齊若琳一起念書，吳彥霖起初有點驚訝，但沒有多問，不分親疏地爲我和齊若琳解決課業上的疑惑。過沒多久，他發現齊若琳很聰明，一點就通，領悟得很快，不免笑嘻嘻地損了我幾句。

在吳彥霖日復一日的教導下，我這次的期中考試成績是有史以來最好的一次，儘管爸媽很滿意我的進步，然而他們依然不喜歡吳彥霖登門造訪。

齊若琳更不用說了，成績突飛猛進，名次整整提高了十名，她一直說要約吳彥霖出來吃飯答謝他，我告訴她不用這麼麻煩，她卻依然堅持，讓我覺得很奇怪。

我陡然萌生一股怪異的感覺，難道齊若琳對吳彥霖……

第七章

隨著排球比賽即將到來，周子瑜加入密集練習的行列。體育課時，我和齊若琳就坐在樹蔭下觀看周子瑜與其他參賽成員練球。

「吳彥霖有女朋友。」我告訴齊若琳。

「我知道啊。」她瞪大眼睛，彷彿覺得我說的是廢話。

「那妳爲什麼還要……」妳明明知道他有女朋友啊。

「小軒，喜歡一個人有時候是沒有理由的，我不會因爲這個人有沒有女朋友而決定喜不喜歡他。」她瞥了前方正擊出一記殺球的周子瑜一眼，「同樣的，我也不會因爲一個人的性別而決定要不要喜歡她。」

說完，她的目光回到我身上，定定地看著我，我感覺自己似乎快被她看透了。

「妳這什麼意思？妳不是說妳不知道喜歡是什麼感覺嗎？」我連忙側過頭。

「現在知道啦！」齊若琳撫著胸口，臉上泛起紅暈，「原來是這種感覺。」

吳彥霖，你何德何能？竟能讓齊若琳喜歡上你。

「對了，小軒，我告訴妳，」齊若琳突然皺眉，「吳彥霖可能還喜歡著妳喔。」

「怎麼可能？」我嗤之以鼻。如果齊若琳見過吳彥霖過去對待我的態度，她就會知道，吳彥霖現在只把我當成朋友了。

「我的直覺。」她轉了轉眼珠，「但是，我喜歡他喜歡著妳。」

「什麼意思啊？」我看著周子瑜去撿出界的球。

「字面上的意思，他喜歡妳，而我喜歡這樣的他。」齊若琳抱著曲起的雙腿，頭靠在膝蓋上，扭頭看向我。

「如果是這樣，妳應該要討厭我。」我啼笑皆非。

「我不會像妳那個青梅竹馬一樣。」

「妳是說俞亦珊？她沒有喜歡吳彥霖啦。」我大笑。

「有時候無知也是種幸福。」齊若琳嘆氣。

我凝望著齊若琳的側臉，竟有些出神，原本就非常美麗的她，不知道是不是因爲初次懂得了喜歡一個人的感覺，她看起來更明豔動人了。

「妳們爲什麼都不去打球？」周子瑜氣喘吁吁地跑到我們面前。

「冬天太冷，沒有體力。」我無精打采地說。

「我在煩惱戀愛的事，不想動。」齊若琳語氣也懶洋洋的。

「若琳，妳臉色很差。」周子瑜仔細打量她。

「我月經來，肚子很痛。周子瑜，妳月經來的時候會痛嗎？」

聞言，周子瑜露出一個奇怪的表情，我深覺問出這種問題的齊若琳，像個故意爲之的笨蛋。

我說過我知道周子瑜是女生，所以不需要再提醒我，我也不需要知道更多她身爲女生的那一面。

周子瑜不理會齊若琳，直接坐到我身邊，我頓時覺得體溫升高了好幾度。

「小軒，我們一起過聖誕節好嗎？」周子瑜略顯侷促地說，神情有些靦腆，我好喜歡看到這樣的她。

「好啊。齊若琳，那妳呢？」我扭頭問齊若琳。

「喔，不了，周子瑜又沒約我。」齊若琳漫不經心地回答。

「若琳，妳不要挑我語病好嗎？」周子瑜滿臉窘迫。

這時我才突然會意過來，周子瑜原本可能只打算約我一個人，我的臉現在一定已經紅透了。

「開玩笑的啦！我不跟妳們去，我要約吳彥霖出去。」齊若琳站起來伸了個懶腰。

「他有女朋友，聖誕節那天應該會留給女朋友吧？」我提醒她。

「如果不試試看，就完全沒機會了啊！」她俏皮地眨了眨眼。

聖誕節那天要上課，所以我和周子瑜約好提前在星期天共度。

我告訴媽媽這件事，只說是和一個朋友一同出去慶祝聖誕節，沒說對方是誰，坐在沙發上的爸爸忽然失手將馬克杯摔在地下，然後電視又停在購物頻道了。媽媽千叮嚀萬交代，要我必須在十點前回家，爸爸馬上補了一句：「八點，沒得商量。」

爸爸斬釘截鐵的語氣讓我知道再怎麼求懇都沒有用，只能悻悻然地應下。

出乎意料之外，吳彥霖竟答應了齊若琳的邀約，和她一塊在星期天提前過節。

我好奇地問齊若琳，她是怎麼辦到的。她說她確實使了一點小手段，然而不論我怎麼搔她的癢，她都堅持不肯吐露細節，最後她笑得眼淚都流出來了，才好不容易鬆口，應允若是一切順利會再告訴我，還不准我這幾天和吳彥霖通電話。

星期天寒流來襲，氣溫驟降，我選了件白色毛衣，配上牛仔褲與紅色外套，腳上是一雙馬靴，頸間還圍著一條黑色圍巾，這是我絞盡腦汁所想出最能兼顧保暖與美觀的搭配了。

出門前，我向爸媽道別，他們很想假裝若無其事，然而電視上的購物頻道再次出賣了他們。

到了樓下，周子瑜已經在門口等我，一如往常地斜靠在她的KTR旁對我微笑。我怎麼會忘了自己在周子瑜身邊有多容易體溫升高？我現在完全感受不到一絲寒意，甚至覺得自己穿太多了。

我望著她那熟悉的笑容發愣，任由她為我戴上那頂白色安全帽。

這種心情，該何以名之？

朋友以上，戀人未滿？

不論答案是什麼，都叫我心痛。

周子瑜載著我來到位於內湖的美麗華百貨公司，這還是我第一次來這裡。

我仰望那座高聳的摩天輪，聽說這是北台灣第一大摩天輪，我往後退幾步，想要看得更清楚些，卻差一點跌倒。

「小心一點，小軒。」周子瑜伸臂輕輕摟住我，讓我漲紅了臉。

「謝謝……」我趕緊站好。

「走吧。」周子瑜順勢牽起我的手。

我腦中頓時一片空白，什麼都反應不過來。

說也奇怪，平時我和齊若琳之間的肢體接觸更親密，動不動就挽著對方的手，偶爾還會摟摟抱抱，我都不覺得怎麼樣，然而每次不過只是碰到周子瑜的肩膀，或在乘坐機車時扶著她的腰，都讓我很不自在。

好吧，其實也沒什麼好奇怪的，原因我心知肚明。

因為周子瑜是個「男生」，她在我心中早就是個男生了。

可是她身體上的各種女性特徵，甚至是月經，都不斷提醒我她是女生。我知道我不必要拘泥於此，但我就是無法做到像齊若琳那樣坦蕩，也無法像林芷馨那樣勇敢，我就只是個時時刻刻都想著保護自己的柯芹軒。

大概是因為聖誕節將近，百貨公司樓上那間美式餐廳訂位爆滿，就連露天座位也坐滿了人。我打量著餐廳牆上充滿外國風味的海報與旗幟，覺得彷彿進到了另一個世界，加上始終牽著我的手的周子瑜，讓我心中的緊張始終無法放下。

「哈囉，需要幫妳們點餐了嗎？」戴著鹿角頭飾的服務生過來為我們點餐，周子瑜選了聖誕套餐。

我們坐在吧臺附近的兩人座，我喜歡這種小位子，讓人很有安全感。斜後方有一桌坐滿外國人的大圓桌，他們幾乎每個人都頭戴聖誕帽，洋溢著濃厚的節慶氣氛。

我注意到聖誕樹旁邊擺著一台突兀的腳踏車，我想不明白爲何美式餐廳裡會出現腳踏車？就算是裝飾，風格也完全不搭啊。

「若琳喜歡上妳的國中同學是嗎？」周子瑜玩著桌上的糖果，「就是和妳們一起念書那個。」

「吳彥霖，喔，好像是。」我嘆氣，「不過他有女朋友了，我覺得這樣不好。」

「若琳開心就好啦。」周子瑜對我淺淺一笑，「小軒妳道德觀念眞的很重。」

大家都說我道德觀念重，的確，隨著社會風氣逐漸改變，越來越多人認爲只要還沒結婚，死會都可以活標，每個人都有權利去爭取自己的愛情。

我可以理解這種改變，也曾在書中看過一句話——人有權利選擇，亦有權利變心，不過我還是無法接受。

喔，好吧，或許我道德觀念眞的很重。

「這種美式餐廳的氣氛好像都很歡樂，服務生也很熱情。」儘管這裡的食物很美味，但我有點不習慣這樣的氣氛，覺得自己好像並不屬於這裡。

尤其當我看到一位男服務生穿著聖誕服裝，手裡捧著一個紅白相間的方形盒子逐一去到各桌攀談，眼看他離我們越來越近，我莫名緊張了起來。

周子瑜順著我的目光看過去，唇角微勾，「小軒，妳沒辦法應付很熱情的人。」

我不禁苦笑，她眞的很了解我。

這時，那位男服務生和我對上眼，於是他露出一個非常燦爛的笑容，大步朝我們這桌走來。

「哈囉！歡迎來到這裡用餐，妳們眞是太幸運了，我們今天有舉辦聖誕抽獎活動喔！」

我尷尬地看向周子瑜，周子瑜泰然自若地微笑以對。

「凡是今天點聖誕套餐的顧客都可以參加抽獎，頭獎是最近非常流行的折疊腳踏車！」男服務生抬手往聖誕樹的方向指去。

原來那台腳踏車是抽獎贈品啊，這樣就能解釋爲何它會出現在聖誕樹下了。

「來，請問要由哪位來參加抽獎？」男服務生輪流看著我和周子瑜。

「妳抽吧。」我對周子瑜說。

男服務生把手上那個方形盒子遞到周子瑜面前，只見她將手伸進去，取出一張摺起的紙條，隨即打開一看，眉頭卻淺淺皺起，我猜也許是沒有中獎吧。

男服務生見周子瑜不吭聲，便湊上前去看清那張紙條上寫了什麼。

「喔啊！」男服務生忽然歡呼出聲，從口袋掏出一個手鐘鈴不斷搖響，連聲高喊：「頭獎出現了！恭喜！這裡開出了頭獎！」

全場客人都往我們這桌看來，興高采烈地爲我們拍手祝賀。

我既開心又訝異，同時也覺得很不好意思，我紅著臉問周子瑜：「眞的是頭獎嗎？」

「紙條上的字很小，燈光又暗，我根本看不清楚，原來那幾個字是腳踏車啊。」周子瑜停頓了一下，突然笑開，「我抽到腳踏車耶！」

「周子瑜妳好厲害喔！」我興奮地說，周子瑜笑得更開心了。

「恭喜兩位抽中頭獎。」一個看起來像是主管的女人笑容可掬地走過來，「店內這台腳踏車只是展示品，後續我們會寄出一台全新的腳踏車給得獎者，請問要寄給哪位呢？」她手上拿著一份表格，應該是要給中獎者塡寫資料的。

「塡妳的資料吧，小軒。」周子瑜接過表格，不由分說便塞到我手裡。

「我？是妳抽到的，當然是妳的！」

「我有機車，用不到腳踏車。」周子瑜堅持不肯要。

「是妳抽中的！」我也堅持不肯收。

「兩位決定好了嗎？」那女人客氣詢問。

「我來寫吧。」周子瑜見我硬是不塡，也拿我沒辦法。

「謝謝，再次恭喜兩位，祝兩位用餐愉快。」約莫五分鐘後，女人向我們禮貌地鞠了個躬，拿著周子瑜塡好的表格離開。

「妳寫什麼寫個表格寫這麼久？」不過是姓名、地址而已，周子瑜卻花了好幾分鐘才寫完。

「順便寫一些對餐廳的意見，沒什麼啦。」她的笑容似乎別有深意。

「不知道妳葫蘆裡賣什麼藥。」我嘟著嘴說。

周子瑜笑而不答。

她應該不會擅自塡入我家地址吧？應該不會，她怎麼可能會知道？這麼一想，我便安下心來，不再繼續追問。

我們有一搭沒一搭地聊天，討論到對於未來的展望，除了希望齊若琳戀情順利，也希望我們三個可以永遠在一起，考上好大學，找到好工作。

周子瑜說她爸媽希望我能再去她家玩，然後周子潔很想念我，還有她其實也可以教我念書。

我看得出來她很在意吳彥霖，於是我告訴她吳彥霖已經有女朋友了，我和吳彥霖只是從國中以來的好朋友而已。連我自己都不明白我爲何要向她解釋，但我就是不想讓她做出一些無謂的揣測。

儘管我得承認她的吃醋讓我很高興。

但是當周子瑜堅持要請我吃這一餐的時候，我就變得很不高興。

「周子瑜，妳豆漿錢不跟我收，現在又這樣，我們一樣都是學生，爲什麼不讓我出一半？」離開餐廳去到廣場上，我氣沖沖地說。

「我不懂這有什麼好生氣的。」周子瑜看起來是眞的不明白。

「我不是那種覺得讓對方出錢是理所當然的人。」我雙手叉腰，恨恨地別過頭去。

我是眞的很不高興，周子瑜卻笑了出來。

我瞪了周子瑜一眼，「妳笑什麼？」

「我只是覺得妳很可愛，妳剛那個動作好像小孩子喔。」周子瑜抱著肚子大笑。

「不要笑！」我很惱怒，滿臉漲得通紅。

「好啦，小軒，不要生氣。」她摸摸我的頭，「不然那個讓妳請？」

她指向旁邊那座巨大的摩天輪。

晚上的摩天輪閃爍著綠色的螢光，一根根支架變換著由白、紫、紅、藍等各式顏色組成的燈光秀，令人目不暇給，也讓台北的夜空更加耀眼。

「要坐嗎？」周子瑜問我。

比我高半個頭的她，在這樣的光線下看起來更像個男孩子了，然而我永遠都會知道她是女生，我總是在心中不斷提醒自己；但我也永遠都會希望她是男生，或許這將是我此生最無法實現的一個願望。

買好票後，我們加入大排長龍的隊伍，等著登上摩天輪。我注意到有隻小狗的狗繩被綁在欄杆上，周子瑜解釋，那是因爲狗不能帶上摩天輪，我蹲在地上逗弄小狗，開心地與牠玩了好一會兒。

直到坐進摩天輪車廂，我才驚覺到一件事，我竟讓自己和周子瑜單獨處在一個密閉空間裡，我眞是個不折不扣的笨蛋！

意識到這一點，我立刻變得安靜，假裝專心欣賞遠處的台北101大樓，我努力調整呼吸，不想讓周子瑜看出我的緊張。

周子瑜也沒有說話，難道我們就這樣鴉雀無聲地度過這十七分鐘嗎？

「看！小軒。」周子瑜打破沉默。

「看什麼？」我還是沒有看向周子瑜，我怕自己會臉紅。

「快看那邊啦！」周子瑜忽然從對面站起，改坐到我旁邊，讓車廂輕輕一晃。

「周子瑜妳不要亂動！」我嚇得顧不得害羞，連忙抓緊周子瑜的手臂，瞪了她一眼。

「不是看我，是看地下。」周子瑜笑著指向車廂地板。

地板有什麼特別的嗎？不過就是能看到底下車廂的車頂……

車頂？為什麼看得到車頂？

我驚恐地抬頭看著周子瑜，周子瑜對我笑了笑。

「全部就只有兩個透明車廂，就被我們坐到了，很幸運耶！」她似乎很喜歡我害怕的表情，嘴角高高翹起。

「很可怕。」我止不住雙腳的顫抖，完全不敢往地板瞟去。

「妳不覺得這樣很像是飛在空中嗎？」她抓著我的手柔聲說。

我感覺到周子瑜的臉往我貼近了些，但馬上又向後退，並站起來坐回原位。

今天的我怪怪的，今天的周子瑜也怪怪的，這一切都是聖誕節害的，讓我們兩個變得不像平常的自己。

我紅著臉看向窗外，對於此刻的我來說，透明車廂一點也不可怕了，可怕的是現在這種令人又是緊張又是尷尬的氣氛，我飛快地偷瞄周子瑜一眼，她依然盯著我看。

她的視線讓我難受，又讓我心頭有些癢癢的，我喜歡這種感覺，但我不要這種感覺。

回程的路上，我們兩個都不發一語，周子瑜很守約定，晚上七點半就把我送到我家樓下。

「今天謝謝妳。」我臉上溫度之高，讓我不禁懷疑寒流是不是已經離開了。

周子瑜忽然拉起我的手，我心頭猛地一震，接著她從口袋取出一條手鍊繫到我的手腕上，繫好之後，她便鬆開了我的手。

我定睛一看，那是條粉紅色的水晶手鍊，上面還有一隻小熊。

「先祝妳聖誕快樂，小軒。」

是燈光的關係嗎？周子瑜的臉看起來很紅。

「這是？」我有點詫異。

「聖誕禮物。」她笑得很溫柔。

「我什麼都沒準備……」我不安地說。

周子瑜又笑了，她拉起我的雙手，雙頰泛紅的她看起來很孩子氣。

「今天，就是妳給我最好的禮物。」

周子瑜的一言一行都讓我想哭，又讓我不自覺微笑，爲什麼她總是能輕易牽引我的情緒？

如果時間永遠停在這一刻多好？

如果我們之間能永遠維持這樣的關係多好？

我衝動地上前抱緊她，周子瑜先是被我嚇了一跳，隨即也緩緩環抱住我的腰，她並沒有使力，但我依然能感受到那份堅定。

這是朋友的擁抱，是美國式的擁抱，是聖誕節促成的擁抱。

今晚，不用爲這個擁抱找理由。

不過短短數秒的擁抱，卻讓我覺得像是過了一個世紀那麼久。

結束擁抱後，周子瑜的臉更紅了，她結結巴巴地說她要回家了。

「周子瑜，妳騎車小心喔。」我對她說。

她紅著臉微笑，摸摸我的頭，跨上機車催動油門離去。

望著她的機車逐漸消失在巷口，我心中有股說不出的甜蜜。

我正準備找出鑰匙開門，手機鈴聲突然大作，是齊若琳打來的，這麼快就要跟我報告她今天和吳彥霖的約會過程了嗎？

笑嘻嘻地接起手機，耳邊卻傳來齊若琳焦急的嗓音。

「對不起！小軒！我搞砸了！」齊若琳好像快哭了。

「怎麼了？不順利嗎？」我打開大門。

「妳從來沒有告訴我，吳彥霖不知道周子瑜是女生！對不起，我不知道！吳彥霖臉色很難看，他剛離開，我想他是要去找妳，喔！小軒，對不起，我一定是做錯了！」齊若琳慌張得幾乎語無倫次。

我臉色鐵青，方才的好心情全部煙消雲散。

不單是因爲齊若琳這通電話，而是我注意到俞亦珊正面無表情地站在不遠處。

我有多久沒看見俞亦珊了？兩年？應該還不到兩年。

她頭髮長長了一點，長度及肩，身材好像更修長了，她的臉看起來很陌生，但還是一樣漂亮。

俞亦珊穿著灰色毛衣和刷白牛仔褲，神情嚴肅地看著我。

「小軒，怎麼了？妳沒事吧？」電話那頭，齊若琳眞的哭出來了。

「若琳，我晚一點再打給妳。」我控制不住聲音的顫抖，說完，我立刻切斷電話。

俞亦珊用一種我沒見過的眼神盯著我看，像是輕視，像是不屑，讓我感到很害怕。她什麼時候回台灣的？她站在這裡多久了？是剛從我家出來？還是正要去我家？她有看到我剛剛和周子瑜的擁抱嗎？她有發現周子瑜是女生嗎？

我心中有好多疑問，卻一個也問不出口。

「好久不見。」俞亦珊冷冷地說。

「妳放寒假了？」現在不是才十二月嗎？

「妳以爲全世界學校的放假時間都和台灣一樣嗎？我只是懶得和妳解釋兩邊的差異，就當我現在已經放寒假了吧。」俞亦珊態度很差。

「那就算了。」走進大樓，我按下電梯按鈕，她跟在我身後，我們誰也沒再出聲。

我以為我和俞亦珊已經和好了，這不是我想像中的重逢，為什麼她一直在生我的氣？

「亦珊！妳回來了？好久不見，來，讓柯媽媽看看，妳瘦了啦，國外的食物吃不習慣是不是？」媽媽一見到俞亦珊，立刻開心地上前擁抱她。

「柯媽媽還是一樣年輕漂亮，柯爸爸好幸福喔。」俞亦珊露出我熟悉的笑容。

「妳們去房間好好敘敘舊吧，柯媽媽等一下會送點心進去，讓妳們邊吃邊聊。」爸爸滿臉堆笑地歡迎她。

吳彥霖來家裡的時候，爸媽可從來沒有過好臉色，還眞是差別待遇啊。

只有我和俞亦珊兩個人的房間裡，安靜得有些詭異，我們之間還是第一次這麼尷尬，我知道她有話要說，但是我不敢問她。

她突然走過來抓起我的手，冷眼打量周子瑜送我的手鍊。

「妳……看到了？」我全身發抖，居然讓俞亦珊透過這種方式知道。

「我還看到妳們互相擁抱！」俞亦珊惡狠狠地瞪著我，「妳不接受吳彥霖，卻接受個女的？原來妳喜歡女生。」

說完，她猛地伸手握住我的肩膀，我被她嚇到了。

「俞亦珊！妳不要這樣！」我掙脫開來，怯怯地後退一步。

「我怎麼不知道妳是同性戀？」她笑著說。

那樣的笑容讓我感到害怕，我連忙為自己辯解，「我不是同性戀！俞亦珊妳是怎麼了？」

她整個人像是中了邪似的，一點都不像平時的她。

「我才要問妳是怎麼了！妳都不知道我這幾年來是什麼心情！」俞亦珊的眼淚掉了下來，「如果妳喜歡女生就早點說！那我就不需要放棄！」

「俞亦珊，妳冷靜一點，妳在說什麼？」我想要拍拍她的肩，藉此安撫她的情緒，她卻躲開我的手。

「如果妳早點告訴我妳對男生沒興趣，我就不需要放棄吳彥霖！」俞亦珊大喊。

被齊若琳說中了。

這是我腦中閃過的第一個念頭。

俞亦珊喜歡吳彥霖。

「妳喜歡……妳怎麼從來沒跟我說過……」

「跟妳說有什麼用？」俞亦珊淚流不止，「說了吳彥霖就會喜歡我嗎？說了吳彥霖就會放棄妳嗎？柯芹軒，如果妳是我，妳能接受嗎？因為對象是妳，我才甘願放棄，可是妳卻喜歡女生。」

「我沒有喜歡女生！」

「得了吧！妳喜歡，只是妳不承認！」俞亦珊擦乾眼淚，「妳知道我為什麼不理妳嗎？」

我愣愣地搖頭。

「柯芹軒，我剪掉頭髮是因為我決定要忘記吳彥霖，並且接受家裡的安排到英國念書。可是當我每次和吳彥霖MSN時，當妳告訴我妳有了周子瑜時，我才發現我根本忘不掉他，所以我向吳彥霖告白，當然他拒絕了我，我覺得這樣也好，終於可以結束了，可是……」她再度哽咽。

「俞亦珊，儘管我和吳彥霖已經恢復往來，但我們依然只是好朋友，如果妳眞的那麼喜歡他，現在再次行動也不遲啊。」我感到有些無奈，俞亦珊像是拿過去的事來對我發火。

「不是！不只這樣！國中三年看著吳彥霖暗戀妳，我都能忍下來了，我又怎麼會只因爲這種原因不理妳？」俞亦珊哭出了聲音，淚水不斷沿著雙頰滑落。

我從來沒看過俞亦珊哭成這樣，我一直認爲她很堅強。

俞亦珊這次沒有擦去淚水，而是走到我的電腦前，連上一個部落格。

「妳自己睁大眼睛看清楚。」

遠遠望去，電腦螢幕上是一張吳彥霖和一個女孩的合照，那應該是他的女朋友吧，然而當我走過去細看，我不由得全身一震，簡直不敢相信眼睛所見。

「妳說說看，他有忘記妳嗎？」俞亦珊冷笑。

我終於明白，爲什麼蔡逸文會三番兩次宣稱看見我和吳彥霖在一起。

那是我，站在吳彥霖旁邊的人是我，不，應該說是長得很像我。

「他交了一個和妳長得很像的女朋友。」俞亦珊邊哭邊說：「他有忘記妳嗎？他一直都喜歡妳，到現在還喜歡妳！於是我告訴吳彥霖，妳已經有喜歡的人了，我要他死心，讓他別再惦記著妳！

「他不肯，所以我才向他拆穿妳的謊言，妳爲了妳那既可笑又自私的心態，騙他說妳有男朋友，誰知他居然覺得無所謂，他不在意！妳傷害了他，他卻不在意！妳怎麼能這樣踐踏吳彥霖的心意？」

俞亦珊的眼淚一直沒停過，她在爲吳彥霖抱不平嗎？她認爲我和周子瑜的關係是對她的背叛？她覺得我背叛她對我的期待，她希望我和吳彥霖在一起，可是我卻遇到了周子瑜。

我看著電腦螢幕上的那張相片，眼前逐漸蒙上一層淚意，說不感動是騙人的，可是難以言喻的沉重感卻隨之湧上。吳彥霖這份愛讓我承受不起，我只要想到這些日子以來，他是用什麼樣的心情和我做朋友，是用什麼樣的心情聽我述說我和周子瑜的事，光是想到這裡，我就難受得快要喘不過氣來。

我以爲他走出來了，可是其實並沒有，是我走出來了，而他還停留在原地。

俞亦珊不斷啜泣，她連眼淚都懶得擦了。

「俞亦珊，妳不要再哭了，妳漂亮的妝會哭花的。」我只說得出這句話。

「漂亮？」俞亦珊輕笑，「我知道我很漂亮，可是那有什麼用？如果吳彥霖不喜歡我的話，那就一點用處都沒有！我寧願換成妳的臉，換一張吳彥霖喜歡的臉。」

她看著我的眼神異常冷酷，讓我覺得自己彷彿從來沒有眞正認識俞亦珊這個人。

「回台灣前，我曾經反省過，他要喜歡妳或是妳要喜歡誰，都是你們的自由，所以我不跟妳解釋原因，直接向妳道歉，可是柯芹軒，當我看到妳和那個女的在樓下緊緊相擁，」俞亦珊面無表情，「我從沒像現在這麼討厭過妳。」

我全身的力氣像是被抽走，差點站立不穩，眼淚更是立刻滾落。

俞亦珊說她討厭我。

我最信任，也最喜歡的朋友，她說她討厭我。

「不要，俞亦珊，妳不要……」我抓著她的手腕，卻被她再次甩開。

「妳現在的痛，絕對比不上我這幾年來心裡的煎熬。」她嗤笑。

俞亦珊是怎麼離開的，我已經記不得了，我就像是洩了氣的汽球一樣呆坐在椅子上，眼睛一直盯著螢幕上那張照片，淚水不停滑落。

俞亦珊、吳彥霖、周子瑜，我腦中接連閃過他們每一個人的臉，什麼都無法思考。

媽媽敲了敲我的房門，隨即推門走了進來，她看到我痛哭流涕，卻一點都不顯驚訝。

「下次再帶那個帝述的男生來家裡玩吧。」她說。

媽媽聽到了，她聽到俞亦珊對我說的話了，她那麼不喜歡吳彥霖來我們家，現在卻主動要我帶吳彥霖來家裡。

媽媽知道騎機車載我回家的其實是個女生，所以她要求我帶男生回家？

隨便誰都好，只要那個人是男生？

只要我喜歡的不是身爲女生的周子瑜，那麼俞亦珊就不會生氣，媽媽也不會出現這樣的反應？

我說過好多次了，我沒有喜歡周子瑜。

妳們不要逼著我承認，我沒有我沒有！

手機響了，是吳彥霖打來的，他也要來質問我了嗎？

「我在妳家樓下，我有話跟妳說。」他說。

媽媽原本不准我出門，我知道她在擔心什麼，我告訴她是吳彥霖找我，她便同意了。

這證實了我的想法沒錯，只要對方是男的，只要我不跟女生在一起，媽媽就會允許，是我把媽媽逼到這種境界。

在電梯裡，我擦乾眼淚，叮囑自己等一下不要哭，絕對不要哭。

就在這扇門邊，俞亦珊和我的友誼崩壞了。

待會打開這扇門之後，是不是我和吳彥霖之間也將要走向崩壞？深吸一口氣，我推門而出。

吳彥霖就站在平常周子瑜習慣等我的地方，嘴裡還叼著一根菸。

「吳彥霖，你什麼時候會抽煙了？」

他笑了笑，把菸丟到地下踩熄，地下有更多的煙蒂。

「在妳的認知裡，抽菸等於壞學生，成績好等於好學生嗎？」他抬頭看我，臉上在笑，眼睛裡卻情緒難辨。「妳喜歡過我，也並不代表妳不會喜歡女生啊。」

我心頭一震，吳彥霖怎麼會知道我喜歡過他？

他看出我的意外，緩緩地說：「我剛剛在這裡遇到亦珊，她把所有的事情都跟我說了。」

吳彥霖走到我面前，「想必亦珊剛和妳大吵過一架，我應該要等到明天再和妳談，可是……」他沒有把話說完，只是聳了聳肩，過了一會兒，才語帶自嘲地再次開口：「我都不知道妳喜歡過我，早知道是這樣，當初我不應該這麼簡單就……」

「吳彥霖，今天我夠累了，拜託……」我無力地打斷他。

他苦笑了一下，「柯芹軒，以前我喜歡妳，所以對妳很溫柔。」

我知道他一直很溫柔，所以，以後再說好嗎？

「現在我還是很喜歡妳，但是我卻不想再溫柔待妳了。」他忽然握住我的肩膀。

我見過他這種表情，時間彷彿回到吳彥霖向我告白的那一天。

那一天我對他的恐懼，超越了我對他的喜歡，此刻亦然。

「吳彥霖，你有女朋友。」

「妳應該也知道……」

「我知道，」我截斷他的話，「不管她是不是長得像我，她都是你的女朋友。」

「我可沒說謊，我坦白告訴過她和她交往的原因，她心甘情願接受，我已經對她很好了，陪她跨年，陪她逛街。」他抓著我肩膀的手，力道絲毫沒有減弱，「可是，她終究不是妳。」

「吳彥霖，放開我。你抓得我很痛。」我試圖掙脫，他卻更用力了。

「我說過，不想再對妳溫柔。」他的臉忽然朝我貼近。

下一秒，吳彥霖的唇覆上我的。

我奮力想推開他，他卻將我抱得更緊。

初吻，沒有書上說的什麼淡淡的檸檬味，只有菸草味和淚水的鹹味。

還有崩壞的味道。

從我今天跨出家門赴周子瑜的約會那一刻起，就注定是一切崩壞的開始。

✦

「對不起！小軒！昨天發生什麼事了嗎？妳後來都沒打電話給我，我真的好擔心。」早自習時，齊若琳拉著我去到空中花園，憂心忡忡地向我道歉。看著我腫脹的雙眼，她大概也猜得到發生什麼事了。

「我……被妳說對了，妳都說對了……」我再度哽咽。

只要想到俞亦珊說她討厭我，想到吳彥霖強吻我，以及我甩了他一巴掌，我的眼淚就會忍不住潰堤。

「我說對了？吳彥霖真的喜歡妳，對吧？」齊若琳摸摸我的頭。

「對……還有……俞亦珊她……」我結結巴巴地說。

「她也是真的喜歡吳彥霖，對吧？」齊若琳淺淺地笑著。

「我是她最好的朋友，可是我卻傷她最深，我對她一點都不瞭解，我……」我不知道俞亦珊究竟暗自吞下多少傷心。

「喔，小軒，不要哭，感情本來就是這樣，沒有誰對誰錯。」齊若琳語帶疼惜地安慰我。

「妳會不會也像俞亦珊一樣？妳會不會討厭我？」我淚眼矇矓地抓著齊若琳的手，她也喜歡吳彥霖，和俞亦珊一樣。

「我不會。」齊若琳神色正經，「小軒，我知道朋友有多麼得來不易，我很珍惜妳，也絕不會傷害妳，況且我說過，我喜歡喜歡著妳的吳彥霖。」

「我搞不懂妳……」我苦笑。

齊若琳讓我靠在她的懷裡。

「妳一定不知道，吳彥霖每次看著妳時，眼神有多溫柔、多溺愛，我好羨慕被那種眼神注視的妳，或許我只是愛上了那樣的眼神。」齊若琳輕輕摟著我，「我自己也不太清楚。」

從齊若琳身上飄來的淡淡香味，莫名給了我奇異的安心感，我努力止住淚水。

「小軒，不論妳做出什麼決定，我都支持妳喔。」齊若琳拍拍我的背。

在這個當下，齊若琳這句話對我很重要。

周子瑜對我和齊若琳在空中花園進行祕密談話很有意見，不過齊若琳告訴她，我們兩個總會有一些不想讓第三個人知道的小祕密。當然，周子瑜無法接受這種說法，她很介意我爲何看起來像是大哭過一場，齊若琳再次爲我挺身而出，她說每個人都有些必須要自行解決的事。

看著周子瑜欲言又止的模樣，眞的很有趣。如果我跟她說，吳彥霖強吻我，她會怎麼樣？會有什麼反應？

我想，她什麼反應也不會有吧。

因爲我們只是朋友，她不可能爲了這件事去和吳彥霖打架，而且吳彥霖也不會跟她打架，因爲，她是女生。

今天放學，我臨時幫另一組糾察代班，收隊後，我依然在校門口的轉角處看見周子瑜，她也依然坐在KTR上等著我。我心頭一鬆，揚起微笑朝她走去，她也站了起來，手上拿著那頂我專用的白色安全帽。

「柯芹軒！」

周子瑜的視線透過安全帽面罩，定在我身後的某個人身上，她皺起眉頭，我看得出她很不高興。

我不用回頭也知道那個人是誰。

我立刻戴上安全帽，跨坐上機車，用力拍著周子瑜的肩膀，「周子瑜！快走。」

然而我忘了吳彥霖是田徑隊出身，他飛快跑過來，一隻手臂就把我整個人從機車上抱下來，即便我已經雙腳著地，他的手仍然摟在我的腰間，我被嚇得愣住了。

吳彥霖沒有說話，只是盯著周子瑜看。

周子瑜從機車上下來，脫下安全帽，這是吳彥霖第一次看見周子瑜的臉。

「妳真看不出來是女生。」吳彥霖語氣帶著嘲諷意味。

周子瑜的目光落在吳彥霖摟在我腰間的手上，面色不悅。

「以後我送她回家就好。」吳彥霖拉起我的手往反方向走。

「放開我啦！」我奮力想掙脫吳彥霖的手未果，周子瑜快步上前拉住我的另一隻手，使得吳彥霖腳步一阻。

「妳要怎麼做？送她回家？」吳彥霖轉頭對周子瑜冷冷地說：「跟她爸媽說妳是她的好朋友，然後每天接送她嗎？妳想要這樣持續下去多久？」

吳彥霖臉上流露出清楚的不屑，他是這麼沒禮貌的人嗎？

他在羞辱周子瑜，我為此感到很生氣，忍不住全身顫抖，原來氣到發抖是這麼一回事。

「吳彥霖你很幼稚！說這些有什麼意義？你不要拿我爸媽來壓我！」我憤怒地朝吳彥霖大吼，他憑什麼這樣對待我和周子瑜！

「今天就讓他送妳回家吧。」周子瑜制止我再說下去，她轉身戴上安全帽，跨坐上機車發動引擎，「明天見。」

說完，她便揚塵而去，我呆愣在原地。

周子瑜，她就這麼頭也不回地走了……

我不讓她知道吳彥霖的存在，就是不希望她這樣，她這種毫無反應的樣子比什麼都讓我心痛。

吳彥霖再次拉起我的手往前走。

「不要！你要怎麼送我回家？坐公車？我不要坐公車！我討厭坐公車！」我甩開他的手，把滿腔的傷心憤怒都發洩在他身上。

我注意到公車站牌那處有幾個學生往這裡看來，可是我顧不了那麼多了。

吳彥霖用力拍了一下我的腦袋，我被他出手的力道嚇了一跳，卻不覺得痛，這時我才想起自己還戴著安全帽。

「妳被寵壞了，她對妳很溫柔，我也對妳很溫柔，所以妳才這麼任性，」吳彥霖執意拉起我的手，「我不會再像以前那樣順著妳，也不會像周瑜那樣寵著妳，可是我還是喜歡妳。」

吳彥霖耳根微微泛紅，我被他硬拉著來到一輛輕型機車旁。

「有一天我會給妳更好的。」他臉上浮現一絲羞愧。

我不覺得坐小五十有什麼不好，同樣的，我也不認為坐進口車有哪裡拉風，今天這種場面，就算吳彥霖開法拉利，我都不會開心。

「妳還在生氣？」吳彥霖見我遲遲不肯上車，回頭望著我問。

「昨天的事我都還沒原諒你，今天你又這樣對周子瑜。」我瞪他。

「她一點想爭取妳的意思都沒有。」他淡淡地說。

我整張臉漲得通紅，想到剛剛周子瑜淡漠的態度與寂寥的背影，我就覺得萬分難受。

「她當然不用爭取我！因爲我們只是朋友。」

「有時候，『朋友』這兩個字也是很傷人的。」吳彥霖垂下眼睛。

我噤聲不語。

吳彥霖騎車送我回家的路上，他一直在說話，不論他是想要求得我的原諒，或單純只是想打破沉默，我都聽不進去，我滿腦子想的都是周子瑜。

在她載我回家的路上，我們都不會特意去交談，那種沉默有時才是最美的，不用說話，心卻靠得很近。

第八章

「妳們知道昨天周子瑜在校門口附近，和一個身穿帝逑制服的男生吵架嗎？」

「那男生長得很帥，果然還是眞的男生好啊。」

「好像是因爲一個女生起的爭執吧？」

「不知道那個女生是誰，戴著安全帽，沒能看到臉，她穿著我們學校的制服。」

隔天學校傳言滿天飛，當然不少人猜測那個戴著白色安全帽的女生是我，我只要一概否認就行了，反正我的臉又沒被看到，什麼都好說。

周子瑜從進到教室就板著一張臉，沒有人敢去問她，甚至連我都不太敢跟她說話。齊若琳硬拉著我過去找她，周子瑜雖然有點冷淡，卻也沒對我視而不見，讓我鬆了一口氣。

「所以，昨天是吳彥霖來學校接妳？」下課的時候，齊若琳把我單獨拉到空中花園質問。

「除了他還有誰。」我無奈地搖頭。

「我昨天應該要留下來的！看他一眼也好！」齊若琳怪叫。

她這種反應可一點也不像是之前說的那樣，只是喜歡上吳彥霖看著我的溫柔眼神。

「小軒，我一直忘記跟妳說，妳知道爲什麼吳彥霖放下他女朋友，在聖誕節前夕跟我約會嗎？」齊若琳一臉若有所思。

我看著她，等著她自己告訴我答案。

「因爲我告訴他妳也會來，我會這麼說，只是想確定他是不是依然喜歡著妳，果不其然。」她苦笑。

我不知道要回答什麼。齊若琳不知道吳彥霖交了一個跟我長得很像的女朋友，她也不知道吳彥霖強吻我，我是不是應該把實情全都告訴她？

如果對她隱瞞太多事，會不會有一天，齊若琳也將變成另一個俞亦珊？

「我有話跟妳說……」

「停！不要說！不論你們這段三角關係如何進展，我都不想知道！」齊若琳摀住耳朵，「我怕我不能給妳正確的意見，我一定會偏心的！」

「完全不想知道？」我問。

「我可以安慰妳，可以陪伴妳，但是請不要告訴我細節。」她的眼神既堅定又誠懇。

也許這樣比較好，當時的我們，都認爲這是個好方法。

跨年夜，我和俞亦珊、吳彥霖約在附近的公園碰面。國三那年，我們三個就是在這裡一起跨年的。

那時候吳彥霖還沒有向我告白，我和俞亦珊也還沒有鬧僵。

當時純粹的快樂，絕對不是現在這種怪異的氣氛可以比擬的。

俞亦珊雙手環胸，面無表情地坐在鞦韆上，吳彥霖則是拿了一袋煙火，滿臉笑意地站在翹翹板前，而我則滿心尷尬，不知該如何是好。

「快點過來啊，我買了很多煙火。」吳彥霖點燃仙女棒，遞給我和俞亦珊一人一根。

我和俞亦珊對看一眼，不約而同改盯著手上的仙女棒看。

「妳們都站過來一點啊，離這麼遠怎麼聊天？」吳彥霖說。

俞亦珊臉上的表情因吳彥霖的微笑而軟化了些，我們兩個走到吳彥霖身邊，我偷覷著俞亦珊的側臉，爲什麼我從來沒有發現？我認眞留心過俞亦珊嗎？她明明如此喜歡著吳彥霖啊。

「畢業一年多，這是我們首度再次聚在一起跨年，不要把氣氛搞壞了！我去買點東西。」吳彥霖離去之前朝我看了一眼。

我明白他是在製造機會，讓我和俞亦珊單獨談談。

不過我還是辜負他的好意了，我完全提不起開口的勇氣，只能傻傻看著仙女棒頂端的火光一點一點熄滅。

仙女棒燃盡後，俞亦珊坐回鞦韆上，我故作若無其事地走到她旁邊的鞦韆坐下，卻依然是一片沉默。

不知道時間過去多久，吳彥霖仍未歸來，我看了看手錶，已經是晚上十一點半了，再過半小時就是新的一年，我大概沒辦法在今年過完以前和俞亦珊和好了。

「我不認爲我有錯。」俞亦珊開口。

我被她的突然出聲給嚇到，轉頭看向她。

「但我還是要道歉，」俞亦珊也轉過來看著我，「雖然我並不認爲自己做錯了。」

我沒有作聲。

「我們一起長大，爲了一個男生吵架不是很可笑嗎？妳有妳的選擇，我也有我詮釋愛情的方式。」俞亦珊站起來走到我面前蹲下，美麗的臉龐與我貼得非常近，「妳會喜歡我嗎？」

這是什麼意思？

「我現在這樣不也像個男生，那妳會喜歡我嗎？」她指著自己的短髮。

「俞亦珊，妳是我最好的朋友，我當然喜歡妳，可是……不是那種喜歡，甚至我對周子瑜也不是那種感情。」我下意識握緊鞦韆的鐵鍊。

俞亦珊先是微笑，隨即搖頭。

「柯芹軒，我很抱歉，我很喜歡妳，可是我也很喜歡他。」俞亦珊的聲音出現了一絲哽咽，「我還不夠成熟，所以我把自己的不順遂都發洩在妳身上。」

「是我要跟妳說對不起才是，我一直都沒察覺到妳的心情。」我的眼眶一熱。

一直以來，我們都自以爲瞭解彼此，沒想到靠得越近，有些事反而越看不清楚，最後我們抱在一起嚎啕大哭。

我和我最要好的幾個朋友都相互擁抱過，齊若琳的擁抱飄散著香甜的氣味，讓我很有安全感；俞亦珊的擁抱混雜著淚水和成長的意味；吳彥霖的擁抱則讓我恐懼得想要逃開；而其中最讓我心緒糾葛的，是與周子瑜的擁抱。

我們兩個抱在一起不知道哭了多久，好不容易終於停下，才發現吳彥霖已經回來，坐在溜滑梯上靜靜地望著我們。

我連忙擦乾眼淚，俞亦珊嘴角泛起一抹笑意，站起來走向吳彥霖，吳彥霖疑惑地抬頭看著她。

「吳彥霖！你算什麼，敢拒絕本大小姐！」俞亦珊隨手抹掉腮邊的淚水。

吳彥霖一臉錯愕，俞亦珊放聲大笑，她拉起吳彥霖往我這邊走，我順勢站起，俞亦珊用另一隻手牽住我的手。

「我們三個，要永遠都像現在這樣。」俞亦珊閉上眼睛，「這是我的新年願望！新年快樂！」

「新年快樂。」吳彥霖恍然大悟道：「已經過十二點了！」

「啊！新年快樂。」我跟著說。

接著我們拿出吳彥霖買來的煙火，我和俞亦珊把衝天炮插在土裡，不料點火時卻突然倒下，炮竹差一點射中吳彥霖，氣得他哇哇大叫，說我們一定是故意的。

俞亦珊笑得合不攏嘴，她今夜似乎有些過度開心了，我和吳彥霖都有注意到她眼角仍有淚光閃爍。

「我明天要回英國了。」

「咦？」我和吳彥霖被俞亦珊這句話給嚇到。

「怎麼這麼快？」我連忙問她。

「我想要繼續待在英國，等我可以眞心露出笑容的時候，再回來這裡。」她看著我。

「這跟妳剛剛說的話矛盾！妳剛剛說希望我們永遠都能像現在一樣！」我一聽便激動了起來。

「對！所以我正在努力實踐！」俞亦珊音量大了些，「等我眞的可以放下一切，那麼我們就會像現在一樣！」

我迎向俞亦珊堅定的眼神，明白她已經決定好了。

「我會努力讓自己的心更成熟，在那之前，妳要等我。」俞亦珊過來抱住我。「很多事情我很抱歉。」

「我才是！」我也用力抱住她。

這不是分別，我和俞亦珊都相信這不代表分別。

鬆開對我的擁抱之後，俞亦珊眼裡噙著淚水，笑著走向吳彥霖。

她忽然揪住吳彥霖的衣領把他的頭往下拉，踮起腳跟親吻了吳彥霖。

我被她的舉動嚇了一跳，愣愣地站在原地。

等俞亦珊放開吳彥霖時，吳彥霖居然直接跌坐在地上，他被俞亦珊這突如其來的舉動嚇到腿軟。

俞亦珊露出一個滿意的微笑，雙手叉在腰上，「有一天，你會後悔拒絕我這樣的好女人，然後同時你也會自豪得到我這種美女的初吻！」

「亦珊……妳眞的是……」吳彥霖狼狽地站起，他滿臉通紅地看了我一眼，讓我心裡亂奇怪的。

「我下次再回來，就眞的會帶個金髮帥哥了！」俞亦珊此刻的笑容非常美麗。

男女之間沒有純友誼的存在，這句話我認同，但是男女之間肯定確實存在著友誼。

我永遠記得那天的公園和夜空，還有俞亦珊的笑臉、吳彥霖的如釋重負。

去年跨年，我和齊若琳在台北101前為盛大的煙火感動，那時我暗自感嘆與吳彥霖、俞亦珊這兩個好朋友漸行漸遠。

今年跨年，俞亦珊告訴我她喜歡吳彥霖，而齊若琳也喜歡上了吳彥霖，可是吳彥霖卻說他從來沒忘記過我。

兩次跨年，周子瑜都不在我身邊。

神啊，我的新年願望就是希望友誼長存，不管是俞亦珊、吳彥霖，還是齊若琳、周子瑜，我希望我和他們幾個人的友誼都能一輩子維持下去。

還有，我希望明年可以和周子瑜一起跨年。

✦

跨年那天過後，吳彥霖好一陣子沒聯絡我，他說他會先處理好他女朋友的事再來找我，我告訴他其實沒必要那麼做，他卻很堅持。

俞亦珊也回英國了，這次送她離去的心情和一年前大不相同，兩個人的心境都改變了很多。我很期待與她的下一次相遇，我現在就能想像那時的她會有多美了。

寒假期間我和周子瑜還是每天見面，齊若琳則是偶爾才會出現，她說可以想成是她要留點空間給我們，或者是她打算多花點時間和吳彥霖在一起，要怎麼想都行。

「我向他告白了！」當她在電話那頭興奮地喊出這句話時，我大驚失色，她竟然會去向吳彥霖告白。

「可是我也被拒絕了！」齊若琳咯咯笑，「我想這會是我這輩子唯一一次被拒絕。」

我不知道她到底是真的看得很開，還是在故作堅強，不過見面時，她看起來確實很開朗，像齊若琳這樣的人生態度似乎也不錯。

隨著寒假結束，下一屆糾察的選拔即將開始，好像昨天我才在接受訓練，今天就已經輪到我訓練別人了，看著當年在訓練中落淚的同組隊員，如今對學妹擺起學姊的架子，讓我覺得很有趣。

周子瑜和齊若琳偶爾會站在空中花園，旁觀我如何訓練學妹。那群學妹每次瞥見周子瑜現身在牆頭，無不一陣竊喜，害我總是要板起面孔叫她們安靜。

周子瑜又開始騎機車載我回家了，她對我依舊那樣溫柔，好像吳彥霖這個人從來沒出現過。

每天放學，周子瑜等我值勤完後，我會陪她到公園練習排球，不過我和她實力相差太多，完全沒辦法陪練，只能坐在旁邊看她練習。

慢慢地，冬天過去，春天到來，周子瑜騎車來載我時，身上已經換上了短袖，我的目光總是情不自禁落在她纖細的手腕上，心想她真的是女生。

每次我這麼對齊若琳說，她總是會給我一個白眼，意思是：妳現在才知道嗎？

「明天就是排球比賽了！我們要準備好寶特瓶爲參賽者加油！」齊若琳在班上喊話，凝聚團結意識，大家都鬥志激昂了起來。

「周子瑜加油！」齊若琳高喊。

「周子瑜加油！二年仁班！加油！」全班跟著喊。

放學後，周子瑜走到我座位旁邊嘀咕：「幹麼只念我的名字，又不是只有我一個人參賽……」

「因爲妳最厲害！加油喔！」我對周子瑜做出加油的手勢。

她笑著拉起我的手，視線落在我手上的粉紅水晶手鍊，「妳還把這個戴到學校？」

「當然，那是妳送我的。」我有些害羞地說。

她先是靦腆輕笑，隨即像是想起什麼，眉頭一皺，「小軒，今天我要帶我妹去看醫生，沒有辦法送妳回家。」

「沒關係。妳妹還好吧？」

「一點小感冒而已，她問妳什麼時候要再來我家？」周子瑜意有所指地看著我。

我頓時緊張得說不出話來，周子瑜笑著將我泛紅的雙頰看在眼裡。

「我今天要去超市買綠豆和寶特瓶飲料，然後早點回家製作加油道具，所以就不陪妳等公車嘍。」齊若琳在校門口對我說，她對於到場加油這件事相當熱衷。

「要記得準備我那一份。」

她朝我做了個OK的手勢。

我轉身走向公車站牌，習慣性地先往校門口的轉角處瞥去，平常周子瑜都在那裡等我，不料今天同樣的地方卻出現了另一個人。

「柯芹軒。」吳彥霖叫我。

「你來幹麼？」我站在原地問他。

「我來接妳。」他指了指他的機車，已經不是那輛小五十了，而是一輛野狼。

我腦中閃過一個想法：幼稚的吳彥霖在和周子瑜比。

「我不要，我自己坐公車回去就好。」我扭頭往站牌走去。

吳彥霖走過來拉住我，「過來。」

「我不要啦！」我推開他，快步向前。

才剛放學不久，聚集在公車站牌底下的學生還眞不少，我擠進人群中，就不相信眾目睽睽之下，吳彥霖還敢過來拉我。

果然，吳彥霖像是放棄了，他坐上機車，發動引擎。

我為自己的聰明感到竊喜，往前站了幾步，想著這樣比較能看清楚公車號碼，沒想到吳彥霖居然騎著機車來到公車停靠區停下，恰好就在我面前，並把一頂安全帽扔到我懷裡。

「上車。」他笑容戲謔。

「我不要！」我把安全帽丟回去給他。

怎麼這麼巧，他居然挑中周子瑜和齊若琳都不在我身邊的時候過來！

兩旁的學生都朝我和吳彥霖看過來，嘴裡議論紛紛，我聽到有人說「好羨慕喔」、「那個男的好帥」。

吳彥霖做出這種引人注目的舉動，頓時讓我羞紅了臉，很想立刻從這裡消失。

「妳越是跟我僵持下去就越丟臉喔。」吳彥霖雙手環胸，神情悠哉。

我很快就想明白了，他說的一點都沒錯，所以我只得恨恨地搶過他手上的安全帽戴好，迅速上車。

我明天一定完蛋了，如果這件事能不被傳入教官耳裡，那我一定是上輩子燒好香了！

「吳彥霖！你以後不要再這樣了。」我賭氣將雙手放在膝上，連扶住他的肩膀都不肯，野狼這種車型根本就是要後座乘客抱緊前座！根本就是色狼車型！

「妳不抱我，妳會掉下去。」他邊說邊故意緊急煞車。

「吳彥霖！你以前有這麼不要臉嗎？」當我整個身體貼到他背上的時候，我氣得用力捏了一下他的手臂。

「誰知道，也許現在我才明白臉皮厚一點比較好。」他笑著說。

「一點都不好。」我翻了個大白眼。

女校鮮少舉辦大型運動活動，因爲女生對運動賽事多半興致缺缺，並且平時也不怎麼喜歡運動。

✦

不過，凡事都有例外，排球在我們學校倒是非常盛行，很多人下課都會抱著排球到操場上，玩個十分鐘也開心，於是校方固定在每年度的下學期，安排一場班際排球比賽，開放二年級各班參賽。

排球比賽的舉行共計兩天，這兩天各年級學生都不用上課，校方這樣的安排簡直是要大家不喜歡排球比賽也難！

去年光是旁觀學姊們的賽事就夠熱血沸騰了，今年主角輪到我們自己，大家更是既興奮又緊張。

終於輪到我們班上場的時候，全校師生有的在場邊觀戰，有的則是聚集在校舍走廊，由上往下俯瞰。我們班的啦啦隊全都擠在場邊，齊若琳兩手各拿一個裝著綠豆的寶特瓶，配合加油的口號，賣力地打出節奏，另一個同學則高舉一面寫著「二年仁班」的旗幟瘋狂揮舞，對手班級更拿出水桶猛敲，藉以助陣，現場氣氛十分瘋狂。

場上的周子瑜儘管被烈日晒得汗流浹背，卻仍舊神采奕奕，無損表現。

不知道是我們班實力太強還是運氣太好，第一戰的對手不堪一擊，對方球員甚至還會懼怕周子瑜的殺球，最後我們班輕鬆獲勝。

「周子瑜妳好厲害！」比賽結束後，齊若琳開心地向周子瑜跑去，我也笑著追上去。

「謝謝。」周子瑜接過我給她的水，她的雙頰因爲剛才的比賽而紅彤彤的。

放學後，周子瑜婉拒其他同學的慶功邀約，與我和齊若琳一同前往芹軒坊。

「雖然對老葛有點不好意思，不過我希望芹軒坊是屬於我們的私房聚會地點！」齊若琳說，她不想讓太多人知道芹軒坊的存在。

老葛很開心見到我們，但依然對周子瑜的穿著打扮很有意見，嘴裡一直不停地碎碎念。

「老葛！都這麼久了！你也該習慣了吧！」齊若琳對老葛說。

「我永遠堅持自己的想法。」老葛用鼻子哼了一聲。

我們按照慣例點了一盤雞爪和一壺香片，周子瑜明明全身是汗，卻還是堅持要喝熱的，齊若琳沒辦法忍受在冷氣弱得可憐的芹軒坊裡喝熱茶，便跑去附近的便利商店買冷飲。

齊若琳一離開，我和周子瑜卻莫名陷入沉默，緊張的情緒再次湧上心頭，要習慣這種感覺還眞不容易。

「希望我們班排球比賽能奪下冠軍。」我隨便找了個話題。

周子瑜很驚訝地抬眼看我，「我以爲妳對比賽勝負沒什麼興趣。」

「怎麼會？這是班級活動耶！」

「和若琳相比之下，妳的反應冷靜多了。」

「任何人與齊若琳相比都非常冷靜。」我笑著打趣，齊若琳已經瘋狂到一種境界了。

「如果，明天比賽眞的能拿到冠軍，」周子瑜眼裡浮現一絲忐忑，「我要送妳個東西。」

「妳送我的還不夠多嗎？」我晃了晃手上的手鍊。

「應該是說，我有些話要跟妳說。」周子瑜放在桌上的雙手緊握。

以前吳彥霖也說過有話要對我說，那時我恐懼得想要逃開；現在周子瑜也說有話要對我說，儘管我心裡一樣感到害怕，但是我想聽她說。我既想逃避又想面對，這種一直陷於自我矛盾的掙扎，時常讓我不知所措。

「好。」我緩緩地開口，周子瑜臉上泛起難得的紅暈。

我感到心頭一陣癢癢的，我的目光總會情不自禁追隨著周子瑜，當她與我四目相會時，我卻又會避開。我討厭臉紅，但同時我也享受這種感覺。

或許是我太沉浸在這種喜悅當中，才會忽略了一些事。

隔天上午的比賽，我們班依然獲得壓倒性的勝利，昨天被我們擊敗的隊伍，紛紛加入爲我們聲援的行列，美其名是不想看到贏過她們的班級輸掉，然而大家都心知肚明，她們是爲了周子瑜。

齊若琳今天換了特大號的寶特瓶，裡面裝了半滿的紅豆，站在場邊一面吶喊，一面拚命搖動。不知道是不是我的錯覺，場上不少女生手裡高舉著各式自製旗幟，上面寫著「周子瑜加油」字樣的旗幟，居然比「二年仁班」的還要多上好幾倍。

「我覺得很丟臉。」午餐時間時，周子瑜難掩尷尬地說：「班上又不是只有我一個人參賽。」

齊若琳則是很享受眾所注目的感覺，「我們就像明星一樣！」

「是妳們兩個，不是我。」從來都是我沾她們兩個的光。

「小軒，妳其實也很出名。」齊若琳古靈精怪地看著我，「妳看嘛，妳是糾察，然後之前吳彥霖又來學校搗亂，再來就是……」她斜眼看向周子瑜，沒有把話說完，「總之妳也很有名就對了！」

我對齊若琳的推論不予置評。

「周子瑜，妳臉色很不好。」我注意到她左手一直按著腹部。

「喔，沒什麼。」她若無其事地把手從腹部移開。

下午的比賽也一路過關斬將，大家都說我們班幾乎篤定是冠軍了，這讓本來就很受歡迎的周子瑜，人氣更是水漲船高，儼然成了學校裡的頭號風雲人物。

「最後一場了！」齊若琳緊張地握住我的手，「誠班很厲害，三誠是去年的第一名，聽說誠班有學姊特訓，很不好對付。」

聽齊若琳這麼說，讓我不由得也緊張起來。

周子瑜站在發球位置，把球往上一拋，隨即輕輕一拍。

「發球得分！」齊若琳大叫，又是一記觸網球。

周子瑜最厲害的就是刻意讓打出去的球低低從網上掠過，讓對手誤以爲這球過不來而失去警戒心，算是一種非常冒險的打法。

周子瑜接著再發一球，對方雖然想要接球，但因算不準落球位置而漏接，於是我們再得一分。

「仁班都靠周子瑜得分。」我聽到旁邊的誠班學生在抱怨。

我和齊若琳得意地相視而笑，周子瑜就是這麼讓我們驕傲。

「啊！」眾人突然驚叫一聲，周子瑜竟打出一個出界球。

「怎麼會這樣？」齊若琳皺眉。

「妳有沒有覺得她臉色很不好？」我注意到周子瑜臉色泛白。

「太緊張了嗎？」儘管齊若琳如此猜測，但我們都知道她不可能會緊張。

周子瑜的狀況不太好，頻頻出錯，讓戰局陷入前所未有的膠著。

「周子瑜！加油！周子瑜！」

一開始只是幾個人，後來越來越多人加入，場上不斷迴盪著爲周子瑜加油的呼聲。

這一局我們以些微之差贏了，大家的士氣重新一振。

「交換場地！」裁判老師發話。

周子瑜走路的姿勢有些搖搖晃晃，她的手緊按腹部。

「周子瑜真的怪怪的。」齊若琳肯定地說。

「怎麼辦？」我心急如焚。

「她一定會想打完整場比賽，而且我也想她贏。」齊若琳有些爲難。

我雙眼緊盯著周子瑜，她的臉色更難看了，而且連站都站不太直。

「不行！我要去跟老師說換人。」我急著往裁判老師走去。

「小軒，等一……」齊若琳話還沒說完，就見周子瑜突然倒在場上，全校頓時鴉雀無聲。

周子瑜昏倒了。

我和齊若琳馬上飛奔至周子瑜身邊，這時周圍才爆出一陣驚呼。

「周子瑜！周子瑜！」我輕輕拍打她那血色褪盡的臉。

「不要搖晃她！」保健室阿姨衝過來檢視周子瑜的情況，一群人也圍了過來，「妳們讓開一點，給她一點新鮮空氣。」

周子瑜昏倒了，可是比賽還是要繼續。

我和齊若琳合力把周子瑜抬到保健室，她體溫很高，額頭卻冷汗直冒。

我們都沒心思回去看比賽，只安靜坐在一旁，希望躺在床上的周子瑜能快點醒來。

「應該是中暑。」保健室阿姨把一條濕毛巾敷在周子瑜的額上。

「中暑？」齊若琳語氣充滿不可置信。

在周子瑜醒來之前，比賽就結束了。

沒有周子瑜的比賽，我們班輸了。

我們班拿到亞軍，班上同學都聚集到保健室來探視周子瑜。參賽的隊員紛紛落淚，大概是因爲本來認定冠軍已是囊中之物，所以相對失落感更大。

後來周子瑜醒了，她看見我發紅的眼眶，有些心疼地拍拍我的手背，接著用虛弱的聲音向班上同學道歉。不過這有什麼好道歉的？她身體不舒服又不是她的錯，如果班上有誰拿這來做文章，我一定翻臉。

林芷馨截斷周子瑜的道歉，當著全班的面說：「如果沒有妳，或許我們連第二名都拿不到。」

這番話引來眾人的附和。

原來要再喜歡上一個討厭的人是這麼容易。

放學時，周子瑜又向我道歉，拉著我的手說她今天不能送我回家。

「周子瑜妳瘋了嗎？幹麼一直道歉？身體不舒服又不是妳的錯！」我有點生氣，她這樣實在太奇怪了。

周子瑜不說話，表情還是很自責。

「好啦！我送周子瑜回家，小軒妳快去等公車吧。」齊若琳出來打圓場，拉起周子瑜的另一隻手。

「我也要送她回去。」我忍住眼中的淚水，反握住周子瑜的手腕，此刻我更感覺到她手腕如此纖細。

周子瑜眼中閃過一絲驚訝，然而她的表情看起來開心多了。

「糟糕。」齊若琳忽然看向我身後低呼一聲。

「柯芹軒。」

吳彥霖又來了，又選在人來人往的放學時間來校門口堵我。

「吳彥霖，我今天沒空跟你瞎鬧。」我斜覷了他一眼，隨即將目光返回至周子瑜身上。

周子瑜的眼神瞬間變得淡漠，她掙脫我的手，「妳和他走吧。」

「周子瑜！」她又來了，又擺出那副毫不在乎的態度。

她明明就不是不在乎啊！

「明天見，小軒。」但周子瑜並沒有理會我，果斷地轉身離開。

齊若琳只能一臉無奈地苦笑，「拜拜，小軒。嗯，彥霖，再見。」

目送齊若琳攙扶著周子瑜逐漸走遠，我心中感到一股難言的疼痛。

「吳彥霖！你不要這樣好不好！」我轉過頭對吳彥霖大吼，引來附近學生與糾察的側目。

吳彥霖沒有吭聲，逕自拉著我往一旁的巷子走去，我很想甩開他，並且跟他翻臉，可是我的理智不斷提醒我這裡是學校，不要把事情鬧大，於是只能任由吳彥霖拉著我一路前行。

他的機車停在小巷裡，在鬆開我的手之前，他多看了我兩眼。

「請妳不要跑。」

我忿忿地看著吳彥霖從車廂取出一件黑色外套穿上，在他穿上外套之前，我完全沒想過穿著帝述制服騎機車有多麼顯眼，可我現在沒心思去擔心這些瑣事，只想著自己的滿腔怒意無處發洩。

坐在機車後座，我不跟吳彥霖說話，也不看他，甚至冒著可能會從車上摔下來的危險，一路上都不肯伸手扶他。

「你眞的讓我很生氣。」好不容易到了我家樓下，我立刻跳下車，並脫下安全帽。

吳彥霖難得沒有回話，他神情木然地看著我。

「不要再來學校找我了，你這樣只會讓我很困擾，你一定要我拒絕你嗎？」我腦中想到的就只有發洩怒氣，只有讓他不要再來，不要再讓周子瑜露出那樣的表情。

「妳爲什麼會那麼喜歡周瑜？她是女生耶，妳怎麼會……」吳彥霖低聲說。

「你們幹麼都說我喜歡她？我沒有喜歡她！」我全身都緊繃了起來，大聲爲自己辯解，「我和一個T很要好就代表我喜歡她嗎？」

「妳明明就很在意她。」吳彥霖把機車停好，走到我面前。

「因爲她是我朋友。」

「喜歡就喜歡，妳爲什麼總是用『朋友』這種字眼來遮掩？」吳彥霖也生氣了。

「我們不要爲了這個吵架，沒有意義，最後只會像以前一樣，沒能得到任何結論。」

我把安全帽丟還給他，轉身想要找出鑰匙打開大門，沒想到吳彥霖追上來攔住我。

「走開！」我想推開他，卻一點用處都沒有。

他拉住我的手，低下頭又想吻我。

「不要老是用你的蠻力來逼迫我！」我拚命搖頭，想避開他的吻。

「周瑜做不到這點吧，因爲她是女生，力氣小得我一定可以輕易制伏她。」吳彥霖臉上帶著一種討厭的笑容。

「沒錯，因爲她是女生，所以她不會像你一樣，淨做些讓我討厭的事，這就是爲什麼我會討厭你！」話一出口我就後悔了，然而此刻的我依然像國中那時一樣，明知道不該再說下去，卻仍無法停下，「還有她叫作周子瑜，你不要再搞錯她的名字了！」

「她不用做任何事，就可以輕易牽動妳的心思，但我只能做些討厭的事，好讓妳記住我。」吳彥霖握著我的力道又更重了些。

「如果你永遠不要喜歡我，那我一輩子都會當你是我最好的朋友！」我也更口不擇言了。

「我不要當妳的朋友。」吳彥霖大吼。

「周子瑜就願意只當我的朋友！」我不假思索地回他這句話。

吳彥霖愣在原地，慢慢地，他笑了起來。

「我可能有些同情她了。」吳彥霖放開我的手，「妳怎麼會認爲她願意只當妳的朋友？」

我沒有回答。

「柯芹軒，妳知道今天是什麼日子嗎？」吳彥霖眼神有些哀傷。

我不知道！除了周子瑜身體不舒服、吳彥霖惹我生氣，還有排球比賽以外，今天還能是什麼日子？

「今天是我生日。」吳彥霖說。

「那就生日快樂。」我冷冷地說。

「這眞是最棒的生日禮物了。」吳彥霖斂起笑。

我不是沒看見他被我的話重重刺傷了，然而對於當時的我來說，任何人的痛楚都比不上周子瑜的。

當時的我也不會知道，那是我高中最後一次見到吳彥霖。

✦

排球比賽過後，像是意識到快要升上三年級了，班上反常地興起一股認眞念書的風氣，連平常總是只有小貓兩三隻的晚間自習班，也突然參加人數暴增。

要說這股風氣有多誇張，大概就是連齊若琳都趁著每節下課做試題了，課堂上更是瀰漫著一種緊張感，全班認眞聽講，只有我認眞發呆。

「小軒，妳再不用功，一定會後悔。」

我沒料到這句話竟是從齊若琳口中說出來，她還一副語重心長的口吻。

「我很想用功，但是一看見課本，我就不行了。」況且最近有太多煩心事發生了。

「彥霖呢？請他再教教我們如何？」齊若琳眼神充滿期待。

我搖搖頭。

「我就知道妳和彥霖之間一定發生了什麼事，我也知道妳和周子瑜之間的相處有點不對勁。」齊若琳抿了一下嘴唇，似乎在猶豫要不要說，「有件事我覺得還是應該要告訴妳，妳知道爲什麼彥霖不再來接妳放學了嗎？」

我知道，因爲我狠狠拒絕他了，並且再一次傷害了他。

但我依舊只是搖頭。

「他被記大過了。」

「大過？」我瞪大眼睛。

「妳知道帝述是一所校規嚴謹的明星高中，即便年滿十八歲並考過駕照，也不能穿著制服騎機車，更何況彥霖才十七歲。」齊若琳解釋。

「妳怎麼會知道這件事？」

「我在帝述也有別的朋友，資優生吳彥霖被記大過，這個消息震驚全校，沒有人不知道。」

「所以這是我害的？」我問。

「我不是那個意思，我只是想讓妳知道。」齊若琳淡淡地說。

我一點都不會被吳彥霖的所作所為感動，反而覺得很沉重，我不知道被記大過對他未來升學有沒有影響，我只知道自己一點都不值得他為我這麼做。

我老是把事情搞得更糟糕，好不容易和好，我又對他說出那種難聽話。可是那是他的不對，他為什麼要喜歡我？只要他不要喜歡我，只要俞亦珊不要喜歡他，我們現在就還可以像以前一樣，眞眞切切地像以前一樣。

友誼一旦滲入了愛情之後，就算我們再努力，也回不去從前。

我偷偷覷著齊若琳的側臉，她也喜歡吳彥霖，雖然她說她不會因此而改變，但我還是很不安。這時的我絲毫沒有警覺到，眞正無法永遠不變的人，其實是周子瑜。

「結果周子瑜那天到底怎麼了？」

「妳都不知道，那我更不會知道了。」齊若琳兩手一攤。

第九章

糾察職務已經在上星期交接給學妹，卸下這份工作，我有點捨不得。

自從我不再擔任糾察後，周子瑜也不再接送我了。

我知道她沒有義務一定要送我回家，只是這將近一年以來，我太習慣了她的陪伴，心中難免會覺得若有所失。

除此之外，周子瑜也開始恢復穿著運動褲進出校門，有時候擔任糾察的學妹還是會抓她違規，但她一點也不在意。

排球比賽結束後，周子瑜對我的態度就變得怪怪的，像是把我當成空氣，也像是逃避。上一次她這麼躲著我，是高一我撮合她和林芷馨那時。

我問過周子瑜是不是發生了什麼事？她只說要忙著準備大學的術科考試，總之，我們之間的相處有著一股說不出的怪異。

過沒多久，高二下學期就結束了，迎來了爲期兩個月的暑假。

齊若琳報名外面的升學補習班，而周子瑜選擇待在家自修，我則參加學校的暑假自習班。

學校的自習班規定每天早上八點到校，晚上九點離開，美其名是自習，其實坐在教室裡的我大多時候都只對著課本發呆，至於週末在家，我更是連課本都不想翻開。

「考得上就考得上，考不上也沒辦法，爲什麼要那麼辛苦？」在媽媽第N次叫我去念書時，我忍不住說。

「國中學測妳也是這樣！」

「可是我現在過得很好啊！」我回嘴。

「我不要妳又念女校！」媽媽激動地大喊。

媽媽的反應出乎我意料之外，最近周子瑜沒再接送我，我以爲媽媽早就把這件事放到一旁，沒想到她依然如此在意。

看著媽媽神情複雜的臉，我感到既難過又憤怒，並且心虛。

「大學沒有女校，況且，當初是妳和爸爸叫我塡女校的。」我別過頭小聲說。

「我們怎麼知道妳會……」媽媽突地止住話，頓了一下才說：「妳被禁足了！」

她氣沖沖地走出我的房間，用力甩上房門。

「我已經夠煩了……」我雙手抱膝，把頭埋進雙膝之間。

最近好多好多讓我心煩的事，被媽媽禁足、周子瑜不理我、俞亦珊在國外、吳彥霖被記大過、齊若琳忙著補習、即將到來的升學考試，還有大家都說我喜歡周子瑜。

「阿芹！妳出來！」媽媽忽然在客廳叫我。

又怎麼了！我又做了什麼嗎？

我木著一張臉走出去，看見宅配人員面色尷尬地站在我家門口，地上放著一個非常大的紙箱。

頓時有種不好的預感浮上心頭。

「這是什麼？妳買的嗎？」

「不是。」我搖頭，下一秒，我腦中迅速閃過周子瑜在美式餐廳填寫中獎表單時的側臉。

那是腳踏車，她眞的把它寄到我家了！

「請在這邊簽名。」把簽單拿給我簽名後，宅配人員匆匆離去，他一定是被媽媽的反應嚇到了。

「誰送的？」媽媽瞇著眼睛看我。

「聖誕節抽獎抽中的。」我拆開紙箱，裡面果然是一台紅色的折疊腳踏車，上面還掛著一張小卡片，我趁媽媽不注意，把卡片藏進衣服裡，快步回到房間。

卡片上的字跡雖然不是周子瑜的，但語氣是她的。我想起她在填單的時候花費了一小段時間，原來是在寫留言給我。

「小軒，祝妳聖誕快樂，希望我們可以永遠像現在一樣開心。」

我的心像是冷不防被什麼揪住一樣，狠狠一緊，讓我呼吸困難。

永遠像現在一樣開心？可是我現在不開心，周子瑜也不開心啊！

我忍不住打了通電話過去。

放暑假以來，我還沒和周子瑜通過電話，隨著鈴聲響起，我的手心隱隱滲出汗來，最後電話轉入語音。我不死心又打了一次，這次周子瑜終於接起。

「我收到腳踏車了。」我劈頭就說。

「嗯。」周子瑜回得很冷淡。

「妳是怎麼知道我家地址的？」

「之前送過妳回家那麼多次，只要略微留意就能知道。」

她這態度眞的讓我覺得她怪怪的，我脫口而出：「周子瑜妳到底怎麼了？」

「我說過，我在忙著準備考試。」

「妳少來！大家都在準備考試。」

周子瑜沉默了一會兒，才回：「我不知道要怎麼說。」

「就直說啊！」我大聲道。

「小軒，等我考完術科以後再跟妳說好嗎？」周子瑜話聲裡帶著疲倦。

「妳什麼時候考完？」

「四月中。」

「那不是要等到學測過後？那時候都快要畢業了！」我不禁激動起來，她擺明不想談！

「至少最近讓我專心準備備審資料好嗎？」

掛掉電話後，我難過得落淚，怎麼會這樣？這種胸口緊揪的疼痛代表著什麼？

周子瑜不理我了。

我腦中一直迴盪著這個念頭。她不理我了。

暑假中旬，齊若琳來過我家念書幾次，她進步的幅度連我都不敢相信。

「如果妳不知道要念哪間學校，就和我念同一間呀。」齊若琳對我說。

齊若琳理想中的那所大學，對成績的要求非常高。儘管我很想吐槽她，怎麼好像篤定自己一定會考上似的，不過依她目前的程度，只要不鬆懈，確實應該不會有問題。

「我每天只睡五個小時，其餘時間都在念書，我的腦細胞大概從來沒有這麼活躍過。」齊若琳的大眼睛下面掛著一雙明顯的黑眼圈。

「妳沒有想過和吳彥霖念同一所學校嗎？」我問她。

「哈哈，他要考台大不是嗎？」齊若琳笑了笑，「我不會想和他一起念台大，因爲那裡沒有我想要的科系。」

齊若琳眼神堅定，她很清楚自己要的是什麼，這讓我很羨慕。我曾經懷疑她只是話說得漂亮，可是現在我相信她說到做到，如果今天她和我角色互換，她一定會毫不猶豫地奔向周子瑜。

自那一天後，我沒有再和吳彥霖聯絡，而俞亦珊似乎對這件事毫不知情。

我的人際關係很糟糕，我和我的好朋友們分別繫在一條緊繃的線兩端，只要我稍一不注意，那條線就會斷掉。

過了幾天，蔡逸文再次通知我要舉辦同學會。我想過，或許可以趁著同學會跟吳彥霖和好，就像去年一樣，所以我央求媽媽讓我出席，媽媽答應了，可是吳彥霖卻沒出現。

升上高三的大家，都在爲即將到來的學測擔憂，同學會上的話題也大都圍繞著學測打轉。

同學會草草結束後，我盲目地在街上亂走，想起國中老師說過一句話——讀書不是唯一成功的方法。只是就現在看來，讀書好像是唯一的方法。

我知道應該要念書，但是我念不下去，很多事情都讓我心煩意亂。

就在暑假過了三分之二時，我收到模擬考成績單。

「阿芹，滿分是幾分？是二十嗎？」媽媽語氣不善。

「滿分是七十五級分。」我心虛地回答。

「那妳這分數是十七還是七一？」

「嗯……」我羞愧得說不出話。

我已經很久沒被媽媽罵這麼慘了，她哭著說她不求我成績高人一等，只希望我能考上一所還可以的學校。

「我希望妳能像個正常人，有間好學校念、有份好工作，然後正常交友……」媽媽說著說著竟哭了出來。

我倏地睜大眼睛，腦中像是有一根神經突然斷裂。

「我現在不正常嗎？」我平靜地開口。

「和女生很好，正常嗎？」

「和女生很好不正常？難道妳寧願我和男生很好？」

「只要妳不要喜歡女生。」媽媽抹掉眼淚。

「我沒有喜歡女生，不要自己胡亂猜測又瞎操心！我會開始認眞念書可以了吧！」我歇斯底里地大吼，旋即衝回房間。

關上房門後，我全身不停住打顫。

對，如果念書能讓媽媽安心，那我就念書。

我坐到書桌前，翻開課本拚命做算式，視線卻越來越模糊，我抬手擦去眼裡的濕意，卻怎麼都擦不乾淨，可我只能這麼做，我只能念書。

✦

「妳相信嗎？補習班模擬考我考了五十八級分！」齊若琳壓低音量興奮地說。

我卻只顧著看向周子瑜。

在兩個月的暑假中，我和周子瑜只通過那一次電話，眼前的周子瑜讓我感覺好陌生，她的眼神已經沒了我所熟悉的溫柔。

周子瑜下課也不和我們說話，總是坐在座位畫設計圖，其實也不只是她，班上大多數人除了上廁所，下課也不會離開座位。

「小軒！妳有沒有在聽我說。」齊若琳嘟起嘴巴。

「啊？有啦，五十八級分，很厲害呀！」我趕緊回話。

「妳如果很在意，就去找她問清楚啊！」齊若琳對於我敷衍的態度很不滿。

「我問過了，她不說。」

齊若琳皺眉，「這個時間點眞不好，我聽子潔說她每天都畫圖畫到很晚。」

我無奈地想著，假如我夠體貼，就不應該在這個時候去煩周子瑜，我可以等到她術科考完再說，等到講開以後，一切都會恢復原狀。

既然俞亦珊遠在英國，齊若琳要補習，周子瑜又不理我，加上爲了讓媽媽安心，每天我就是念書、吃飯、睡覺，一直重複同樣的循環，日復一日。

也許是某個開關突然被打開，後來每兩個禮拜舉行一次的模擬考，我的分數一直往上攀升，當齊若琳進步到六十級分時，我也有五十五級分了。

媽媽看到我成績進步，並且每天都自行搭公車回家，她也就沒再多說什麼，只是有時她的言行舉止間還是會透露出一絲懷疑，我知道她依然很擔心我的交友問題。幸好爸爸從頭到尾都不知情，否則我必定會一個頭兩個大。

雖然周子瑜、齊若琳和我還是會一起吃午飯，但周子瑜很少跟我說話，也沒什麼互動。

這樣的轉變，班上其他同學自然也看在眼裡。

女校總是比較八卦，好幾個人問我發生了什麼事，林芷馨就是其中之一。

可是我除了「沒什麼事」和「我不知道」以外，也不知道要回答什麼。

我和周子瑜之間眞的沒發生什麼事啊，她一夕之間就忽然變了個樣。

期中考結束後，我們三個人照例去了一趟芹軒坊，老葛也察覺出有異，還私下抓我過去盤問。

「妳跟阿瑜是怎麼了嗎？」

「大家都問我同樣的問題，可是我們眞的沒怎樣啊！」我無奈地搖頭，對於只能給出這種答案，連我自己都感到厭煩。

「大概是因爲考試壓力吧。」老葛自行下了結論。

我盡量不去煩惱這件事，反正周子瑜說考完試就會告訴我，我只要耐心等到那時候就好。

期中考和模擬考的成績差不多時間出來，意外地，我兩邊都擠入全校前六十名，這讓我非常開心，縱使我還沒想好要念什麼學校。

「小軒，妳今年跨年要怎麼過？」放學時，齊若琳問我。

我朝周子瑜剛步出教室的背影望去。

齊若琳順著我的視線看過去，轉頭對我說：「雖然學測就快到了，但畢竟這是高中最後一次跨年了，去找她一起吧！」

「那妳呢？」

「高一那年我單獨和妳過，今年妳該單獨和周子瑜過了！」齊若琳眨眨眼，「況且我和彥霖有約。」

我驚訝地看著她。

「妳別誤會，這次我可沒騙他說妳也會去了。」她趕緊接著說。

「你們在一起了？」我不確定地問。

「沒有。妳知道他跟我說什麼嗎？」齊若琳睜大眼睛，「他說他永遠不會喜歡除了妳以外的女生。」

我不由得一愣。

「我當然吐槽他，他才幾歲，說這種話還太早吧，而且感情本來就會隨著時間而改變，未來的事很難說。可是他卻說他不會變，儘管這話聽起來很唬爛，不過我當下還是被他語氣裡的真誠所感動，雖然他喜歡的對象不是我。」

我不知道該說些什麼，這種心意對我來說是種負擔。

「不要擺出那種臉。」齊若琳推了我一把，「總之，快去約周子瑜吧，態度要強硬一點。」

齊若琳這番話像是爲我打了一劑強心針。

「謝謝。」我馬上背起書包追出教室。

我在樓梯間攔下周子瑜，咽了咽口水，鼓起勇氣說：「周子瑜，今年我們一起跨年。」

周子瑜搖頭，臉上表情沒有任何變化。

「這是高中最後一次跨年了。」我話聲堅定，「就我們兩個。」

周子瑜眼中閃過一絲詫異，她看了我很久才出聲：「那要去哪裡？」

「河堤公園好嗎？那邊比較不會人擠人，又可以看到台北101。」我難掩心中的激動，語速飛快。

周子瑜笑了笑，「那到時候再約吧，我先回家了，明天見。」

她終於笑了，我好久沒看見她溫柔的神情，久到我都不免懷疑，也許其實她從未對我溫柔過。

從以前到現在，那些我曾經認爲理所當然的溫柔，如今看起來格外珍貴，原來我比自己想像中的更在乎她。

不過我太天眞了，我以爲周子瑜對我笑了，我們之間就會恢復原樣。

沒有。

隔天周子瑜又繼續對我冷淡以待，但只要想到她昨天的笑容，還有她答應我的跨年之約，我就能稍微釋懷一點。

因爲成績進步，加上我騙媽媽說是要和吳彥霖出去，禁足令得以暫時取消，不過媽媽還是規定我要在凌晨兩點前到家。

心中有了期待，時間的流逝就會變得更加快速，每天不斷重複的念書、考試也不再讓我覺得那麼辛苦。

齊若琳和吳彥霖的進展似乎也很不錯，最近吳彥霖還會主動打電話給她，我很期待他們能順利交往。我希望齊若琳能幸福，而且我不想吳彥霖繼續喜歡我，唯有他喜歡上別人，我的心才會比較好過些。

當我把這個想法告訴齊若琳時，她搖搖頭。

「他只是藉由我得知妳的消息。他很殘忍對不對？我都說我喜歡他了，他卻老是在我面前問起妳，擺明就是叫我別痴心妄想了！」

後來每當齊若琳告訴我有關吳彥霖的消息，我都不知道該做何反應，罵吳彥霖顯得太過矯情，只能尷尬地聽她說。

打開行事曆，倒數十二月三十一日的到來，已經成了我每天最重要的例行工作。今年有太多不開心的事情發生，希望明年不會這樣，希望周子瑜和齊若琳考上理想的大學，也希望齊若琳和吳彥霖能夠有好的發展，最重要的是，希望周子瑜和我之間快點恢復從前。

十二月三十一日，周子瑜終於又在我家樓下等我，她倚著機車，遞給我那頂熟悉的白色安全帽。

「好久不見。」我捧著安全帽微笑。

「好久不見。」周子瑜也笑了。

溫柔愛笑的周子瑜，好久不見。

我上了機車，主動環抱住她的腰，頭輕輕靠上她的背，我都快忘了她的背如此纖細，但這就是我所懷念的，也是我想要的。

一如往常，只要待在她身邊，我的體溫就很容易升高，那樣的熱度似乎也蔓延到雙頰，即使冷風撲面而來，也無法讓熱度降下。

平日空曠的河堤擠滿人潮，不過還不至於到寸步難行的程度。

有些人聚集在橋下烤肉，有些人在河堤施放煙火，有些人則是忙著架設腳架，找尋待會拍攝煙火的最佳位置。

我和周子瑜沿著河堤走，想盡量靠近台北101一點，也遠離人群一點。

我們兩個都沒有說話，這種沉默令我懷念。等我意識到的時候，我們已經牽起了手，我的嘴角忍不住勾起。

「什麼事情這麼開心？」周子瑜看著我。

我對上她的眼神，嘴角的笑意更深。

怎麼會不開心呢？妳終於又肯溫柔待我，這是我最盼望的事。

我們一直走到轉彎處，好不容易才找到一張空著的長椅坐下。

能和她這樣並肩坐在河堤畔，我心中有著說不出的歡喜，我想好好感受這一刻。

去年我許下的新年願望是希望今年能和周子瑜一起跨年，而這個願望成真了。

所以我要再許一個願望，神啊，我希望周子瑜永遠陪在我身邊。

我看了看手錶，距離跨年還剩十分鐘。

「備審資料準備得怎麼樣？」

「差不多了。」周子瑜簡略地答。

「那學測呢？」

「小軒，妳擔心妳自己吧。」周子瑜揚起微笑，親暱的語氣令我感到一陣羞怯。

我們誰也沒再出聲，安靜地觀看附近人群施放的煙火，在台北101的煙火盛宴開始前，這些零零星星的煙火是開胃菜。

我自然而然地把頭靠在周子瑜的肩上。

就今天而已，不爲過吧？

我們是一對感情很好的朋友，這樣的舉動沒什麼吧？

我在心中爲自己的舉動找藉口。

周子瑜把手搭在我的肩上，我閉上眼睛，回想起過往種種，只要學測考完，大家又能一起快樂度過每一天。

不知道過了多久，周子瑜的手從我的肩上離開，我睜開眼睛，疑惑地看向她。

她輕輕一笑，指了指遠處的台北101。

大樓的燈光逐漸一層層熄滅，河堤上已經有人開始大聲倒數。

我立刻站起來面朝台北101站好，周子瑜卻突然從背後環抱住我，我被她的舉動嚇了一大一跳，可是我沒有推開她，遲疑了一下，我舉起雙手握住她的。她把臉埋進我的肩膀，她的髮絲劃過我的脖子。

「新年快樂，小軒。」

煙火倏地在天空炸開，成就一朵朵壯麗的大型煙花，而周子瑜的呢喃在我耳邊如此清晰，我感覺有什麼濕濕熱熱的液體流淌在頸間。

我微微一震，那是周子瑜的眼淚。

眼前絢麗燦爛的煙火我完全沒看見，身旁人群驚喜的讚歎我也沒聽見。

我轉過頭看向周子瑜，淚水從她臉上滑落，我既訝異又困惑，周子瑜為什麼哭？

周子瑜鬆開抱著我的手，擦乾淚水，悠悠地迎上我的目光。

「妳……怎麼了？」我好不容易擠出這幾個字。

煙火仍持續綻放在夜空中，周子瑜坐了下來，一句話也不說，我愣愣地看著她，一動也不動。

過沒多久，隨著煙火秀的結束，人潮漸漸散去，我和周子瑜誰都沒有提出要離開。

周子瑜依然坐在長椅上，斂下眼睫，不知道在想些什麼。我向她走近一步，她卻馬上站起來。

「小軒，就到這裡。」

就到這裡？是要我停下腳步，不要再過去了嗎？

她抬頭與我四目相接，嗓音顫抖，「我們……就到這裡。」

我們就到這裡？我不懂這是什麼意思。

「不要再當朋友了。」她用力且清楚地說出這句話。

我的心被重重搥了一下，因為太過突然，以致還未能感受到疼痛。

「不要……當朋友？」我下意識又朝周子瑜走近一步，「什麼意思？我做錯什麼了嗎？」

「小軒，妳沒錯，是我不對。」周子瑜卻往後退了一步，雙手緊握成拳。

「我不要！爲什麼不能當朋友？」

「我曾經想過要永遠當妳的朋友！」周子瑜大喊。

「我想過只當妳的朋友，我眞的想過……」她緩緩鬆開拳頭，「我以爲這件事並不會太難，可是沒辦法……我沒辦法再當妳的朋友……」

「那我們就當朋友啊，我們本來就是朋友！周子瑜，我完全不了解妳想說什麼，難道排球比賽那天，妳就是要告訴我這件事嗎？說我們不能再當朋友？」我急切地追問，說出口的話完全沒經過思考。

我只是本能地知道我不想，也不能失去周子瑜這個朋友。

「不是……我那天要說的不是這個。」周子瑜急於解釋，但慢慢地，她又垂下眼睛。

「周子瑜，拜託妳說清楚一點。」我向她哀求，即使有預感將會聽到我不想知道的答案，我還是想弄清楚。

周子瑜再度對上我的視線，眼神轉爲堅定。

「我曾經想過，只當妳的朋友，我就能夠滿足。」她頓了頓，「我不能強迫妳接受我，只是眼看著吳彥霖不斷追求妳，我就越來越沒辦法忍受，我不要和妳只是朋友，但是我也不要強迫妳。」

周子瑜沒說出那句「我喜歡妳」，但已經夠了，這是告白。

我很震驚，她的話證實了我一直不想面對的事實。

若有似無，模糊不清，這樣的關係才是我要的。

是的，我答應過俞亦珊和我自己，升上高中以後，我會奮不顧身投向我的愛情，可是我這次還是做不到，因爲周子瑜是女生，這點讓我很介意，我沒有喜歡女生，沒有喜歡周子瑜。

「妳很在意我是女生，傳統的道德規範在妳心中根深蒂固。」周子瑜一針見血地說出我心中所想。

我驚慌地察覺到，她的目光盛滿悲哀。

「不論我多像男生，不論我如何想要當個男生，我都是女生。」周子瑜自嘲，「我以爲我不會在意，然而吳彥霖的出現讓我認清現實，我一直很喜歡妳，但是我沒有自信擁有妳，我是女生，我力氣比不過男生，我也不能在這個社會給妳一個所謂『正常』的名分，我什麼都給不了妳，所以我只能看著妳。」

我開始全身打顫，怎麼都止不住。

周子瑜臉上淚痕已乾，神情痛苦。

她告訴我太多事了，我苦求答案，答案卻叫我不能承受。

「排球比賽……我本來打算拿到冠軍之後，要向妳告白，要告訴妳我很喜歡妳，我不想要吳彥霖再去糾纏妳，可是……上天卻不斷提醒我，自己是個女生……排球比賽那天，我不是中暑。」她面有難色，咽了咽口水，才一鼓作氣把話說完，「那該死的經痛。這有多可笑，在我決定向妳告白那天，我居然經痛，命運用這種方式提醒我。」

我傻愣愣地站在原地，看著這樣的周子瑜，我心中異常難受。

「我不在意自己是女生，也不在意自己喜歡同性，這是眞的，可是小軒妳在意，連帶我也不得不去在意，我不得不去考慮妳的家庭、朋友。好幾次妳爲了我的事向若琳訴苦，我都知道，再加上吳彥霖的追求……」她痛苦地閉了閉眼，「我不要當妳的朋友，可是我只能當妳的朋友，所以我們……別再當朋友了，好嗎？」

我嘴唇動了幾下，我要說話，我要叫她別想這麼多，我要告訴她，我會和她在一起……但最終我什麼都沒有說，我說不出口。

她是女生，始終拘泥於這一點的我，實在說不出口。

我終究比較愛自己嗎？所以即便目睹她赤裸裸的悲傷，我依舊選擇沉默。

「我放妳走，妳的世界不該有我，小軒，」周子瑜努力擠出一個笑容，「我們放彼此走，好嗎？」

「不要……不要……」我呆呆地搖頭。

我不要，我不要失去她，我踉踉蹌蹌地朝她走去，她卻一直往後退。

「小軒，如果妳能接受我，那就過來，如果不能，就停在那裡。」周子瑜大喊，並且張開雙臂。

我猛地停下腳步，腦中響起好多聲音。

我想過去擁抱她，可是好多張臉不斷在我眼前輪流浮現——

媽媽哭著說早知道就不該讓我念女校；俞亦珊說原來我是同性戀；吳彥霖說我竟然不選擇他，反而選擇個女的。

不對，不是任何人的緣故，是我自己的問題，是我太自私了。

我胸口好痛、好悶，我的心像是被剜了出來，很痛很痛。

周子瑜緩緩放下手臂，她對我溫柔一笑，可是我感到很難過，那笑容太悲傷。

「回家吧，小軒。」周子瑜語氣平靜，「妳轉過身往前走，我會跟在妳後面，回家吧。」

「對……」

「不要道歉，誰都沒錯。」周子瑜制止我，「轉過身，回家吧。」

我依言慢慢轉過身，眼淚撲簌簌落了下來，望著台北101牆面那顆由紅色燈光排列而成的大愛心，覺得何其諷刺。我明知自己不過去就會永遠失去她，可是我就是沒辦法。

「走吧，小軒，我希望妳不要回頭，如果妳回頭，我會當作妳接受我了。」周子瑜在我身後說。

我難過得不停抽泣，矛盾的念頭不斷在我心中拉扯，就要這樣走了嗎？就要這樣結束了嗎？

我舉步艱難，每踩出一步都像是花盡了全身的力氣，我可以聽到周子瑜跟在我身後的腳步聲，也可以聽到她牽動機車時，車輪與地面的摩擦聲，那些聲音既沉重又辛酸。

後來是怎麼走回家的，我記不太清楚了，一路上我的眼淚沒有停過。透過樓下大門上的倒影，我看見周子瑜站在我身後不遠處，我顫抖著手拿出鑰匙，打開門鎖。

「再見，小軒。」周子瑜輕聲說。

我幾乎快要不能克制想要轉過頭的衝動。

但我還是強壓下這份衝動，立刻衝進大門，把門關起來，背抵著鐵門，任憑淚水不斷滑落。

我還是沒有勇氣回頭。

過了一會兒，我聽見周子瑜發動機車，引擎的聲音越來越遠，我也聽見我的心碎成一塊一塊。

我忍不住嚎啕大哭，在靜謐的凌晨時分，我的哭聲格外清晰。

沒事的，這不代表什麼，明天周子瑜仍會像以前那樣和我說話，就算她態度再冷淡，也還是不會忽略我，我相信。

我只能這樣相信。

✦

黑板上的學測倒數天數已經低於三十天，那些難過的情緒依然在我胸口揮之不去，然而考試壓力還是不管不顧地重重壓了上來。

一整排高三教室比以前更安靜了，偶爾有幾個一、二年級生吵吵鬧鬧地經過走廊，脾氣暴躁的同學還會衝出去罵人，這大概是考生才會罹患的「考前歇斯底里症候群」吧，這時我才能理解，當初為何學姊偶爾會厭惡地瞪著我們。

我一直讓自己抱持著一個沒來由的想法，只要學測快點考完，快點卸下考試壓力，周子瑜就會恢復過來，我們又會是親密無間的好朋友。

即便她已經向我告白，即便她說過不再跟我做朋友，只要我死皮賴臉當作沒這回事，那周子瑜也沒辦法。

所以她現在對我的冷漠與刻意忽視，到那時候都會煙消雲散。

我這樣相信著，我必須這樣相信。

最近幾乎每堂課都是自習課，雖然我硬是把一堆數學公式塞進腦袋，面對數學考卷卻仍無用武之地。相較之下，齊若琳的成績已經可以在校內模擬考排入前二十名，而周子瑜也在前五十名，儘管我進步得很快，但還是趕不上她們兩個，這著實驗證了我之前對齊若琳的看法，她會是一匹異軍突起的黑馬。

准考證發下來後，那種身為考生的真實感更強烈，也更沉重了。准考證上的大頭照是幾個月前拍的畢業照，那時班上為了製作畢業紀念冊而收集照片，我才發現，除了老葛在芹軒坊為我們拍的那張，我和齊若琳、周子瑜連一張合照都沒有。

當距離大考的天數只剩下個位數字時，我幾乎每天都睡不到四個小時，硬逼自己把課本上的字句全部背起來，這種填鴨式的讀法讓我的腦袋變得昏昏沉沉，做題的分數越來越差，所以在考前五天，我毅然決定放下書本。

「該說妳是大膽呢，還是放棄了？」齊若琳頂著一雙黑眼圈問我。

「我的腦袋已經超過負載了，再念下去，只會把之前背的也忘光，反正不懂的也不可能在這幾天就學會。」我聳聳肩。

「妳和周子瑜跨年那天發生了什麼事嗎？」她緩緩開口。

我全身一僵，「嗯，我想學測過後應該就沒事了。妳之前不是說過不想知道，怎麼又問了？」

「嗯，」齊若琳神色有些猶豫，「其實是因爲周子瑜怪怪的。」

「怪怪的？」

「上次我和她一起去芹軒坊，老葛問起妳，結果周子瑜卻回了句妳的事她不知道。」

我感到很難過，難過她們兩個單獨去芹軒坊，把我排除在外，也難過周子瑜冷淡的言語。

「她那時的態度讓我和老葛都不敢再問下去。我覺得大事不妙了，可是在學測前問妳又會……抱歉，影響妳的心情。」

「不會。我相信學測過後，一切就沒事了。」我搖搖頭，「對了，妳和吳彥霖怎麼樣了？」

「沒有怎麼樣啊，他上次模擬考好像七十三級分。」齊若琳微微皺眉，「不過我有點擔心。」

「擔心？」

「他之前被記大過，這樣推甄很不利吧，面試也不曉得會不會被刁難。」

我面有慚色地低下頭。

「我不是在怪妳啦！」齊若琳連忙解釋，「我只是很擔心他，眞的只是這樣。」

到了學力測驗那天，我不僅不覺得緊張，相反地，我還非常興奮，因爲只要考完，那些壓力與煩惱都會不見。

考場裡除了拚命捧著課本做最後衝刺的考生以外，其他就是過來陪考的家長了，每個人的表情都很凝重。

我是自己一個人來考試的，我獨自趴在走廊的欄杆上享受陽光和微風，部分考生用一種又羨又妒的眼神看著我，他們心裡一定認爲我對考試胸有成竹，但其實我一點把握都沒有，我只是在期待時間每一分每一秒快速流失，期待周子瑜的笑容再次出現。

就連在寫題目的時候，我也幾乎沒怎麼思考，時常憑著直覺答題。我很快寫完整張試卷，也不想檢查，逕自在桌上趴下，腦中想的盡是考完後和周子瑜一起去芹軒坊的畫面。

兩天考試下來，我就只記得作文寫得很順利，至於其他，即使看過報紙上的解答，我也想不起自己選的答案是什麼，不過我依然滿心雀躍地跑去找周子瑜。

可是她仍在躲我。

也許要等到她術科考完吧，我如此想。

學測成績下來以後，最令人訝異的是，齊若琳竟是全校第一名，總成績接近滿分，讓她笑得合不攏嘴。我對她說，這樣她就可以去台大了。

「說過不考台大的，而且我覺得面試太麻煩了，我要考指考，等分發。」

「妳瘋了嗎？幹麼要再辛苦那幾個月？」我很訝異。

「一點都不辛苦，我只要把那些東西再裝在腦子裡幾個月就好啦！」齊若琳咯咯笑著。

我的學測成績很不理想，比模擬考低很多，不過國文卻達到頂標，作文更獲得高分。我喜出望外，也更加深了想要念中文系的決心。

後來齊若琳又告訴我，吳彥霖順利考上台大，一支大過雖然使他在面試時被扣了幾分，但他的備審資料與成績卻是不容忽視的耀眼。這個消息讓我心中的壓力又減去了一項。

不知怎麼地，我有種預感，也許我和吳彥霖就這樣各分東西了，或許多年之後，我們會在路上巧遇，然後笑著談起這段往事。

於是我心裡踏實了許多，定下心來按部就班念書，準備迎接指考的到來。

班上座位被劃分成備審資料區和準備指考區，我和齊若琳自然在準備指考區，我坐在第一排靠窗的位子，每天除了念書就是念書，注意力倒是比準備學測時集中不少。

在這段期間，陸續聽到有同學開心地大喊自己考上某所學校了，也有同學一次次落淚，決心準備指考。指考的模擬試題比學測難上不少，不過齊若琳還是繼續拿到高分。

儘管和周子瑜的座位有一段距離，我仍時常想引起她的注意，即便她把我當作空氣。不要緊的，等她四月術科考完，一切就沒事了。

我總是這樣安慰自己。

我努力念書，藉此忽略周子瑜的冷漠，她會和齊若琳打打鬧鬧，也會和林芷馨有說有笑，唯獨對我視若無睹。

四月很快就到了，當我得知周子瑜的術科考試已經結束，我感到萬分雀躍，我終於等來了這一天。

放學後，我興奮地站在校門口等待，直到糾察都開始準備收隊了，往我家方向的公車也過去好幾班，周子瑜才終於出現。

她看見我並不訝異。

「周子瑜！恭喜妳考完了。」我緊張地向她祝賀。

周子瑜掠過我往左邊走去。

「周子瑜！」我大聲叫住她，引得糾察隊的學妹紛紛從糾察室探出頭張望。

她停下腳步，我快步跟上去。

「妳術科考得怎樣？有把握嗎？題目是什麼？」我連續丟出好幾個問題，畢竟我真的好久沒和她說話了。

周子瑜默默不語，我伸手按在她的肩上，她卻迅速把我的手推開，這讓我很受傷，但我仍不死心地繼續追問：「面試怎麼樣呢？考官問了哪些問題？」

她依然不出聲，甚至連看都不看我。

這下除了糾察隊的學妹，連站在公車站牌等車的學生也往我們這裡看過來了。

「題目是氣味。」

「那妳畫什麼？」周子瑜終於有反應了，我喜出望外。

「不關妳的事。」

她的話猶如一把利刃插在我心上，我感到一股茫然的疼痛。

「那……要不要去芹軒坊？」我訕訕地說。

「不要再和我說話了！」說完，周子瑜便往前邁步。

我愣住了，隨即大聲喊出她的名字：「周子瑜！」

我知道眾人的目光都落在我和周子瑜身上，然而我沒有心思顧慮這些。

「周子瑜，周子瑜！」我聲嘶力竭地不斷喊著，只希望她能回過頭看我一眼，只要她還願意跟我說話就好。

我以爲那不是眞的，我以爲等到她術科考試過後，一切都會沒事。

是我太天眞了。

眼淚大顆大顆地沿著臉頰滑落，這一刻我才確切地體會到，我永遠失去周子瑜了。

第十章

之後的日子，周子瑜幾乎都沒來學校了，偶爾才會露臉的她看起來也像是陌生人，校內對我指指點點的人多得數不清。

我像行屍走肉般，每天不停念書，念到媽媽叫我必須要休息，可是我的腦子只要一停下來，周子瑜冷漠的表情就會再度浮現，我只能拚命念書，讓腦子塞滿東西，不讓回憶有機可趁。

畢業典禮當天，我哭得稀里嘩啦，想藉由一個正當理由在周子瑜面前流淚，我以為這樣她就會心軟，可是沒有，她無情地別過頭，讓我更加絕望地了解到，她說的是眞的。

我放下身段、不顧他人眼光，可是她依然不理我。

我不會選擇她，我沒有喜歡她，我只是想要恢復以前那樣的快樂，爲什麼大家都要逼我？爲什麼都不願意只當我的朋友就好？

那答案越是讓我苦惱，我就越是把時間花費在書本上，短短幾個月內，每門科目我都至少完成了一本自修，只是在夜深人靜的晚上，我依然以淚洗面。

成績放榜後，齊若琳如願考上她理想中的傳播學系，而周子瑜也早就收到錄取通知。

我填了好幾所大學的中文系，最後上了一間位於南部的學校。

我收拾行李準備離開台北，這裡回憶太多，每一處都會讓我想起周子瑜。

我努力想要讓自己快樂一點，但是只要繼續待在台北一日，我就一日無法走出去。

媽媽對我盡塡一些台北以外的學校感到不滿，不過畢竟那所大學確實稱得上還不錯，所以她也沒再多說什麼。

好幾次我整個人縮在床上不停顫抖哭泣，齊若琳打了好多通電話給我，我都沒接。

去往台南的前一天，我提起莫大的勇氣做了一件事

我依然想要相信，也許周子瑜後悔了，也許她也想跟我和好，只是她不敢再來找我。我用這些想法爲自己壯膽，決定主動去找她。

呆立在她家樓下，我思索著該怎麼跟警衛說？

警衛對我投來好奇的目光，我有點狼狽地撇過頭。

我這樣跑來是不是太莽撞了？如果周子瑜還是不願意理我呢？如果她又像那天在校門口一樣冷漠絕情，那我要怎麼辦？

「小軒姊？」周子潔出現在我身側不遠處，正滿臉疑惑地看著我。

「子潔！太好了，妳可以……」我朝她走過去，但她卻微微退後一步。

「小軒姊，」她悠悠地開口，「妳是要找我姊姊嗎？」

這個問題的答案一定是肯定的啊。

「雖然由我來說很奇怪，」她皺著眉頭，「但如果妳不能接受我姊姊，就不要再來找她了。」

我怔住。

「我知道不是每個人都像我們家一樣，可以坦然接受姊姊的性向，所以我能理解妳為什麼不能接受，我沒有責怪妳的意思，可是……」周子潔欲言又止，「求求妳放過姊姊好嗎？」

放、過、她？

放過周子瑜？這是什麼意思？

「我不知道妳在說什麼，妳帶我進去找她好嗎？」我語帶哀求，「子潔，帶我去見妳姊姊好嗎？」

周子潔緩緩走了過來，神色異常嚴肅，「小軒姊！不要這樣。不能接受她就請妳放過她，她越是見妳只會越喜歡妳，妳就當做好事，別再來找我姊了！除非妳決定要接受她！」

我瞠目結舌，一時說不出心中是何滋味。

「小軒姊，拜拜。」她冷冷地說完，打開大門走進去。

我望著她的背影，雙腳像是生了根一樣，一步也不能移動。

大家都說不是我的錯，但大家的反應說明了這一切都是我的錯。

我全身開始劇烈顫抖，怎麼都停不下來。不要！我不要失去周子瑜這個朋友，然而這件事由不得我，她決定要與我成為兩條平行線，永不再交集。

隔天，我沒有和任何朋友告別，一個人提著行李，搭車前往台南。

在沒有人認識我的台南，我像什麼事都沒發生過，和新朋友談天說笑，頻繁參加與其他系的聯誼活動。時間彷彿能洗去所有，漸漸地，我不太去想以前的事情了，只是每到夜晚，我總感覺心上空缺了一塊。

直到我收到媽媽寄過來的腳踏車，那台周子瑜送我的腳踏車。打開紙箱，我才發現過去這一個月都是我自欺欺人，我忍不住放聲大哭，所有的回憶一次湧上心頭，我以爲自己過得很好，可是沒有。

我幾乎每個晚上都坐在宿舍床上發呆，我不想接任何人的電話，不想做任何事情，每天晚上，我就只是看著那台腳踏車。

後來乾脆連課都不太去上了，彷彿將自己與世隔絕，我就能忘記周子瑜。偏偏這只會讓我更常想起她，越是想起她，我就越是流淚。久而久之，我卻連眼淚都不再流了。

我覺得自己好像就要這樣逐漸死去，在周子瑜離開我的那一刻，我的生命就像是停止了。

✦

這一天，有人重重地敲著我的房門，咚咚咚的聲響好吵，我躺在床上摀住耳朵。

敲門聲越來越急促，我只得爬下床，忿忿地打開門。

「柯芹軒。」門外是一張我非常熟悉的臉。

我簡直不敢相信自己的眼睛，我是在作夢嗎？

「吳彥霖？」

「妳班上同學說妳好久沒去上課了。」吳彥霖看起來被我的不修邊幅給嚇到了，而我的驚訝也不亞於他。

「你怎麼……」他不是在台北念書嗎？

「我常常在學校看見妳，但妳總是一副神思恍惚的樣子。」他不請自入，踏進房裡四處打量，「妳房間好亂。」

我嚇了一跳，衝到他面前，想遮擋住他的視線。「你不要隨便進來！」

「先吃飯吧。」他舉起手上拎著的兩個便當。

他說在學校看見我……我疑惑心起，「你不是應該念台大嗎？」

「這裡也沒什麼不好。」他隨手拉了把椅子坐下，「或許妳會覺得我煩，可是我不想讓妳再次消失在我的生命中。我問過若琳妳打算填哪些學校，我跟著填了，沒想到最後眞的分發在同一所大學，妳不覺得這是命中注定嗎？」

我呆了一會兒，緩緩開口：「吳彥霖，你去喜歡別人好不好？」

他這樣喜歡我，只是浪費他的時間。

「我很想，但是沒有辦法，妳整個人已經遮擋住我的視線，我根本看不到別人。」他注視著我，目不轉睛。

「你只是沒有得到過我，才會那麼執著。」

「妳怎麼知道？妳要試試看讓我得到妳嗎？」

我微微一怔。

「我開玩笑的，我已經決定，就算花上一輩子，也會陪在妳身邊，即使妳忘不了周瑜。」

聽到他提起周子瑜，我心中一黯。

吳彥霖定定地看著我，「我不會放棄妳，但也不會逼妳，我想過了，從今以後，我願意只當妳的朋友。」

他的表情很認眞，以前他的認眞只會讓我畏懼，這次我卻深受感動。我的眼淚又落了下來，不停地哭泣，嘴裡一直反複說著「對不起」和「謝謝你」。

每天吳彥霖都會找來宿舍拉著我去上課，買便當給我吃，越來越多人戲稱我和他是情侶，我們總是笑而不答。

他的陪伴讓我好過很多，我知道自己很自私，也知道這樣對他不公平，可是我現在眞的需要人陪。

我時常搪塞一堆不回台北的理由給媽媽。台北很小，我怕遇到周子瑜，我也怕回憶會再次侵襲，讓我無法承受。台南是個很好的地方，容許我逃避許多事情，我把折疊腳踏車收在衣櫃上方，任何回憶我都不想看見。

齊若琳來台南找過我幾次，她總是語帶埋怨地說，既然我不回去，只好她來。我和她以及吳彥霖三個人，就在我的房間裡聊天直到天亮，當然也有小酌幾杯。

齊若琳酒品很差，一喝醉就纏著吳彥霖問他爲什麼不喜歡她，吳彥霖面露尷尬，只得像哄小孩似地哄騙她去睡覺。隔天齊若琳清醒過來以後，總是頻頻道歉，並保證下次不會再犯，但下次她還是照喝不誤。

有一次，我和吳彥霖扶著醉酒的她躺到床上時，她低喃道：「我有問周子瑜……可是她不來……到底是怎麼了啦……」

聽到這些話，我覺得這些日子以來所假裝的堅強全數崩解了。

我連見到齊若琳都會難過了，又該怎麼回去那個充滿回憶的地方？心痛眞的太痛。後來齊若琳說要來找我，我都拒絕了，我實在好怕看著她，又讓我想起周子瑜。

「妳這樣不是辦法，」吳彥霖坐在地板上，一邊翻著小說，一邊對我說：「不去想不代表忘記，就算忘記也不代表釋懷，妳如果不去面對，一輩子都出不來。」

我沒有回話，我知道他說得很對，可是我沒有勇氣，我還沒準備好去面對。

「對了，亦珊交男朋友了。」

咦？我不由得瞪大眼睛。

「而且不是金髮帥哥，是個台灣人。」

「她不會找個跟你長得很像的男生吧？」我調侃他。

「她不是那樣的人吧。」吳彥霖歪著頭，也不是很確定的樣子，「她面對了她的問題，並且解決，可是妳沒有。」

我沒有說話。

我是該要面對，但是我要怎麼面對？有人懂得我心中的矛盾嗎？我一直認爲那只是一段懵懂的過渡期，直到現在我也一直相信我不是喜歡女生，不是喜歡周子瑜，偏偏我又清楚知道自己對她的感情已經超越朋友的分際。

連那些感覺在心中成形，都讓我感到害怕，我是要怎麼承認？

「不可能連寒假都不回去吧。」吳彥霖看著我。

我搖搖頭，我還沒做好心理準備。

吳彥霖試圖想說些什麼來說服我，不巧被我的手機鈴聲打斷。

「是若琳。」我看了吳彥霖一眼。

「接啊，她很擔心妳。」

才一接起，劈頭就是一陣謾罵，齊若琳罵我爲什麼都不回台北，罵我想逃避到什麼時候，最後幽幽說了一句：「還好有彥霖在妳身邊。」

「我……」齊若琳喜歡吳彥霖，我卻讓吳彥霖這樣陪在我身邊。

我到底做了什麼？我的自私害了多少人？

「對我來說，妳最重要。」齊若琳截斷我的話，逕自往下說：「對了……這禮拜我和周子瑜有約，妳要不要一起……」

「不，我不會去。」我斬釘截鐵地拒絕。

「拜託，小軒。」齊若琳口吻幾近哀求。

「她……也不會希望見到我的。」我苦笑。

「當初我以爲不要介入妳們之間，是最好的做法，如果早知道妳們會變成現在這樣，那我應該要更雞婆一些，死也要逼妳承認妳喜歡她。」

原來在齊若琳心中，我一直是喜歡周子瑜的。

「小軒，我不喜歡這樣，以前我們是三人行；現在我和周子瑜在一起，柯芹軒不會出現；我和柯芹軒在一起，換周子瑜不會來了。爲什麼會搞成這樣？妳們就不能恢復從前嗎？」

「恢復不了，齊若琳對不起，恢復不了。」我哽咽出聲，吳彥霖見狀便過來坐到我身旁。

「不要跟我道歉，妳跟我道歉，周子瑜也跟我道歉，我們三個誰都沒有錯啊！爲什麼要道歉？爲什麼會變成這樣？」齊若琳在電話那頭生氣地說。

「可是我只能這麼說……對不起，對不起。」一滴眼淚沿著我的臉頰滾落。

「若琳？好了，就講到這裡吧。」吳彥霖接過我手中的話筒，「嗯，對，我知道，那下次見。」

吳彥霖掛掉電話後，緊緊摟住我，我在他懷中安靜地流淚。

「下次，我和你一起回台北。」過了好久，我低聲說。

沒想到「下次」踏上台北這塊土地，已經是寒假了。

爸媽一見到我，居然眼眶含淚，當他們看見送我回家的吳彥霖時，臉上的表情複雜得讓我想笑。

好久不見的台北有點陌生，我和吳彥霖到巷尾的冰店吃紅豆湯，老闆笑容可掬地看著我們兩個，表情裡的意思是：你們終於在一起了。

最近我對於別人認爲我和吳彥霖在一起這種想法，比較沒那麼在意了，我和吳彥霖之間的事，別人不會了解。

超越性別的好朋友，這是我對於我們這層關係的新定義。

回到台北後，齊若琳更常跑來找我們，她依然美麗奪目，並且更添了些女人味，吳彥霖也常和她私下出去，我還是不禁會想，若是他們在一起該有多好，我眞的很希望我身邊的人都能幸福。

大多數時間，吳彥霖會來我家陪著我。爸媽也不知道是怎麼回事，即便我和吳彥霖單獨在房裡從白日待到天黑，他們也不會生氣。我內心仍存有些許罪惡感，媽媽之前因爲擔心我喜歡上同性而哭泣的模樣，至今仍刻印在我心中。

吳彥霖常騎著他的VJR機車帶著我東奔西跑，他把野狼賣掉了。我猜想他應該是怕我看到檔車會想起周子瑜，有時候他在一些奇怪的地方總是特別細心。

在路上我確實經常情不自禁地看向騎著KTR的人，看看坐在上面的會不會是周子瑜，每每在希望落空後，我才會發現，原來台北其實不小。

「妳行李怎麼這麼多？」吳彥霖邊嘮叨邊幫我封箱。

「還好吧，我上學期幾乎沒帶什麼東西過去耶。」

我坐在電腦前笑嘻嘻地看著他打包，他卻忽然停下動作，抬頭看我。

「一整個寒假妳又什麼都沒解決就要開學了。」

「我不知道要怎麼解決。」

「妳可以去周瑜帶妳去過的地方看看。」

「是周子瑜。」我苦笑。

吳彥霖聳聳肩。

突然之間，我萌生出一個想法，吳彥霖是故意念錯周子瑜的名字的，或許在他心中，他永遠不想叫對她的名字吧。

要下去台南的前一天，我打算試著按照吳彥霖的建議去做，不過我不要去周子瑜帶我去過的地方，我想去其他充滿回憶的地方。

早上一個人搭公車來到靜華女中，站在校門口往裡頭望去，當年擔任違規糾察執勤的時候就是站在這裡，我的嘴角不禁微微勾起，一幕幕回憶如潮水般湧了過來，像是周子瑜和齊若琳在空中花園對我大喊加油，周子瑜說她願意穿裙子進出校門，以及她拉著我的手說她不要我把她推給別人……

想著想著，我的眼眶又濕了，這一次，我不想再逃避了。這半年來，我壓抑自己不去回想有關周子瑜的一切，但那並不能使我遺忘或釋懷，這一次，我要自己盡量一一去面對。

我轉身走回公車站牌，或許這樣就夠了。

只是當我不經意地往右邊一看，我好像又看見周子瑜了，她靠在她的KTR旁邊，手中拿著我的白色安全帽，她依然在那個轉角處等著我。

眼淚不受控制，我又開始大哭，視線模糊後，我記憶中的周子瑜也消失了。

我緩步走向芹軒坊，原本我不打算過去的，因爲怕遇到周子瑜，然而不去芹軒坊，我又怎麼能眞正面對那段過去？

我走進那條安靜的小巷，遠遠便見老葛在門口澆花，老葛看到我，一臉驚訝，匆匆放下手中的水管往我跑來。

「芹軒妹妹？妳是芹軒妹妹嗎？」老葛誇張地大叫，雙手用力抓著我的肩膀。

「老葛，好痛喔。」我輕笑。

「妳怎麼這麼久沒來？阿瑜和阿琳每兩個禮拜就會過來一趟，可是我左等右盼的，就是等不到妳！」

我爲難地笑了笑，看了眼正嘩啦啦流出水的水管，老葛趕緊鬆開抓著我的手，走回去把水龍頭關掉。

「這種花，我記得是叫作金盞花對吧？」我蹲下來凝視著花圃，「咦？這半邊怎麼被挖掉了？」

「阿瑜帶回家種了。」

一聽到她的名字，我的心揪痛了一下，老葛大概是發現了我臉上微妙的變化，問話的聲音透出一絲小心翼翼。

「妳和阿瑜，有怎麼樣嗎？」

「沒有。」我知道他問的是什麼。

老葛嘆了口氣，「所以妳說，她會幸福嗎？」

我忍住淚水不回答。

那天我和老葛也是站在這裡，我信誓旦旦地告訴老葛，或許周子瑜會找到她的幸福，而今天我卻說不出話來。

「以前看著妳們兩個，我就猜到會有這麼一天了，只是沒想到這天來得這麼快。」老葛看著我的目光帶著憐憫，「進來喝杯茶吧。」

我搖頭，我只想在這裡站一會兒就離開。

「妳放心，阿瑜她們昨晚才來過，今天應該不會出現。」老葛知道我在在意什麼。

我思索片刻，便跟著他走進店裡。芹軒坊的裝潢一點都沒變，或許是早上的關係，只有我一個客人，我走到我們以前慣坐的老位子坐下。

老葛端來一壺香片和一盤雞爪，這是我們每次來都會點的東西。

我喝了一口香片，其實我並不是很喜歡那種味道，只是周子瑜愛喝，所以我也變得愛喝了。

環顧四周，我發現牆上多了一幅油畫。

「這是……金盞花嗎？」我走到那幅畫前面仔細端詳，花朵的顏色橘中帶紅。

「那是阿瑜畫的。」老葛從廚房裡走出來，「她說她那年術科考試畫的就是金盞花。」

輕撫著那幅畫的邊框，我彷彿能看見周子瑜又站在我面前。

「芹軒妹妹，妳知道她爲什麼畫金盞花嗎？」

我記得那時周子瑜對我說過，術科考試的題目是「氣味」。

她畫了代表芹軒坊的招牌花，可見芹軒坊在她心中的地位很重要。

「妳知道金盞花的花語嗎？」老葛吞吞吐吐地說。

我搖頭。

「金盞花的花語是迷戀，」老葛看了我一眼，「還有離別之痛。」

我的眼淚頓時決堤，所以周子瑜才畫金盞花嗎？不是因爲芹軒坊，而是因爲花語所代表的含意。

她那時就決定了，與我永不再相見？我愣愣凝望著油畫，任憑淚水無聲滑落。

「妳想要的話，這幅畫可以給妳。」老葛輕拍我的背。

「不。」我用力搖頭，這是周子瑜給芹軒坊的，不是給柯芹軒的，我能看到這幅畫便已足夠。

「對了，差點忘了一件事。」老葛匆忙跑進櫃臺拿出一個小盒子，「這是昨天阿琳給我的，她說如果有一天妳來了，就一定要轉交給妳，沒想到妳今天就出現了！」

芹軒坊對我們三個而言是非常重要的地方，齊若琳知道有一天我一定會再過來。而當我過來了，就是我已經做好一定程度的心理建設了。

「謝謝。」我接過老葛手上的盒子。

「芹軒妹妹，妳要不要把剩下的那一半金盞花帶回去種？」

我淚流不止，再次搖搖頭。

「雖然結果是離別，可是也曾經深深迷戀啊。阿瑜拿走一半，妳眞的不想帶走另一半嗎？」

聞言，我望向窗外的花圃，心念一轉，輕輕地點了一下頭。

老葛興沖沖地跑到外面，用小鏟子挖起那幾株金盞花，仔細放進一個小花盆裡。

他不斷交代我一定要常來芹軒坊走走，我點點頭，可是我知道，老葛心裡也知道，我不會再過去了，直到哪天我能眞正釋懷，直到哪天周子瑜願意再次對我微笑——在那之前，再見了，芹軒坊。

坐在公車上，我打開那個小盒子，首先映入眼簾的是周子瑜的臉，那是張照片，那張我們三個人唯一的合照，照片中的我們滿臉奶油，笑得好開心，那時的我們怎麼會想到現在會變成這樣？

這張照片竟成了回憶中的永恆。

我的眼淚滴在照片上，滴在周子瑜的臉上，我多想再次見到她的笑容。

盒子裡還有個紅色的MP3和一副耳機，我擦乾眼淚，戴上耳機，按下播放鍵，耳邊響起齊若琳的聲音。

小軒，我放在老葛這裡的東西，不知道妳什麼時候會收到。我眞的很後悔當時沒有對妳和周子瑜之間的事多一點關心，我常常在想，如果當時我多關心妳們一點，那麼今天就算妳們沒有在一起，至少也還會是朋友吧？

看妳們這樣我也很不好受，然而事已至此，或許妳們不要再見面比較好，我願意相信有一天我們三個人的關係會恢復從前，我願意這麼相信，只是在那一天來臨之前，我們只能繼續這樣了。

我原本沒想過要錄這段話給妳，可是小軒，妳也知道周子瑜很堅強，昨天她卻哭了，她在我面前流下眼淚了，我眞的不曉得該怎麼辦。妳知道從《星光大道》裡出來的一個歌手，前幾年發片了吧？

老葛在店裡播放他的歌曲，周子瑜聽著聽著，忽然就哭了，她不斷要求老葛重複播放那首歌，就這樣哭了一個晚上。小軒，我也想妳聽聽。

MP3面版上顯示播放下一個檔案，輕快的音樂前奏響起。

我沉默　不代表我不痛　我不痛　眼淚就不會流
總是安靜承受　安靜忍受　安靜看你走

才聽幾句歌詞，我的眼淚又慢慢地湧了出來。

我知道這首歌，是蕭敬騰唱的〈疼愛〉，曲調明明如此輕快，此時此刻聽在我耳裡，卻讓我感覺像是快要窒息。

你說我　很適合當朋友　你說我　總是會聽你說
你說別太難過　保持聯絡　有空的時候

就像吳彥霖說的，我總是用「朋友」這個字眼來壓抑那些炙熱的情感，不肯讓關係越界，也全盤否定了對方的心意。

原來，「朋友」這個字眼是這麼傷人。

把疼愛都給你　把疼痛都給我　最痛是當時微笑送你走
等到你轉身後　眼淚也不敢流　只怕你偶然還會回過頭

〈疼愛〉詞：阿信　曲：阿信

「如果妳回頭，我會當作妳接受我了。」

我崩潰似地哭出聲音，車上的乘客全都看向我，我的眼淚滴在金盞花上。

我按了下車鈴，還有一個地方要去。

下車後，我跌跌撞撞地往反方向跑。

那個河堤，結束一切的河堤。

傍晚的河堤空空蕩蕩，我找到當時和周子瑜一起並肩而坐的那張長椅，眼前的台北101依然高高聳立，只是人事已非。

我瑟縮在長椅上，冷冽的風不斷吹來，我將金盞花抱在懷中，任憑眼淚肆意流淌，總是風還來不及吹乾，新的淚水就又滴了下來。

我一直重複聽著這首歌。

千言萬語湧進我的宇宙　讓我震耳欲聾　有多少愛就有多少　沉默的疼痛

時間不知道過了多久，寒風越來越刺骨，天色越來越暗，台北101的燈光已全數亮起，可是那顆愛心始終沒出現。

「柯芹軒！」

一陣怒吼蓋過我耳中的音樂從後方傳來，我愣怔地回過頭。

吳彥霖原本想訓斥我，一看清我的臉，就嚇得把話吞回去。

「妳怎麼了？」吳彥霖伸手輕觸我的臉頰，「妳的臉怎麼那麼冰？」

他立刻脫下外套披在我身上。

「是你要我面對的。」我茫然地說。

「可是我沒有要妳搞成現在這個樣子啊！妳知不知道我找了妳多久？妳爸媽有多擔心？」吳彥霖抱住我，語氣滿是憤怒與擔憂。

「……我如果不這麼做，根本沒辦法忘記。」我從長椅上站起，挪動腳步想靠近台北101一些，卻被吳彥霖一把抓住。

「我沒有要做傻事，你不用擔心。」我看著他的眼睛，吳彥霖不情願地鬆開手。

我轉向台北101，深吸一口氣大喊：「周子瑜，我喜歡妳！對不起，我一直逃避！我承認了，我承認我喜歡妳，可是一切都太遲了，對不起。」

是啊，終於，我終於承認那件我一直以來都不敢承認的事。

因爲我想相信自己是正常的。

可是我喜歡上女生，就代表我不正常嗎？

我懂得去喜歡一個人了，卻深深傷害了那個人。

「再見了，周子瑜……」淚水爬滿我的雙頰，吳彥霖從我身後溫柔地抱住我。

「妳做得很好。」他輕聲說。

放開手是我最後的溫柔　如果你能飛的　快樂　自由

這疼痛　並不算　什麼

「小軒，我們放彼此走，好嗎？」

周子瑜，我答應妳，我們放彼此走。

尾聲

「妳確定真的要這麼做？」吳彥霖站在豔陽底下看著我。

「當然！不然我這幾個月的心血不就白費了？」我手中抱著一包厚厚的稿子，幾步之外就是郵局。

「什麼年代了，妳應該寄電子檔過去就好，幹麼大費周章印成紙本？」他抬手擦去額上的汗水。

「這樣比較有誠意啊，我原本還打算手寫耶。」我不滿地嘟囔。

「眞拿妳沒辦法，可是這樣好嗎？」

「什麼意思？」

「妳把這些事寫出來，認識妳的人不是一看就知道了嗎？」

「我就是要周子瑜看到啊！」我微微一笑。

吳彥霖小心翼翼地問：「好啦，妳喜歡就好。那……妳在故事裡有把我寫進去嗎？」

我斜覷他一眼，「當然有。」

吳彥霖笑了出來，拉起我的手走進郵局，然而我卻遲疑了，他無奈地搖頭，接過我手上那包稿子，逕自走向櫃臺。

「噢！好緊張喔！」步出郵局之後，我忍不住感嘆。

「接下來就看出版社會不會有回應嘍。」吳彥霖笑著摸摸我的頭。

我由衷露出一個大大的笑容。

妳會看到嗎?周子瑜。

對不起,當時我不夠勇敢。

對不起,我傷害了妳。

對不起,我一直欺騙我自己。

對不起,但也謝謝妳。

妳給我的溫柔,給我的情感,妳給我的一切,我都謝謝妳。

我在這邊說了我喜歡妳。

我承認了我始終不願意承認的事實。

我希望妳能看到,我所有的感情、懊悔、歉意與感謝。

那些都在這本書裡。

周子瑜,妳看到了嗎?

全文完

番外

當個知足的孩子

「齊若琳，我眞的很喜歡妳！妳可以……」

「啊，等一下。」我從口袋拿出震動個不停的手機，見到來電者的姓名，我忍不住笑開，連忙制止那個滿臉通紅的男同學繼續往下說，逕自接起電話，不顧對方一臉錯愕。

「彥霖，我在學校呀，你在哪？」或許是我過於開心的神情，讓眼前的男同學明白我有多喜歡電話那頭的男人，所以他黯然地轉身離去。

我看著男同學垂頭喪氣的背影，不禁苦笑，傷害了你我很抱歉，但這也沒辦法呀，誰叫我喜歡的人不是你。

下課後，我急匆匆地收拾好東西，三步併作兩步朝校門口去，遠遠就瞧見身穿牛仔外套的吳彥霖站在路旁，正低頭盯著手機螢幕，我立即綻開笑容朝他奔去。

吳彥霖是我第一個喜歡上的人，在他之前，我根本不懂什麼叫做喜歡。

不是我自誇，我長得很漂亮，從小到大向我告白的男生不計其數，不過小時候哪會在意這種事，我更在乎的是與女生之間的友誼。

多虧我的美貌，我跟班上女生的關係差透了，只是誰能料到後來我會和那個導致我被集體霸凌的女生，成了超級好朋友？而且她還是個T呢！

「彥霖，你今天怎麼會過來？」我來到他身旁。

吳彥霖很高，輪廓鮮明，雙眼清澈有神，在我眼中是最帥的男生。

「柯芹軒的表姊結婚，回來參加喜宴。」他把手機收回口袋，左右張望一下，「我在網路上搜尋過，妳學校附近好像有一間很受歡迎的禮品店，總是大排長龍。」

「啊，我知道，只要憑我們學校的學生證，就可以優先入場。」說完這句話，我明白了他來找我的目的，「你要買什麼給小軒嗎？」

吳彥霖聳聳肩，臉上浮現一個溫柔的微笑，「就想看看。」

眞好吶，小軒，我好羨慕妳能擁有他的愛情。

「好，那我們一起去逛逛吧。」我揚起嘴角，順勢挽上他的手臂。

吳彥霖皺眉，企圖想要掙脫，我立刻挽得更緊，「嘿，你明知道我喜歡你，你還來找我，那就要付出一點代價呀。」

他一愣，「妳這是什麼壞男人的語氣啊。」

「我可是壞女人喔。」我嘿嘿笑著。

「妳才不是呢。」吳彥霖拿我沒辦法似地笑了，放棄了抵抗，任由我挽著他。

當我們來到禮品店的時候，店門口的排隊隊伍果不其然排得老長，我掏出學生證直接走上前，不理會從隊伍之中射過來的惡意眼神。

禮品店的店員用親切有禮的態度向我解釋，因爲今天人潮太多，可能還要再稍候片刻才能入場。

聞言，我沒想爲難店家，況且等待的時間越久，我與吳彥霖相處的時間就越長。

所以我立刻拉著吳彥霖往另一條巷子去。

「人太多，待會再來，我們先去吃飯吧！」

「若琳，妳還眞是……」吳彥霖又露出困擾的表情，然而性格溫柔的他並沒有拒絕。

這讓我有點擔心，他的溫柔會不會讓他被其他像我一樣狡猾的女人給纏上？

不過，或許是他對我有特殊待遇，畢竟我是小軒的超級好友啊！

我帶他來到學校附近一間早午餐店，店裡有許多我們學校的學生出沒。幾個認識的朋友一看到我，先是開心地打招呼，隨即面露訝異，目光不約而同落在吳彥霖的身上。

「男朋友？」他們異口同聲問。

在我還來不及搖頭否認之前，不給面子的吳彥霖已經率先答了不是。

「他是我死黨的男朋友啦。」我用力拍了下吳彥霖的肩膀，來到窗邊的兩人座坐下，吳彥霖用有些不諒解的眼神瞅著我，但我的注意力被坐在另一桌低聲啜泣的女生給吸引。

「我和他眞的沒有機會了……」

我彷彿聽見那個女孩這麼說，讓我的思緒不由得飄回好久以前。

✦

那天，芹軒坊店裡除了飄散著一如既往的茶香，空氣中還瀰漫著一股悲傷的味道。

「阿瑜，妳怎麼了啊？」老葛緊張地看著周子瑜，又看向我，似乎在向我求助該要如何安慰周子瑜。

我從來沒見周子瑜哭過，一時也慌了手腳。

「周子瑜，妳如果眞的……眞的這麼痛苦，那爲什麼不去找小軒？」我握緊雙拳，望著周子瑜不斷沿著頰邊滴落的淚水，不禁跟著眼眶一熱。

「沒有辦法……已經沒辦法了。」周子瑜聲音打顫。

「我現在打給小軒！」我拿起包包就要找出手機。

周子瑜卻立刻拉住我的手，拚命搖頭，我完全不懂她是怎麼想的。

「爲什麼啊？周子瑜，妳和小軒之間爲什麼會變成這個樣子？明明只要說清楚就可以解決，爲什麼……」

「對不起，若琳，對不起……」她喃喃低語。

在這個瞬間，我怒了、慌了，也痛了。

「不要再說對不起了，妳做錯了嗎？小軒做錯了嗎？還是我做錯了？」我的眼淚掉了下來，伸手攬住她顫抖的肩膀，「周子瑜，妳喜歡小軒錯了嗎？妳後悔嗎？」

周子瑜搖頭，沒有絲毫猶豫。

「那就不要說對不起！」我用力抱緊她，周子瑜在我的懷中不斷哭泣。

老葛慌慌張張地替我們倒了兩杯香片，陪在一旁重複說著「不要哭」、「臉會腫」之類的笨拙安慰。

我一直都知道周子瑜喜歡小軒，也知道小軒喜歡周子瑜。

我一直想著，也許某一天，小軒會忽然開竅，明白自己的感情比外人的眼光更加重要，所以我不參與其中，也不多說什麼。靜靜地守護兩人，是我覺得最好的方式。

如今我卻有些後悔。

倘若當時我能夠告訴小軒，兩個人互相喜歡這種事是件奇蹟，無關乎性別、年齡、身分，有幸遇上就該好好把握，那麼今天是不是就不會落得如此局面？

壓抑在心中的情感，一旦膨脹太過，稍有一點閃失，就會炸得每一個人粉身碎骨。

✦

把疼愛都給你　把疼痛都給我　放開手是我最後的溫柔

如果你能飛得　快樂自由　這疼痛　並不算　什麼

此時，餐廳的背景音樂巧合地播放起那首歌，那首讓周子瑜在芹軒坊崩潰大哭的歌，從此以後，由蕭敬騰所演唱的〈疼愛〉成了周子瑜的禁忌，一聽到就會紅了眼眶。

「若琳。」吳彥霖突然出聲，「不要再這樣了。」

我一時間不明白他是什麼意思，茫然地看向他。

吳彥霖微微扯動嘴角，「不要再說我是柯芹軒的男友了。」

原來是這個。

只要有誰誤認吳彥霖是我的男友，我便會回答：「他是我死黨的男友。」每次吳彥霖聽到，臉上都會露出難以解讀的神情。

「但你是這麼希望的，不是嗎？」我說。

吳彥霖沒有否認，只嚴肅地說：「但那不是事實，所以不要再這麼說了。」

「爲什麼？」

「會顯得很可悲。」

「你是說你嗎？」

「不。」他悠悠地看著我，「是說妳。」

我一愣，歪著頭問他：「爲什麼這麼說？」

他搖搖頭，沒有回答。

「因爲我喜歡你，所以就不能開這種玩笑嗎？誰規定的？誰說我這樣就是可悲了？」

「妳最後會受傷的。」吳彥霖認眞地說，他已經不是第一次如此認眞地拒絕我。

他跟小軒一樣，都是過於認眞的人，這樣的人其實更容易受傷，但他們老是在擔心別人受傷，怎麼都不擔心擔心自己呀。

我不禁莞爾，難怪吳彥霖會這麼喜歡小軒。

「不會受傷就不是愛情了，而且說不定我是個M，很喜歡受傷的感覺呀。」我故意語帶曖昧，不正經地用手指戳了戳他的手臂。

「也許永遠都會像現在一樣。」吳彥霖縮回了他的手，目光誠懇，「我永遠都會喜歡柯芹軒，永遠都會和妳是朋友。」

「這樣很好啊。」一直以來，我都喜歡著你喜歡小軒的模樣。「反正，我不會永遠喜歡你。」

聽我這麼一說，吳彥霖笑了起來。

「能和你永遠是朋友，我已經很滿足了。」我隻手托腮，告訴他這句肺腑之言。

我看過太多因爲不懂得滿足而最後與朋友形同陌路的例子，我體會過周遭圍繞著朋友，然而內心卻宛如獨自站在懸崖邊的孤寂。

我能交到周子瑜與柯芹軒這兩個好朋友，已經是我這輩子最大的福分，要是再貪心，那就太不知足了。

雖然周子瑜和小軒兩人目前形同陌路，而且這樣的狀況可能還要持續一陣子，不過我不會放棄，三人再次一同出遊的日子終會到來。

儘管我喜歡吳彥霖，吳彥霖喜歡柯芹軒，我也永遠不會像其他人一樣嫉妒柯芹軒。

現今的我認爲，周子瑜和小軒往後各自有其歸屬，那才會是最好的結局。

因爲依照小軒的個性，即便她承認自己喜歡周子瑜，並且與周子瑜交往，未來兩個人在相處上大概也會很有問題，不見得能長久。

所以呀，讓吳彥霖成爲小軒的歸屬，這才是最合適的。

「彥霖。」

「怎麼？」

「小軒就麻煩你照顧了。」

「幹麼啊？嫁女兒嗎？」他失笑，覺得我的託付很有趣。

「原來身爲媽媽就是這種心情啊。」我撫著胸口，雖然是一場得不到回報的戀愛，我卻從來不覺得悲傷。

我永遠記得，第一次在捷運車廂見到吳彥霖時，我才明白所謂的一見鍾情不是無稽之談。

當時他的言行舉止都經過算計，他所有的小心翼翼，都是因爲深恐小軒會再次逃離。

他隱藏了自己的眞心，交了一個和小軒長得很像的女友。

當他知道周子瑜原來是女生時，他對小軒的感情便立刻像是脫韁的野馬一樣，再也不肯躲藏，勇敢地追上前去。

我能認識柯芹軒、周子瑜，還能喜歡上吳彥霖，眞的是太好了。

能擁有他們，我一生都會爲此感激。

番外

裝模作樣又怎樣

「我已經說了，我不要！」我對眼前這個不懂得看臉色的傢伙大喊，但是對方一點也沒有放過我的意思。

「幹麼啊？芷馨，我特地過來找妳耶。」

他噁心的氣息噴在我的臉上，令我一陣反胃，我想要掙脫他抓著我的手，卻無法如願。

「放開我！」憤怒逐漸被驚恐給取代，明明國中時，這個傢伙還瘦瘦小小，怎麼才剛升上高中沒多久，就忽然像是吃了類固醇一樣變得這麼大隻。

「我現在已經變成十足的男人了，妳總該跟我交往了吧。」他得意洋洋地說。

你的腦袋也變成像蜂窩一樣充滿了洞，難道看不出來我一點也不願意嗎？我在心中吶喊。

「放開她。」

有個聲音忽然從旁邊響起，附近明明有不少人目睹這一幕，然而沒有人願意過來幫我，除了她。

「周子瑜……」我無助地看向她。

周子瑜是班長，是個帥T，我們在學校幾乎不曾交談過，沒想到她會來幫我。

「啊？干你屁事？」噁心男斜眼打量周子瑜，注意到她身上穿著的制服和我一樣，便輕佻地說：「妳不是念女校嗎？這是怎樣啊？不男不女的，人妖嗎？」

周子瑜輕笑，絲毫不在意噁心男的冷嘲熱諷。

「林芷馨不願意了。當個有風度的男人，放手好嗎？」

我趕緊趁機用力推開噁心男，有幾個路人停下腳步往這裡看過來，噁心男見情況不對，忿忿地撂下一句：「算了，下次再找妳。」

拜託你永遠不要再出現！

等到再也看不見他的背影以後，周子瑜緊握的拳頭稍稍鬆開，對我微微一笑，「妳還好嗎？」

這是我第一次看見她笑，也是第一次看清楚她的臉，爲何她的臉龐在陽光底下會閃閃發光？

我陡然感到心臟劇烈跳動起來，心中一慌，沒顧得上回答她，立刻轉身跑開。

在往後的日子中，我明白了這份悸動源自於喜歡。

之所以會發現這份悸動代表著什麼，是因爲當我每天在教室看著周子瑜滿口小軒長、小軒短的，我內心竟湧生出一種羨慕的情緒，並渴望能成爲柯芹軒。

時間一久，這種情緒起了變化，成了嫉妒。

柯芹軒長相普通，成績也不特別優秀，做事情畏畏縮縮的，又沒有什麼引人注目的專長，爲什麼班上最受歡迎的周子瑜，以及最漂亮的齊若琳，都圍在她身邊打轉？

要是我能取代柯芹軒的位置該有多好，她根本不配站在周子瑜身邊。

發現自己喜歡上女生，其實我並不怎麼驚訝，我阿姨的伴侶也是女生，我認爲這是非常自然的事。

我知道自己不可能取代柯芹軒，但應該至少能打入她們的圈子，多虧我外型嬌小，讓多數人都會先入爲主地認爲我楚楚可憐，溫和無害。

「若琳，妳有空嗎？」於是，我趁著某堂下課，齊若琳難得落單的時候攔下她。

「嘿，小芷，這種開場白不會是要跟我告白吧？」她開玩笑地說。

我趕緊低下頭，裝作很不好意思似的。

我知道自己的外型配合上這樣的態度，很容易使人我見猶憐。

「我、我有些話想跟妳說，問問妳的意見。」我刻意壓低聲音。

齊若琳盯著我好一陣子，爽快地答應：「好啊。」

我們來到走廊角落，齊若琳率先開口：「妳想說什麼？」

「那個……妳和周子瑜很好，對吧？」

她歪著頭，微微一笑「妳想說什麼？不要拐彎抹角。」

對於她的反應我感到一愣，我連忙揪著衣角，試圖裝出惴惴不安的模樣，但我卻在齊若琳的雙眼中瞥見了不以爲然。

雖然裝可憐這招對男生比較管用，但女生多少也會吃這套，見她這樣讓我頓時有些慌了。

「小芷，妳用自然的態度跟我說話就好。」齊若琳握住我的手，「做自己不是比較好嗎？爲什麼要裝模作樣呢？」

在這個瞬間，我覺得自己一直以來賴以爲生的技能彷彿被剝奪了，所有的心思都被人赤裸裸地看透。

我用力甩開齊若琳的手，她臉上閃過一絲詫異，下一秒我趕緊擠出笑容，「我聽不懂妳在說什麼。我只是想請妳幫忙一件事……妳可以幫忙我接近周子瑜嗎？例如妳們假日出遊的時候，帶上我一塊兒……」

「妳喜歡周子瑜？」齊若琳挑眉。

我點點頭，承認這件事對我來說，並沒有多大的困難。

「那妳應該自己去告訴她。」齊若琳清楚地拒絕我。

我拉起她的手搖了搖，「不要這樣啦，我就是因爲不敢對她說，才會拜託妳幫忙，求求妳好嗎？」

這招通常成功率百分之百，人都會藉由幫助別人來感覺自己高人一等，這種說法既現實又殘忍，然而事實就是如此。

可是，齊若琳卻皺起眉頭，用另一隻手輕輕撥開我的手。

「小芷，不要裝模作樣，我看了難受。」她一字一句緩慢地說，帶著堅定與絕對的輕視。

我漲紅了臉，由於當面被揭穿而感到羞愧。

「裝模作樣又怎樣？這才是生存之道！」我向她低吼，隨即頭也不回地離開。

我在心中暗自立誓，此生再也不會找齊若琳幫忙任何事。

✦

「林芷馨！喂！林芷馨！」

在一個剛下過雨的午後，我與公司前輩從客戶的公司走出來，有個熱切的聲音從後方響起。

我以為是哪個客戶，臉上維持著專業的微笑回頭，卻看見一個意料之外的人。

齊若琳的招牌波浪大捲髮完全沒有改變，她身穿一襲飄逸的洋裝，看起來比高中時還要美上千萬倍。

「妳怎麼……」我張大了嘴，想起身旁還站了個前輩，連忙再次堆笑，「好久不見。」

「哈哈哈哈！」沒想到齊若琳竟放聲大笑，那不拘小節的態度與她精緻柔美的外型簡直是兩個極端。

「妳是若琳？」沒料到前輩居然準確喊出齊若琳的名字，讓我不禁一愣。

「前輩，你怎麼會知道她？」

「妳有替一個服裝品牌拍過型錄吧？我妹很喜歡妳，所以對妳印象很深。」前輩沒有回答我的問題，只是對著齊若琳侃侃而談。

這時我才注意到齊若琳身後的確有一群帶著器材的攝影團隊，目前似乎正值中場休息，大家都坐在路邊吃便當。

「謝謝賞識。小芷，好久不見，妳現在在做什麼？」齊若琳臉上露出美麗的笑容。

「我在一間網路公司上班……妳現在是模特兒？」

「算是兼職，幫幫周子瑜的忙嘍。我在電視台上班啦，不過是幕後工作人員。」她聳聳肩。

沒想到她與周子瑜的友誼會延續至今。

「我不打擾妳們敘舊，反正下午沒有其他事情，妳吃完飯再回公司吧。」前輩體貼地對我說。

我對他微微鞠了個躬，笑著向他道別。

等到前輩走遠，我的臉色瞬間垮了下來。

齊若琳又笑了：「妳到現在還是裝模作樣地活著呀？」

當年聽起來刺耳的話，如今反倒覺得十分可愛，在充斥著各式謊言的社會裡，實話顯得難能可貴。

「妳都已經出社會了，難道還沒體悟到就是要裝模作樣才能好好生存嗎？」我看著她。

「大概吧，但我受夠裝模作樣的生活了，那很累呀。」她笑嘻嘻地說。

在我的印象中，齊若琳一直都很勇於做自己，難道她也曾戴著面具過活？

不過，這不關我的事。

「那個是妳男友？應該說，目標要成爲男友的對象？」

她敏銳的直覺一如從前。

既然被她說中了，我也不打算遮掩，便點點頭。

「哎呀，周子瑜曾說過，妳出社會以後還是會選擇跟男生交往，果然是這樣呀！」

這句話讓我一驚，朝她投去詫異的目光。

「但那不代表當初我對周子瑜的感情就不是認眞的。」我說。

齊若琳一愣，思索半响才回話：「是呀，我沒說妳不是認眞的，只是覺得這樣很好。」

「很好？」

「妳還是繼續前進了呀！」她用力拍了一下我的肩膀，此時後方的攝影組有人呼喚她過去，而齊若琳把手上一直拿著的一本型錄遞給我。

「周子瑜創立了個人服裝品牌，我是她專屬的模特兒。妳如果有空，可以去實體店面看看。」

我瞥了型錄的封面一眼，上面是張齊若琳裝模作樣的空靈照片，我輕輕一笑：「妳自己也很裝模作樣啊。」

「哈！」她湊到我身邊仔細端詳，「眞的耶。」

我把型錄收進包包，想向齊若琳探問柯芹軒這個人。

那個曾經讓我又羨又妒的女孩，高三那年，她與周子瑜之間似乎發生了什麼事，兩人逐漸形同陌路。

然而在問出口的前一刻，我又退縮了。

「我改天會去看看。」

「哦？這次決定自己出馬，不打算拜託我啦？」齊若琳調侃我。

「我這輩子不會再拜託妳任何事。」我誠摯地說，換來她的放聲大笑。

齊若琳、周子瑜、柯芹軒，這三個人誰也不是我的好朋友，我更從未與她們緊密相處過，但她們卻幾乎可以算是我高中時代最具代表性的人物。

雖然討厭，但又羨慕，卻也嫉妒。

我忽然很想看看，出了社會以後的她們，若有機會聚在一起，會是怎樣一番光景。

「改天，來開個同學會吧。」於是我淡淡地提議。

齊若琳先是呆若木雞，反應過來以後猛地抓起我的手，綻開笑容，「好哇，我也想見見老同學。」

「那給我妳的手機號碼，我來負責聯絡大家。」停頓了一下，我補上一句，「全班。」

她用力點頭，雙眼流露出欣喜。

「謝謝妳。」

不知道齊若琳爲何會如此鄭重地向我道謝，但她讓我覺得自己好像眞的幫了她什麼大忙，果然幫助別人的感覺很好，很高高在上。

我由衷一笑，不是裝模作樣的那種。

番外
青春最美的那個人

我深吸一口氣，啊，這就是台灣的味道呀。懷念。

拿出手機，我猶豫了幾秒鐘，最後決定先打給吳彥霖。

第一通沒人接，我馬上又打了第二通，過一會兒他接起來，聲音小心謹慎。

「喂……」

「吳彥霖！」我立刻大叫，推著行李箱來到旅客接機處，等待車子來接我。

「……俞亦珊？」吳彥霖驚訝不已，接著他笑了起來，「妳回台灣了？」

「對呀，你是不是因爲不認識這個號碼，所以就不接？」我笑著打趣，輕靠在我的大行李箱上。

「怕是銀行保險推銷員，覺得煩。妳這次是回來定居了嗎？」

「是呀，先休息一下，見見老朋友，然後就開始找工作。」瞥見家中的白色休旅車駛來，我直起身招手，一手拿著手機，一手拉著行李往前。

「那很好啊，啊，柯芹軒，亦珊打來了。」

「亦珊？眞的假的？」柯芹軒的聲音跟著從手機另一頭傳來。

我不禁莞爾，這就是我選擇先打電話給吳彥霖的原因。

他是我青春中最重要的那個人，無論何時何地，只要想起台灣的生活就一定會想到他，畢竟，他是我曾經深深喜歡過的人。

況且我知道，柯芹軒一定會在他身邊。

「你們在哪裡？我現在要先回家放行李，等等過去找你們。」我帶著笑容，看著我親愛的家人下車向我走來，一一與我擁抱。

回來的感覺眞好。

我一直認為，柯芹軒和吳彥霖一定會在一起，雖然這麼說很不應該，但我不想看見他們在一起的快樂模樣，我啊，會很痛苦的。

所以國中畢業後，為了斬斷對吳彥霖的情絲，我毫不猶豫地決定去英國留學，原本預計三年就會回來，沒想到一路念完了大學。

坐在計程車上環顧台北街頭，雖然中間也回來過幾次，倒是不曾如此仔細觀察，台北改變了很多，計程車甚至開始提供刷卡服務。

手機收到一則新訊息，來自我在英國結交的男友。

「為什麼要台灣？妳的生活都在這裡，不是嗎？」

我沒有點開訊息，只將手機收回包包裡，心繫待會要見的人。

吳彥霖在電話裡給了我一個地址，原以爲是哪間餐廳，不料卻是一棟老舊公寓的一樓。

庭院的門敞開，我朝裡頭望去，地上堆著許多空箱子，似乎是間店面，但還沒有掛上招牌。

穿著黑色T恤的男人搬著幾個箱子走出來，脖子上還掛著一條毛巾，他一看見我便笑開：「亦珊。」

「吳彥霖？你們在做什麼？」我驚訝地問，站在吳彥霖身後的柯芹軒將長髮紮成丸子頭，身上穿著輕便的牛仔褲與細肩帶背心，望向我的眼睛頓時一亮。

「亦珊！」她開心大喊，飛快奔上前擁抱我，用力之猛差點將我撲倒。

「妳身上好濕好黏！你們在幹麼啦？」我眞的很想與他們上演一場感動的重逢，可是他們兩人滿身大汗，衣服都被汗水濕透了，與我一身優雅的洋裝和高跟鞋完全不搭，更別說我手上還拎著從英國帶回來的茶葉禮盒。

「吳彥霖沒有告訴妳嗎？」柯芹軒瞇起眼睛。

吳彥霖連忙搖頭，「妳不是說要給她一個驚喜？」

我的目光在他們臉上來回打轉，「難道……」

兩人雙眼發光，柯芹軒甚至用力點頭。

「要結婚了？」然而我的答案卻讓他們兩個都作勢要跌倒，吳彥霖隨即放聲大笑，柯芹軒則輕輕皺眉，兩人的雙頰都泛上一絲可疑的紅色。

「怎麼想到那裡去了。」柯芹軒微嗔。

「我這是很自然的反應吧，你們看起來像是在搬家，又一起……」該死的是，我的胸口竟有些隱隱作痛。

好像又回到國中那段每天看著他們兩個人相處的時光，令我快要窒息。

我還以爲自己已經不會在意了。

當然，我對吳彥霖已經沒了喜歡的情愫，只是心還是不免會被拉扯。

「我們要合開工作室。」吳彥霖咳了一聲，公布答案。

「一起做生意？」我問。

「不是，只是一起租間工作室。」柯芹軒笑了笑，拉著我的手走進屋裡。

裡頭格局十分簡單，大片落地窗使得屋內採光良好，門口放了一座紅色沙發與幾個大型懶骨頭座墊，左右兩邊各有兩張桌子，另有一間廁所與一間小型廚房，空氣裡飄散著油漆過後的味道，環境已經整理得差不多了。

「你們在做什麼類型的工作呀？」我非常訝異。

「我跟妳說，妳面前的我已經不是當年的我了。」柯芹軒挺起胸膛，一副就是要我快點問她的樣子。

見她那副驕傲的德行，我就不想問了。

「嗯，彥霖，你現在做什麼工作？」所以我刻意略過她，柯芹軒的臉不意外地立刻垮下，在一旁怪叫抗議。

吳彥霖見狀哈哈大笑。啊，這個反應一如我記憶中的他呀……他還是很容易就爲柯芹軒而牽動情緒，眼神也總是追尋著她的一舉一動，眞是懷念啊，無論是吳彥霖的癡情，還是我隱隱作痛的胸口。

「我做網頁設計，自己接案，目前還不錯喔。」吳彥霖提到幾個往來的大品牌，我很訝異他獨自接案可以做得這麼出色，他笑著說自己還有其他合作夥伴。

「那你爲什麼不和那些夥伴一起開工作室？」我問。

吳彥霖聳聳肩，「他們幾個合開就可以了，反正他們的工作室也在這附近，而柯芹軒一個人笨手笨腳什麼都做不好。」

果然呀，他做的任何事情與任何決定，永遠都以柯芹軒爲優先考量。

「柯芹軒，那妳現在在做什麼？」

柯芹軒迫不及待在手機上點開網路書店的頁面，沾沾自喜道：「我出書了。」

「什麼？」這個出乎意料之外的答案讓我訝異得張大嘴巴，立刻搶過手機盯著螢幕，作者欄所顯示的筆名還眞的是「小軒」。

「妳寫書？妳念書都不行了寫什麼書啊？」我不客氣地說。

「嘿，幹麼這麼說，至少我國文不錯啊……」她嘟嘴。

「這是怎麼回事？」我詫異地看著眼前這兩人，我們今年不是才二十五歲嗎？爲什麼他們在工作上都已經有了神速的進展？

傍晚，我與柯芹軒回到她家中做客，柯媽媽一如往常地歡迎我，還給了我一個擁抱。和柯爸爸寒暄一陣後，柯芹軒便領著我進到她的房間。上次過來這裡是好幾年前的事了，我們在她房裡吵架大哭，當時我發現吳彥霖交了一個和柯芹軒長得很像的女友，也發現柯芹軒和同樣身爲女性的周子瑜陷入曖昧。

其實，當時的我只是將求之不得的怒氣與暗戀的苦澀，全都發洩在柯芹軒身上，然而即便我如此不成熟，柯芹軒還是願意包容我。

我從來沒有問過，她與周子瑜後續如何。

不過，不管是她發在社群裡的照片，還是平日的言談之間，都已不見周子瑜這個人的蹤跡，況且時時刻刻陪在她身邊的人是吳彥霖，所以答案很明顯了，也不需要再多問了。

學生時代的我們無話不談，幾乎沒有祕密；儘管我們依然要好，卻再也沒辦法無話不談。也許這就是長大要付出的代價之一，必須自行吸收生活中的某些不順遂，並且開始有所保留，懂得不輕易越界。

不必非要知道對方所有的大小事才能當好朋友，有時候保持一段合適的距離，更能讓友誼長遠，這個道理我也是長大之後才明白的。

「柯芹軒，我能問嗎？」我看著她。

「俞亦珊，那我能問嗎？」她帶著愜意的笑容反問，「妳男朋友呢？」

「在英國。」

「妳不是在英國找到工作了嗎？爲什麼會決定回來？」
「因爲……我還喜歡吳彥霖呀。」
聞言，她略微睜圓了眼睛，下一秒卻哈哈大笑，「不可能的。」
「爲何妳這麼肯定呢？」
「因爲不像呀，妳那態度不像了。」柯芹軒極其肯定地說，晶亮的眸子盯著我。
我莞爾一笑。是的，即便心仍會隱隱作痛，卻不是因爲愛情了。
「妳和吳彥霖現在到底如何？」我好奇地問。
「大家都問這個問題。」柯芹軒伸了個懶腰，「他身邊沒別人，我身邊也沒別人，就是這樣。」
「妳變得很會打啞謎，柯芹軒。」我說。
她淺淺一笑，「我做過太多後悔的事了，所以我現在會經過深思熟慮再做下決定，我好怕一步錯，步步錯。」
接著她湊過來抱緊我，她的身體比我想像中還要纖細，「還好妳回來了，有妳在眞好。」
我輕撫著她的長髮，與她和吳彥霖共處的每一段時光，對我來說都具有獨特的分量與色彩。
「爲什麼要回台灣？妳的生活都在這裡，不是嗎？」

「因為我的一切，都在台灣。」

「這裡有我，還不夠嗎？」

想起與前男友的那段對話，我輕聲說：「當我決定回台灣的時候，就已經和他分手了。」

柯芹軒並沒有太意外，只是把我摟得更緊。

「嗯，沒關係，這裡有我，也有吳彥霖。」她抬頭看我，唇瓣揚起一個美麗的弧度，「雖然沒辦法完完全全和以前一樣，但我們都還在一起就行了。」

「是呀。」我忽然靈機一動，「我們去公園放煙火如何？那個公園還在吧？」

柯芹軒雙眼熠熠生輝，用力點頭。

不一會兒功夫，我們三個人拿著仙女棒站在公園裡，如同高二那年跨年一樣。

吳彥霖抓抓頭，抱怨他程式寫到一半就被我們叫出來，不過他始終追尋著柯芹軒的雙眼騙不了人，他其實很高興。

我們點燃仙女棒，坐在鞦韆上靜靜凝視花火綻放。

「我記得當年還在這裡吻了你。」我說。

吳彥霖咳了好幾聲，而柯芹軒笑了起來。

「那麼久以前的事，提它幹麼？」如同當年一樣，吳彥霖漲紅了整張臉。

「哎呀，那可是我的初吻，不能提呀？」我故意這麼說。

柯芹軒笑得更開心了，吳彥霖有些埋怨地覷向柯芹軒。

「柯芹軒，妳一點都不在意喔？」他悶悶地說。

「在意什麼，是俞亦珊耶，而且那是很久以前的事了，不是嗎？」柯芹軒的反應再次出乎我的意料。

「那如果我現在再親他一次呢？」我問。

柯芹軒眼珠子一轉，舉手作勢要打吳彥霖，「這一次你還閃不過嗎？」

「怎麼又是我的錯了啦？」吳彥霖俊朗的臉上所出現的笑顏，是我從未見過的美好。

「這裡有我，還不夠嗎？」

當然不夠，因爲我人生中的精華全在這裡。

我青春裡最美的人，也在這裡。

願我青春中最美好的兩個人，能夠順利開花結果，留下最美的風景。

番外 永遠並不長

當她第一次對我露出笑容的時候，我對她並沒有什麼特別的感覺。

硬要說的話，比起柯芹軒，俞亦珊更是我喜歡的類型，可是爲什麼我的目光就是會被柯芹軒吸引？

她時常做出很多令我哭笑不得的事，也時常做出很多令我生氣傷心的事，等到我發現自己的眼神總是追尋著她的時候，已經陷入喜歡的心情了。

說實話，我原本覺得自己應該是很有機會的，畢竟柯芹軒的態度明明也像是喜歡著我啊。

不料，當我向她告白後，她竟遠遠逃開，甚至不惜欺騙我她另有男友。

其實那是個很蹩腳的謊言，柯芹軒一天到晚都與我和俞亦珊攪和在一塊，怎麼可能她交了男友我卻不知情？

儘管心中懷疑，但是當時的我太生氣，也太難過了，我覺得很羞恥，並且氣憤，所以選擇用一種難堪的方式處理。

後續就是一團混亂，無論是柯芹軒疑似喜歡上女生，又或者是我找了個和柯芹軒相像的女生交往，都是青春這部又臭又長的史詩中難以迴避的篇章。

我拿出鑰匙打開工作室的大門，卻發現沒有上鎖，我輕皺了下眉毛，推開木門，果不其然看見柯芹軒趴在電腦桌上，僅亮著一盞檯燈。

「柯芹軒……」我輕聲喚她，沒得到回應，便順手拿起沙發上的毛毯，走到她身旁爲她蓋上。

學生時代絕對看不出來，柯芹軒竟會爲了工作廢寢忘食。

現在時間是早上七點，看樣子她昨晚又熬夜了，我朝擺在桌上的行事曆看去，今天的格子裡寫著「交稿日」，而下禮拜六的格子則標注著「靜華同學會」，然後她的電腦螢幕停在一個服飾品牌的網頁。

網頁上有一張品牌創立者的照片。

照片裡的周瑜與我記憶中的樣子差不多，依舊是中性打扮，她嘴角掛著淺笑，一旁的文字介紹她是台灣目前最成功的新一代設計師。

自從那晚在河堤崩潰大哭後，柯芹軒很少再提起周瑜，但我們都心知肚明，周瑜是個重要到不可能去遺忘的對象。

我走到書櫃前，櫃上陳列有柯芹軒截至目前爲止出版的所有書籍，我毫不猶豫地抽出她出版的第一本書，放進紙袋封好，看清楚螢幕上的地址後，隨即發訊請快遞來收件。

「咦?你來了啊……」柯芹軒終於睡醒，揉了揉眼睛，隨意瞥了眼電腦螢幕，微微一笑，「周子瑜現在變得好厲害。」

這句話讓我有些驚訝，我還以爲，她會因爲眾多原因而不會再提起她。

「是啊，妳們下禮拜六就能見面了。」我將紙袋放到前方的快遞收件箱中。

「這麼多年過去，我終於又可以見到她了……」柯芹軒低喃。

「嗯。」儘管能維持表面上的平靜，我內心卻開始翻騰。

無論柯芹軒和哪個異性單獨相處抑或是出去，我從未產生過嫉妒或擔心的情緒，唯有周瑜的存在，從以前到現在，都讓我坐立難安。

「吳彥霖。」她忽然輕聲喊我的名字，我回過頭，見她裹著毛毯從椅子上起身，緩步來到我面前，「你曾經跟齊若琳說過，你會永遠……」

我嚥了嚥口水，霎時明白她要說什麼。

這些年來，即便家人朋友如何開玩笑，我們始終沒有討論過這件事，當年我說了願意只當她的朋友陪在她身邊，那份決心是真的，但我也曾和若琳說過，我永遠都會喜歡柯芹軒。

「永遠是一段很漫長的日子。」柯芹軒清澈的雙眼注視著我，而我的視線卻飄向電腦螢幕上的那張相片。

「其實永遠並不長。」我低聲說。

喜歡妳的日子，每天都過得很快。

「謝謝你，吳彥霖。」她朝我一笑，緩緩拉起我的手，她的手心炙熱無比，「其實我一直都這麼想，在國中開學那天，坐在我旁邊的那個人是你，真是太好了。」

我頓時眼眶一熱，趕緊抽出被她握著的手，重重按了鼻梁幾下。

她打趣道：「你哭了？」

「才沒有，我怎麼可能會哭。」我說。

柯芹軒再次握住我的手，這次握得老緊，我略帶詫異地看著她。

「同學會的邀請信函裡寫著，可以攜帶朋友一起過去。」

「朋友？」我一呆，「是男朋友，還是朋友？」

「你說呢？」她的微笑帶著一抹狡詐。

聞言，我一時說不出話來，只能張大了嘴，像個笨蛋似的。

「你的模樣好蠢呀。」她笑著用另一隻手輕捏了下我的臉頰。

「柯芹軒，我聽錯了嗎？」

她笑而不答，那副游刃有餘的態度與過去總是小心翼翼的她很不一樣。

「我能那樣想嗎？我甚至已經把那本書都包好，要快遞給周瑜了耶。」我指著快遞收件箱中的紙袋。

柯芹軒先是微微一愣，隨即笑了起來。

「不用，齊若琳說周子瑜早就看過了。」

「什麼時候的事？」這消息來得太突然，我一直以爲周瑜毫不知情。

「至少有兩年了。」柯芹軒扳著手指計算，「不過我和周子瑜並沒有私下聯絡，下禮拜的同學會，會是高中畢業後第一次見面吧。」

「那妳剛才那番話到底是什麼意思？難道……妳不想回到她身邊？如果有機會的

話……」

「這些話眞不像是你會說的，你高中明明那麼強勢，強勢到沒問過我就……不過你現在也沒問我是怎麼想的就是了。」

這是怎麼回事？

柯芹軒這番話是什麼意思？

是我想的那樣嗎？

如果我又做錯了，這次柯芹軒會不會永遠離開？

不不，這間工作室是兩個人一起合租的，她不可能一聲不響離開，況且我們前兩天才去買了她一直很想要的室外烤肉爐，明天就會送來，她怎樣都會爲了烤肉爐多留幾天吧。

我到底在想什麼，居然把自己的重要性想得比烤肉爐還低！

迎向她依舊沒有移開的視線，我感到口乾舌燥，高中時期的我啊，拜託分點勇氣過來吧！

我試探性地收緊手指，柯芹軒嘴角的笑意加深，於是我反握住她的手，她沒有甩開，只有些靦腆地說：「讓你久等了，吳彥霖。」

後記
時間是殘忍無比的

感謝POPO讓《那年夏天，她和他和她》再一次用不同的面貌呈現在你們面前，爲了讓這本書能再一次被你們拿在手中，中間耗費了許多等待的時間，與無法言喻的努力，爲此我眞的萬分感激。

我有好多想說的話，如果你已經看過二〇一一年版本的《那年夏天，她和他和她》，請安心服用後記，倘若你尙未看過，那麼就請乖乖翻回前面從頭看起吧，乖。

這本書對我而言意義非凡，是我寫作生涯中所完成的第一部小說，也因爲如此，故事背景的眞實性頗高，靜華女中的場景、活動和制度，幾乎完完全全拷貝我實際就讀的那所女中，周子瑜她們走過的校園每一處，我也都曾在高中那時走過。

剛考上女中時，我也和柯芹軒一樣在心中吶喊：少女漫畫裡那些美好的高中生活，應該已經與我無緣了吧。

等到正式進入女中就讀，才第一次注意到所謂「喜歡同性」這件事，原來並不稀奇。

我看著班上那些女孩與T交往，或是也變成T；看著她們說現在是現在，以後還是會和男生交往。當時我心中甚感困惑，如果是眞心喜愛對方，怎能將這番話說得如此雲淡風輕，沒有一絲掙扎？

也許，我就跟小軒一樣古板，認爲無論做出任何決定，都需要經過深思熟慮，要是輕易就能改變心意，就表示初始就並非認眞。

在好多年後的現在，我看著當年那些與T交往的女孩們，統統結婚生孩子去了，不免唏噓，周子瑜那句悲憤的話，也是我想說的：「她們以後還是會跟男生在一起。」

不過令人開心的是，在好多年後的現在，同性之間的戀愛不再那麼受到社會排斥，也不再使身陷其中或旁觀於外的人感到困惑，我盼望在有生之年，能看見所有想要與愛侶長相廝守的人，都能擁有自由選擇是否踏入婚姻的權利。

《那年夏天，她和他和她》這個故事，我其實早從高中就動筆了，當時只寫了約莫一千字左右，一直到大學畢業後，才再次重啓。

作爲我的第一本小說，我想讓它充滿許多眞實性，所以像是〈疼愛〉這首歌，以及周子瑜大學術科考試的題目，全都有所依據。

在重新修訂《那年夏天，她和他和她》時，我碰上了兩個問題，第一個問題不大，頂多有點微妙。周子瑜在二〇一一年只是個存在於故事裡的帥T，然而當時間來到二〇一八年，現實生活中則有了另一位年輕漂亮的藝人周子瑜。在藝人周子瑜剛開始發光發熱的時候，我收到許多讀者的來信，說是沒想到竟出現了眞實的周子瑜。

而第二個問題，則如同我後記的標題——時間是殘忍無比的。

相信各位在書中看見了許多如今已不復存在的通訊軟體與聯絡方式，像是柯芹軒她們彼此聯絡是透過家用電話，打去英國還要使用越洋電話，就算有了手機也沒有上網功能，仍需開啓電腦才能使用MSN，同時MSN所提供的功能與現下盛行的LINE並不相同。

我在修訂稿件的時候，曾經試圖要更改這些「過去」的東西，然而那些舊有的通訊方式與故事發展息息相關，牽一髮而動全身，最後只能作罷。二〇一一年距今不過七年，但世事變化之巨大，是我在重新修稿之際，感到最最震撼的一件事。

舊版的故事結尾，停留在那句「周子瑜，妳看到了嗎？」，許多讀者都在問，然後呢？

從以前到現在，倒是有件事始終沒有改變，那就是我向來告訴大家，故事我寫完了，後續發展就交由你們自行去想像。

在我心中，當然有屬於我自己的結局，那個結局或許與你們想的都不一樣，所以我一直不想說出來，想讓故事的後續在你們心中創造更多的可能。

這次收錄在新版《那年夏天，她和他和她》裡的番外篇，便是我心中眞正的結局，那個結局從七年前就存在我心中，而我大概也未曾和哪個小Misa透露過，七年後能把它寫出來，對我來說，有種塵埃落定之感。

或許，這個結局不如你們所想像，但最符合現實。

同時我也非常好奇，七年前曾經看過這本書的讀者，若今日你還在，並重新閱讀一遍，是否會有不同的感覺？

當我再次讀過這個故事時，我被吳彥霖深深打動了，如果說我最想要當的女主角是《這個寒冬不下雪》裡的方芮冬，那麼我最想要得到的男主角便是吳彥霖了。

當然，像齊若琳這樣的好朋友，若是人生中能遇見一個，絕對是三生有幸。

最後，眞的非常感謝你們願意購入這本書，彷彿陪伴我走過這七年，回到創作最初的原點。

感謝POPO與馥蔓讓這個故事有機會再次呈現在你們面前，歡迎舊雨新知與我分享你們的感想。

一如既往，我們下次見。

Misa

城邦原創 長期徵稿

題材

(1) 愛情：校園愛情、都會愛情、古代言情等，非羅曼史，八萬字以上，需完結。
(2) 奇幻/玄幻：八萬字以上，單本或系列作皆可；若是系列作，請至少完稿一集以上，並附上分集大綱。

如何投稿

電子檔格式投稿（請盡量選擇此形式投稿）

(1) 請寄至客服信箱service@popo.tw，信件標題寫明：【投稿城邦原創實體書出版／作品名稱／真實姓名】（例：投稿城邦原創實體書出版／愛情這件事／徐大仁）
(2) 稿件存成word檔，其他格式（網址連結、PDF檔、txt檔、直接貼文於信件中等）恕不受理；並請使用正確全形標點符號。
(3) 請附上真實姓名、性別、聯絡電話、email、POPO原創網會員帳號、作者簡介與出版經歷。
(4) 請加入POPO原創市集（www.popo.tw/index）申請成為作家會員，並將投稿作品公開放上該網站至少4萬字，若想全文公開也可以。

紙本投稿

(1) 投稿地址：10483台北市民生東路二段141號6樓
城邦原創實體出版部收
(2) 請以A4紙列印稿件，不收手寫稿件。
(3) 請附上真實姓名、性別、聯絡電話、email、POPO原創網會員帳號、作者簡介與出版經歷。
(4) 請自行留存底稿，恕不退稿。
(5) 請加入POPO原創市集（www.popo.tw/index）申請成為作家會員，並將投稿作品公開放上該網站至少4萬字，若想全文公開也可以。

審稿與回覆

(1) 收到稿件後，約需2-3個月審稿時間，請耐心等候通知。若通過審稿，編輯部將以email回覆並洽談合作事宜，如未過稿，恕不另行通知。
(2) 由於來稿眾多，若投稿未過，請恕無法一一說明原因或給予寫作建議。
(3) 若欲詢問審稿進度，請來信至投稿信箱，請勿透過電話、客服信箱、部落格、粉絲團詢問。

其他注意事項

(1) 請勿抄襲他人作品。
(2) 請確認投稿作品的實體與電子版權都在您的手上。
(3) 如果您的作品在敝公司的徵稿類型之外，仍然可以投稿，只是過稿機率相對較低。

國家圖書館出版品預行編目資料

那年夏天，她和他和她 / Misa著. -- 初版. -- 臺北市；城邦原創出版 ： 家庭傳媒城邦分公司發行, 2018.03
面；公分

ISBN 978-986-96056-3-2（平裝）

857.7　　107003350

那年夏天，她和他和她

作　　者／Misa
企劃選書／楊馥蔓
責任編輯／楊馥蔓

行銷業務／林政杰
總 編 輯／楊馥蔓
總 經 理／伍文翠
發 行 人／何飛鵬
法律顧問／元禾法律事務所　王子文律師
出　　版／城邦原創股份有限公司
台北市中山區民生東路二段 141 號 6 樓
電話：(02) 2509-5506　傳眞：(02) 2500-1933
E-mail：service@popo.tw
發　　行／英屬蓋曼群島商家庭傳媒股份有限公司城邦分公司
聯絡地址：台北市中山區民生東路二段 141 號 11 樓
書虫客服服務專線：(02) 25007718・(02) 25007719
24小時傳眞服務：(02) 25001990・(02) 25001991
服務時間：週一至週五09:30-12:00・13:30-17:00
郵撥帳號：19863813　戶名：書虫股份有限公司
讀者服務信箱 email：service@readingclub.com.tw
城邦讀書花園網址：www.cite.com.tw
香港發行所／城邦（香港）出版集團有限公司
地址：香港九龍土瓜灣土瓜灣道 86 號順聯工業大廈 6 樓 A 室
email：hkcite@biznetvigator.com
電話：(852)25086231　傳眞：(852) 25789337
馬新發行所／城邦（馬新）出版集團 Cité(M)Sdn. Bhd.
41, Jalan Radin Anum, Bandar Baru Sri Petaling,
57000 Kuala Lumpur, Malaysia.
電話：(603) 90563833　傳眞：(603) 90576622
email：services@cite.my

封面設計／黃聖文
電腦排版／游淑萍
印　　刷／漾格科技股份有限公司
經 銷 商／聯合發行股份有限公司
電話：(02)2917-8022　傳眞：(02)2911-0053

■ 2018 年 3 月初版
■ 2024 年 2 月初版 10.6 刷
Printed in Taiwan

定價 / 260元

ISBN　978-986-96056-3-2

POPO城邦原創 www.popo.tw　城邦讀書花園 www.cite.com.tw

本書如有缺頁、倒裝，請來信至service@popo.tw，會有專人協助換書事宜，謝謝！